सूखते चिनार

(उपन्यास)

सूखते चिनार

मधु कांकरिया

वाणी प्रकाशन ग्रुप

भारतीय ज्ञानपीठ

वाणी प्रकाशन : भारतीय ज्ञानपीठ की पुस्तकों के एकमात्र प्रकाशक एवं वितरक

सजिल्द पहला संस्करण : 2012
सजिल्द दूसरा संस्करण : 2018
सजिल्द तीसरा संस्करण : 2025

लोकोदय ग्रन्थमाला : ग्रन्थांक 1160

वाणी प्रकाशन ग्रुप

4695, 21-ए, दरियागंज, नयी दिल्ली-110 002
फ़ोन : 011-23273167, 23275710
ईमेल : sales@vaniprakashan.in

सूखते चिनार
(उपन्यास)
मधु कांकरिया

ISBN : 978-93-7348-156-2

मूल्य : **295**

आवरण चित्र : मनोज कचंगल

मुद्रक : *सिटी प्रेस, दिल्ली-110 095 में मुद्रित*

SOOKHATE CHINAAR
(Novel)
by **Madhu Kankariya**

आभार

कर्नल अभिषेक वाजपेयी, *कमांडिंग अफसर, 24, राष्ट्रीय राइफल्स*
मेजर विवेक बरड़िया, *अफसर कमांडिंग, राष्ट्रीय राइफल्स*
कर्नल हरीश पांडेय, प्रीति बरड़िया, दीपाली बरड़िया, आदित्य कांकरिया
और उन सभी फौजी जवानों का, जिनके सहयोग बिना
इस उपन्यास को अंजाम देना स भव नहीं था।

सूखते चिनार

स्वप्न और उड़ान

'मेरी ज़िन्दगी भारत के राष्ट्रपति के नाम समर्पित रहेगी। मैं भारत और भारत के संविधान के प्रति समर्पित रहूँगा। उसी के लिए जीऊँगा... उसी के लिए मरूँगा... कि मैं अपना हित— सबसे अन्त में सोचूँगा'

हाँ, यही शपथ थी जो उसने देहरादून में इंडियन मिलिट्री एकेडमी के पासिंग-आउट परेड के अन्त में दोस्तों के बीच टोपियाँ उछालने के बाद ली थी।

कितनी पवित्रता के साथ किया था उसने फ़ौजी जीवन का वरण। 'Soldier I am born, soldier I shall die' यही था उन दिनों का उसका नारा, जिसे वह जब तब हवा में उछाल दिया करता था, ख़ुद को भीतरी ताक़त देने के लिए।

अपने में डूबे, अपने दुख-सुख, यादों, सपनों, दुःस्वप्नों, स मानों-अपमानों और ख़ालीपन की अनन्त गहराई में डूबे वे खोल रहे हैं अपने अतीत को किसी जादू की तरह, जो आज उन्हें लग रहा है किसी लोककथा की तरह— रोमांचक! अविश्वसनीय और अद्भुत!

होठों पर हँसी किसी नन्हीं चिड़िया की तरह फुदकने लगती है। वह अद्भुत समय! जब पापा के पास काम-ही-काम था और उसके पास समय-ही-समय। सपने-ही-सपने। भरोसा-ही-भरोसा। ख़ुद पर। दुनिया पर। उफ! किस तरह पूरे घर को उसने डरा और रुला दिया था, इंडियन आर्मी में दाख़िला लेकर!

वजह!

सपनों से खेलने के वे दिन— और एक विज्ञापन! सिर्फ़ एक विज्ञापन! और देखते-ही-देखते सबकुछ पलट गया था!

यह विज्ञापन जिसे 'टाइ स ऑव इंडिया' के मुखपृष्ठ पर एक चमकती सुबह अपने दमकते हौसलों के साथ पढ़ा था उन्होंने Nation needs you राष्ट्र को आपकी आवश्यकता है और इसके साथ ही देश के युवाओं से आर्मी ज्वाइन करने की भावुक-सी अपील की गयी थी। विज्ञापन में छपे दो बन्दूक़धारी कड़क फ़ौजी और अपील को पढ़ रोमांचित हो गये थे वे। आर्मी उनके लिए एक आदर्श हीरो बन गयी

थी जिसे उनकी ज़रूरत थी। 'नेशन नीड्स यू,' देश को उनकी ज़रूरत है— जैसे हर कोने से उठ रही थी यह आवाज़!

अठारह वर्ष की भावुक स्वप्निल उम्र और 'टाइ स ऑव इंडिया' का वह जादुई विज्ञापन! उन्हें लगा, जिस चीज़ की तलाश थी उन्हें, वह चीज़ मिल गयी है। एक रहस्यमयी दुनिया बुला रही थी उन्हें, 'आओ आओ। मेरे पास आओ!'

कितना सर्वशक्तिमान था वह क्षण कि उसके जादू की हत्या पूरा परिवार ी मिलकर नहीं कर पाया था। नहीं अब उसे इंजीनियरिंग कॉलेज में दाख़िला नहीं लेना है। उसे फ़ौजी बनना है। जाने कितने ज्वाइंट इंट्रेंस एग्जाम दे चुका था वह! परिणाम बस आने ही वाले थे।

अच्छा हुआ कि उसने वह विज्ञापन पढ़ लिया।

व्यापारी पिता चाहते थे कि वह किसी अच्छे कॉलेज से इंजीनियरिंग की डिग्री हासिल कर ख़ुद की फैक्टरी खोले या शाम का कॉलेज ज्वाइन कर अच्छे ख़ासे चलते व्यापार में बढ़ोतरी करे।

पर उसके सपने थोड़े अलग थे। पिता के साथ दुकान पर बैठे-बैठे पीतल तौल-तौलकर वह अपनी ज़िन्दगी नकारा नहीं करना चाहता था। वह चाहता था कोई होली क्रान्ति, कोई मिशन, कोई स्वप्न, कोई उद्देश्य, जीने के लिए। ज़िन्दगी को सजाने के लिए।

उसे चाहिए था कुछ और जो उसके पिता और चाचा के जीवन से हटकर हो। क्योंकि जब-जब वह पिता को दुकान पर बैठे पीतल के बर्तन तौलते देखता उसे लगता कि उनकी दुनिया में कोई भारी कमी है। सबकुछ है पर जैसे कुछ नहीं है। जीवन है पर स्पन्दन नहीं। उसे पूरा विश्वास था कि जीवन के अधूरेपन से, इस अपूर्णताबोध से उसे छुटकारा मिल सकता है तो सिर्फ़ फ़ौजी बनकर। इसीलिए घरवालों से छिपाकर और दोस्तों से रुपये उधार लेकर उसने फार्म भरा था।

और जब इंटरव्यू के लिए उसे इलाहाबाद बुलाया गया तो घर पर जैसे बिजली गिर गयी।

माँ अवाक।

पिता यूँ उछले जैसे हाथ में भारतीय फ़ौज का लिफ़ाफ़ा नहीं वरन साँप का ठंडा शरीर गिर पड़ा हो।

"यह क्या मज़ाक है?" इंटरव्यू लेटर को चारों कोनों से घुमा-घुमाकर पूछा था उसके पापा ने।

अपनी अठारहवर्षीय उम्र की ताज़गी और नये-नये अर्जित आत्मविश्वास के गुमान के साथ कहा था उसने, "पापा, यह मज़ाक नहीं, मेरा स्वप्न है। मैंने तय कर लिया है कि मुझे फ़ौज में दाख़िला लेना है।"

"क्या?" पिता का दिमाग़ घूम गया। क्या उन्होंने वही सुना, वही समझा जो उनके बड़े बेटे सन्दीप ने कहा, मैंने तय कर लिया है। अरे, कल तक जिसे नाड़ा बाँधना तक नहीं आता था, आज कह रहा है कि मैंने तय कर लिया है। उन्हें लगा जैसे उनका माथा घूम रहा है। धरती घूम रही है। खुले शर्ट के बटन बन्द करते हाथ रुक गये। दम फूल गया। किसी प्रकार ख़ुद को संयत कर पूछा, "पर क्यों?"

"क्योंकि देश को मेरी ज़रूरत है और मुझे फ़ौज की। क्योंकि यदि मेरे सपने कहीं साँस ले सकते हैं तो सिर्फ़ फ़ौज में। यदि और कहीं मैं गया तो घुट-घुट कर मर जाएँगे मेरे सपने।"

"क्या?" हतप्रभ रह गये शेखर बाबू। क्या इस प्रकार भी भला सोचता है कोई? सोच सकता है? देश को ज़रूरत है? माँ-बाप की कोई ज़रूरत नहीं? बित्ते भर का छोकरा और यह साहस! दुस्साहस! चीर जानेवाली ठंडी निगाहों से देखा उन्होंने पुत्र को। दिमाग़ ने तभी यह भी सिग्नल दिया और ज़ोर लगाओ।

इस बार दूसरी तरफ़ से कलाई मरोड़ने की चेष्टा हुई।

"क्या जानते हो तुम फ़ौजी जीवन के बारे में? देखा है किसी फ़ौजी को? कितनी कठोर लाइफ़ होती है फ़ौजियों की? और मिलता क्या है एक फ़ौजी अफ़सर को? मेरे एक व्यापारी का ातीजा, फ़ौज में मेज़र है— चलो मिला देता हूँ उससे। अपनी बेटी को जन्म के डेढ़ साल बाद तक भी देख नहीं पाया था वह, छुट्टी ही नहीं मिली थी। दस वर्ष की नौकरी के बाद भी जितना उसका बाप महीने भर में कमा लेता है, उसके बेटे को साल भर में भी नहीं देती है सरकार। तुम पैसे को महत्त्व नहीं देते क्योंकि तुमने कभी दमघोंटु अभावों और संघर्षों का जीवन नहीं जीया ना। इसीलिए कह दिया... मेरे गुज़ारे लायक़ दे देगी आर्मी। अरे, मुझसे पूछो, कैसे पैसा-पैसा जोड़ जुटायी हैं ये सुविधाएँ। कभी दस पैसे बचाने के लिए सियालदह से कॉलेज स्ट्रीट तक पैदल जाता था। तु हारी दादी मन्दिर जाती थी तो रास्ते में पड़ा गोबर उठा लाती थी कि उपले बन जाएँगे। अरे! फ़ौज में वही जाता है जिसके लिए दूसरे सारे रास्ते बन्द हो चुके होते हैं, या जो ज़िन्दगी को बट्टे खाते लिख चुका होता है। तु हें क्या कमी जो तुम— मरने को, गोली खाने को फ़ौज में जाओगे।"

पिता की आँखों में बेटे के लिए उठती पीड़ा के समुन्दर को देखा सन्दीप ने। वह संजीदा हुआ। पिता को समझाने की फिर एक कोशिश की उसने, "हाँ आप सही हो सकते हैं पापा कि फ़ौज में मुझे वो सुख-सुविधाएँ नहीं मिलेंगी जो आपके व्यापार या दूसरी नौकरियों में मुझे मिल सकती हैं। यह भी हो सकता है कि फ़ौजी ज़िन्दगी मेरे सपनों की ज़िन्दगी न बन पाए— पर वह ज़िन्दगी उस ज़िन्दगी से ज़रूर अलग होगी जो आप जी रहे हैं। नहीं, पापा, आनेवाली ज़िन्दगी की शक्ल

चाहे जैसी भी हो, पर मैं आप जैसी ज़िन्दगी नहीं जीऊँगा, यह फ़ैसला मैंने कर लिया है।''

'फ़ैसला कर लिया है' शब्द फिर चाबुक की तरह उनके पितृत्व के सीने पर पड़े। उनके जबड़े भिंच गये। लगा, कि बेटे के हाथों पूरी तरह ही ठगा गये हैं। वे बौखला गये— उफ़! सुख जब घर में पूरी तरह आसन मार कर बैठ गया था तो फिर नियति ने यह कैसी पटखनी दी! क्यों दी? क्या यह उनके सुखी-सन्तुष्ट जीवन के अन्त की शुरुआत है? वे सोचने लगे, पिछली सात पीढ़ी में घर का कोई लड़का फ़ौज में तो क्या नौकरी तक में नहीं गया था। हाँ, एक पीढ़ी पूर्व उनकी बहन ने ज़रूर लीक से हटकर निर्णय लिया था— मैं साध्वी बनूँगी। क्या उसकी बुआ के ही जींस आ गये हैं इस लड़के में? उन्होंने फिर निर्णायक स्वर में कहा, ''तुम फ़ौज में नहीं जाओगे।''

शेखर बाबू तल्ख हुए तो पुत्र के भी जींस बदले। उसने भी अपना जवाब फिर चाबुक की तरह हवा में लहराया, ''इट्स माई लाइफ़ पापा! इट्स माई डिसीजन पापा! ...पापा! आप तो पौराणिक कथाओं में बहुत रुचि रखते हैं ना, क्या आप जानते हैं कि महाभारत में एक जगह श्रीकृष्ण कहते हैं कि हर इंसान को अपनी कर्मभूमि के पत्थर ख़ुद ही तोड़ने पड़ते हैं। तो क्यों न वह कर्मभूमि मेरे सपनों की कर्मभूमि ही हो कि पत्थर तोड़ते भी आनन्द का अहसास बना रहे!''

''भाड़ में जाओ।'' क्रोध और आवेग में काँपने लगे थे शेखर बाबू। अभी तक तो सुनते ही आये थे कि ज़माना बदल गया है, बच्चे बड़ों का लिहाज़ नहीं करते पर ख़ुद के घर की फ़िज़ा ही इतनी जल्दी बदल जाएगी, स्वप्न में भी नहीं सोचा था उन्होंने। उन्हें लगा, बेटे ने अपना जवाब नहीं, वरन उनके वजूद को ही हवा में उछाल दिया है। घर की दिशा-दिशा से जैसे एक ही वाक्य रह-रहकर गूँज उठता था— ''इट्स माई लाइफ़! माई डिसीजन!''

उस रात न कुछ खाया उन्होंने, न किसी से कुछ कहा। बस बन्द कमरे में मुँह ढाँप औंधे पड़े रहे वे।

रात माँ ने सन्दीप के माथे पर हाथ फेरते हुए उसे अपने ढंग से समझाया। अपनी ममता का वास्ता दिया, ''बेटे, तुम घर के बड़े बेटे हो। तुम चले गये तो सिद्धार्थ को कौन सँभालेगा? पापा को तो बिजनेस से ही फ़ुर्सत नहीं मिलती। मुझे कौन देखेगा?''

—सिद्धार्थ की चिन्ता मत करो माँ, अब वह बच्चा नहीं रहा और यूँ भी वह बहुत तेज़ है। उसने तो मेरे निर्णय का स्वागत ही किया है। रही बात तु हारी तो तुम चिन्ता मत करो, जब तु हें मेरी ज़रूरत होगी तुम मुझे अपने क़रीब पाओगी।

और माँ ख़ामोश हो गयी। समझ गयी, इस बाढ़ को रोकना फ़िलहाल किसी

के बूते का नहीं। इसने तो जैसे अपने गले में पट्टी ही लटका ली थी— इंडियन आर्मी।

जाने किसने कह दिया था सन्दीप को कि तु हारा वज़न ज़्यादा है। तुम तो फ़ौजी के लिए जानेवाले इंटरव्यू में ही रिजेक्ट कर दिए जाओगे क्योंकि आर्मी को चाहिए एकदम कड़क, छरहरा, चुस्त बदन और शेर-सी कमर। बस उस दिन से ही दिनभर धूप और शाम चूल्हे के सामने खड़े रह-रहकर उसने सुखाया अपने भीतर का अतिरिक्त जल।

बेटे को धूप में खड़े देखते तो मन पर खरोंच पड़ जाती शेखरबाबू के। भरोसा अनाथ हो जाता। पिता की गुहार, माँ के आँसू... किसी का कोई मोल नहीं इस छोकरे के सामने। हल्की-सी उ मीद की कोई किरण थी तो यही कि कौन जाने आर्मी के इतने स त इंटरव्यू में ही रिजेक्ट कर दिया जाए जनाब को। आख़िर है तो बनिये का ही बेटा, दिमाग़ चाहे जितना तेज़ दौड़ा ले, पर असल दौड़ में क्या खाकर मुक़ाबला करेगा वह जाटों और गुरखों का। कर ले एक बार मन की, वहाँ से रिजेक्टेड होकर आएगा तो सारी फुटानी निकल जाएगी। भाग खड़ी होगी सारी कड़क, सारा आत्मविश्वास! दुम दबाकर भाग जाएगा आर्मी का भूत।

बस उ मीद के उस आख़िरी रेशमी खरगोश को बड़े जतन से हाथों में पकड़े-पकड़े खड़ा था सारा घर।

दस दिनों तक इंटरव्यू चलता रहा था। लिखित और मौखिक दोनों तरह के इंटरव्यू। ढेर सारे इंटेलीजेंट टेस्ट। रिजन और लॉजिक की जाँच करता— आई क्यू टेस्ट। कैसा इंसान है, के परीक्षण के लिए कई मनोवैज्ञानिक टेस्ट। टीम स्पिरिट जाँचने के लिए कई ग्रुप इंटरव्यू। ग्रुप प्रोजेक्ट। ग्रुप एक्टिविटिज। ग्रुप डिस्कशन। एक्सटे पोर कॉ पटीशन... यह जाँचने के लिए कि बिना पूर्व चिन्तन के आप कैसे अपने विचारों को अभिव्यक्ति दे पाते हैं कि कहीं अभिव्यक्ति लड़खड़ा तो नहीं जाती है।

और अन्त में सबसे बड़ा टेस्ट... फ़िजिकल टेस्ट। शारीरिक सामर्थ्य और साहस की जाँच करता फ़िजिकल टेस्ट। आप दौड़ रहे हैं, सामने नाला! कितने साहसी हैं आप? कहीं नाला देखकर डर तो नहीं गये?

सारे छोटे-मोटे पहाड़ों को पार कर जब राहत की साँस ली सन्दीप ने तो पता चला कि असली हिमालय तो सामने खड़ा है। तीनों एजेंसियों की स मिलित बैठक। इसमें पास होने पर ही आप फ़ाइनल मेडिकल टेस्ट के लिए योग्य घोषित

होते हैं। सन्दीप के बैच के तैंतीस उ मीदवारों में से सिर्फ़ तीन उ मीदवार ही फ़ाइनल राउंड तक पहुँच पाये थे। आधे से अधिक सेमीफाइनल से पहले ही मैच से बाहर हो चुके थे।

और अब अन्तिम टेस्ट— मेडिकल टेस्ट। लगभग सारे मेडिकल टेस्ट पास किये उसने, बस एक जगह गाड़ी अटक गयी। नाक की हड्डी थोड़ी टेढ़ी पायी गयी। लेकिन यह कोई भारी भरकम अड़चन नहीं थी। उससे कहा गया कि महीने भर के अन्दर वह नाक की माइनर सर्जरी करवा ले।

घर आते ही छोटे भाई सिद्धार्थ को साथ लेकर वह ख़ुद ही अस्पताल में भर्ती हो गया, नाक की हड्डी सीधी करवाने के लिए। एक छोटा-सा ऑपरेशन और नाक फिट।

उसकी बेताबी और फुर्ती को देख पिता को फिर करंट लगा। एक गहरी साँस खींची— आर्मी का जादू सिर पर सवार है। बहुत मुश्किल है अब डोर वापस खींचना। हे बजरंग बली! सवा मन के असली घी के लड्डू तेरे दरबार में, बेटे को नियुक्ति-पत्र नहीं मिले।

और एक शाम उसे मिल गया नियुक्ति-पत्र। पूरे घर ने जैसे भूक प का झटका दुबारा झेला। लगा, जैसे नियुक्ति-पत्र नहीं, घर की मौत का घोषणा-पत्र हो। सन्दीप ने वातावरण को हल्का करने की चेष्टा करते हुए कहा, ''पापा, मैं अपने कर्मशील जीवन की पहली उड़ान भरने जा रहा हूँ और ख़ुश होने की बजाय आप हैं कि मातम मना रहे हैं!''

भीगे गले से गीले-गीले शब्द निकले, ''तुम सिर्फ़ धाँसू डायलॉग मार रहे हो और भावनाओं में बह रहे हो। तुममें जोश ज़रूर है पर होश नहीं। आर्मी का सीमित आकाश तु हें ऊँची उड़ान भरने नहीं देगा। तु हारे पंख कतर दिए जाएँगे और तुम कुछ नहीं कर पाओगे।''

शेखर बाबू के सामने कुछ वर्ष पूर्व हुए 1971 के बांग्लादेश युद्ध की विभीषिकाओं के दृश्य सजीव हो, प्रेत की तरह नाचने लगे थे। कितने गये जो कभी लौटकर नहीं आये, कुछ आये तो भी साबुत नहीं आये।

दिल बहुत ही भारी हो गया था उनका। गहरे से फिर देखा पुत्र को। समझाने की फिर की आख़िरी चेष्टा, ''देखो, तुम जो मुझे सान्त्वना दे रहे हो न कि यदि मुझे रास नहीं आयी आर्मी तो सालभर के भीतर मैं कभी भी वापस लौटकर आ जाऊँगा, तो तुम यह जान लो बेटा कि एक बार तुम यहाँ से निकल गये तो फिर लौट कर आना तु हारे लिए स भव नहीं होगा। बहुत दुनिया देखी है मैंने इसीलिए कह रहा

हूँ कि स्रोत से निकलकर कोई भी लहर वापस उद्गम तक कभी नहीं लौट पाती है, फिर तो आगे अनन्त समुद्र ही मिलता है। आर्मी का मतलब ही है— मौत, विनाश, अशान्ति और रक्तपात।''

उसने फिर समझाना चाहा पापा को, ''पापा, मैं क्या करूँ, मुझे बिजनेस से विरक्ति है। मैं अच्छा बिजनेसमैन बन ही नहीं सकता। मेरी मानसिक बनावट वैसी है ही नहीं। हो भी नहीं सकती, मैं यह जानता हूँ। मैंने ख़ूब सोचा है इस पर। मैंने क़रीब से देखा है, आपके और आपके साथियों के जीवन को— एकदम सीधी-सड़क। हज़ार से लाख और लाख से करोड़ तक पहुँचने की दौड़। मुझे व्यर्थ लगता है ऐसा जीवन जो सिर्फ़ अपने तक हो, जिसमें किसी भी प्रकार का न तो मानसिक और बौद्धिक सन्तोष हो और न ही एडवेंचर या थ्रिल हो। और सबसे बड़ी बात तो यही पापा कि मैं जो हूँ उसे नकारकर यदि आप मुझे तोड़-मरोड़कर कुछ और बनाना चाहेंगे तो मैं तो विकृत होऊँगा ही, आपका भी इस अपराधबोध के साथ जीना दुश्वार हो जाएगा। इसलिए अच्छा है कि आप लहरों को उसकी स्वाभाविक दिशा और वेग से बहने दें, धारा को मोड़ने की चेष्टा न करें।''

जवाब सुन दंग रह गये शेखरबाबू। भीतर का सूर्य डूबने लगा। डूबती आँखों से फिर देखा पुत्र को— क्या यही उनका बेटा है? अपना ख़ून! क्या सचमुच उनसे कोई भूल हुई? क्योंकि समझ ही नहीं पाये बेटों को? वे दिन-पर-दिन अपने व्यापार में गहरे धँसते गये, उनके लिए वित्त-सत्य ही जीवन-सत्य बनता गया और बेटा उनके गुरुत्वाकर्षण से छिटक लहर की तरह दूर होता गया उनसे।

इस बार उन्होंने अपनी रणनीति बदली। पुत्र को तर्क की बजाय ममता से पटकनी दी जाए। ''बेटा यह तो सोचो, हमारी सात पीढ़ी में से कोई भी फ़ौज में नहीं गया। यहाँ तक कि नौकरी भी शायद ही किसी ने की हो। तुम मुझ पर इस प्रकार एक साथ यह दुगुनी चोट नहीं कर सकते। ठीक है तुम बिजनेस में नहीं आना चाहते हो मत आओ, इंजीनियरिंग कर नौकरी कर लेना। मैं वचन देता हूँ कि मैं तु हें नहीं रोकूँगा, पर फ़ौज में मैं तु हें नहीं जाने दूँगा। हर्गिज़ नहीं।''

विजेता के भाव से सन्दीप ने नहले पर दहला जड़ा पापा, ''यदि आप अपनी पीढ़ी का इतिहास ही मुझ पर लादना चाहते हैं तो थोड़ा और पीछे हटिए। आप देखेंगे कि हमारे पूर्वज राजपूत थे। हम ख़ुद राजपूत से जैन बने हैं और राजपूतों में एक समय यह पर परा थी कि हर राजपूत परिवार अपने बड़े पुत्र को सेना में भेजता था। देशसेवा के लिए। तो मुझे कृपया आप जाने की अनुमति दें, सिद्धार्थ को आप अपने अनुसार ढाल लीजिएगा।''

क्या? क्या कहा? उन्हें लगा जैसे वे बेटे को नहीं वरन् बेटे के नये अवतार को देख रहे हैं। कब उग आया बेटे का यह नया व्यक्तित्व! पुरखों के जिस इतिहास

को उनके माध्यम से बेटे तक पहुँचना चाहिए था वह बेटे से होकर उन तक पहुँच रहा है। हे राम! बेटे का वजूद फैल रहा है, फैलता जा रहा है जबकि उनका दिन-पर-दिन सिकुड़ता जा रहा है।

बेटे के जवाब से पराजय स्वीकार कर ली उन्होंने। समझ गये बेटे को समझाना उनके बस का नहीं। उसके व्यक्तित्व के पर निकल आये हैं। अब उसे उड़ान भरने से रोकना उनके बस का नहीं। इससे पूर्व कि लड़का उनके हाथों से पूरी तरह निकल जाये, अच्छा होगा कि वे भी उसके सरोकारों और सपनों के हिस्सेदार बन जाएँ।

रात उन्होंने रोती कलपती पत्नी को भी समझाया, ''देखो, ख़तरा कहाँ नहीं है। जीना-मरना सब ऊपरवाले के हाथ है। हवा के रुख़ को पहचानो और सन्दीप को राज़ी-ख़ुशी देहरादून के लिए विदा करो।''

घरवाले और रिश्तेदार ही नहीं, पूरा मुहल्ला विदा करने आया था सन्दीप को स्टेशन। सचमुच वीर घटना थी मुहल्ले के लिए। व्यापारी परिवार और वह भी मारवाड़ी? उनका लड़का सेना में? जिसकी दादी बिल्ली से डर जाती है और जिसकी अ मा छिपकली देख भाग खड़ी होती है उस परिवार का वंशज तोप, गोला, बारूद और बन्दूक की दुनिया में? क्या बात है। कइयों ने उसे हैरत और गर्व से देखा तो कइयों की निगाह में हैरत, हैरानी और तरस खाने का मिलाजुला भाव भी था। क्या देती है आर्मी... जितना पैसा मिलता है उससे क्या बाप जैसी ठाठ-बाट की ज़िन्दगी जी पाएगा वह? मुहल्ले की एक अधबूढ़ी औरत ने अतिउत्साह में जब गर्दन हिला-हिलाकर कहा... वाह! देशसेवा के लिए जा रहा है सन्दीप तो बजाय गौरवान्वित होने के शेखर बाबू और उनकी पत्नी का मुँह सिकुड़-सा गया था। इस काले समय में देशभक्ति भी शायद पिछड़े लोगों की फ़ितरत रह गयी थी।

...और जब गार्ड ने सिग्नल दिया, और ट्रेन हिली तो अपने पापा और माँ को हिचकी ले-ले रोते देख सन्दीप की भी आँखें छलछला आयीं, लगा जैसे किसी ने भींगे तौलिये की तरह आत्मा को निचोड़कर रख दिया है। उफ़! कितनी जानलेवा होती है अपनत्व की यह डोर! जिनसे भागकर दूर चला जाना चाहता है वह, वे ही आज चलाचली की इस बेला कितने वेग से खींच रहे हैं उसे अपनी ओर। सही में मन जो न कराए सो थोड़ा।

क़ाश उसे समझाने की बजाय घरवाले उसे समझ पाते कि वह अपना जीवन पिता की तरह पाई-पाई का हिसाब रखने, तेज़ी-मन्दी खेलने, पीतल तौलने या फिर किसी प्राइवेट फर्म के बॉस की मनहूस शक्ल देखने की बजाय राष्ट्र की सुरक्षा और

सीमाओं की चौकसी में बिताना चाहता है!

पर यह गाड़ी क्यों नहीं चल रही? इससे पहले की भावनाओं का भार असह्य हो जाय और वह कच्चा पड़ जाए परिवार के सामने, गाड़ी को चल जाना चाहिए। उसका मन किया वह ख़ुद धक्का लगा दे ट्रेन को। पूरा महीना निकाल दिया उसने परिवार को झेलते, उनसे झगड़ते पर विदा के ये पन्द्रह-बीस मिनट चट्टान की तरह उसके वजूद पर भारी पड़ रहे थे।

जब उसे लगा बस अब गाड़ी चलनेवाली है...। उसने माँ-पापा के चरणस्पर्श किये तो पिता ने अंक में भरते हुए उसे फिर स्मरण कराया, ''बेटा आर्मी के अनुबन्ध के अनुसार जबतक तुम ट्रेनिंग पीरियड में हो कभी भी लौटकर वापस आ सकते हो नागरिक जीवन में... इसलिए अभी भी तुम चाहो तो निर्णय बदल सकते हो। पर एक बार तुमने अनुबन्ध पत्र और शपथ-पत्र में हस्ताक्षर कर दिया तो फिर नामुमकिन है नागरिक जीवन में वापस लौटना... बोलते-बोलते उसके पिता सचमुच रो पड़े थे। उसके पिता का यह एकदम नया रूप था जिसकी परत उसके सामने खुल रही थी। अभी तक उसने अपने पापा को हमेशा व्यापार में डूबे और मातहतों, कर्मचारियों और क़र्जदारों से स. ती से पेश आते ही देखा था। पापा का यह रूप और माँ की लाल-लाल आँखों को देख उसके भीतर के ठिठके ठहरे पानियों में जाने कैसी तो लहर उठी... और उसकी सारी मजबूती रेत के ठूह-सी ढह गयी।

ट्रेन के चलने के पूर्व ही वह अपनी सीट पर चला गया। चलाचली की बेला में कच्चा नहीं पड़ना चाहता था वह।

और जब गाड़ी सचमुच चल दी तो उसने सुना माँ उसकी खिड़की के पास खड़ी, शीशे के उस पार से चिल्ला रही थी सन्दीप! सन्दीप! दरवाज़े तक आओ। पर वह बाहर नहीं निकला...। भीतर चलती आँधियों को रोके रहा वह। इस क्षण पराजित हो गया तो सारी ज़िन्दगी अपनी इस दुर्बलता के लिए माफ़ नहीं कर पाएगा वह स्वयं को उफ़ कितना रहस्यमय है यह मन! जो वह चाह रहा था, वही हो रहा है, तो भी वह ख़ुश क्यों नहीं? क्यों हो रहा है इतना आकुल-व्याकुल। आख़िर जब ट्रेन चलने लगी तो दौड़कर आया वह दरवाज़े तक। हिलते हाथ। देखा उसने— ध्वस्त हुई माँ को छोटा भाई सहारा देकर ले जा रहा है, आहिस्ता-आहिस्ता!

देहरादून स्टेशन! राहत महसूसी उसने— सामने आर्मी की गाड़ी। गाड़ी में लकदक आर्मी अफ़सर उसे ऑफ़िसर्स ट्रेनिंग अकादमी ले जाने के लिए।

सपना पूरा होने के बाद कैसे जीता है आदमी!

ऐसे!

उसे उत्तेजना और आशंका ने एक साथ दबोचा— अब वह इंडियन आर्मी में है। जहाँ इस . याल ने उसे तरंगित किया वहीं इस सोच ने कि अब वह घर से हज़ारों मील की दूरी पर है, आगे की सारी उड़ान अपने कन्धों पर, क्या सामर्थ्य बटोर पाएगा वह? जाने कैसी ट्रेनिंग हो। बहरहाल अनजाने ही एक उ मीद भीतर उगने लगी— आर्मी स्वागत करेगी उसका। अख़बार में पढ़ा वह विज्ञापन फिर एक बार आँखों के आगे लहरा गया— नेशन नीड्स यू। अपने चमकते कैरियर को दाँव पर लगा वह यहाँ आया है... इस बात का लिहाज़ क्या नहीं करेगी आर्मी?

आर्मी की बड़ी-सी जीप के पास खड़ा रहा वह जाने किस उ मीद में कि अचानक सुनी उसने एक रूखी और कड़कती आवाज़— सामान उठा। क्या...? उसी से कहा गया? भीतर कुछ दरका। उत्साह अचानक हाथ से छूटे गिलास की तरह चूर-चूर हो गया। फ़ौजी जीवन की सनसनी परे हट गयी। धुकधुकी शुरू हो गयी। उसने तो उ मीद की थी कि कुली आएगा। उसका सामान उठाएगा और वह राजाबाबू की तरह दोनों हाथ पेंट की जेब में डाले मुस्कराते हुए हौले-हौले चलेगा। उफ़! वह तो भूल ही गया था कि यह आर्मी है, कठोर जीवन शैलीवाली। पहले आघात से ही नहीं सँभल पाया था वह कि तभी एक और कर्कश आवाज़ कानों से टकरायी— यू बास्टर्ड! कम हीयर। उससे सिर्फ़ छह महीने सीनियर अफ़सर का यह रवैया! सँभला-सँभला कि तभी उसी ऑफ़िसर ने उसके बेल्ट की लूप में उँगली डाल उसे गर्दन से धर दबोचा।

उसकी आँखें भर आयीं। क्या दुनिया में ऑक्सीजन की कमी हो गयी है? उसका दम घुटने लगा। उस एक शब्द 'बास्टर्ड' ने उसे उसके . वाबों की ज़मीन से दूर पटक अनजाने भविष्य के प्रति उसके कच्चे मन में हल्का-सा डर भी पैदा कर दिया था। उफ़! यह आर्मी है या सांड, मिलते ही लगा सींग मारने। जिस आर्मी के लिए उसने सबको रुलाया, आज पाँव धरते ही उसने उसे ही रुला दिया।

कहीं पापा की भविष्यवाणी सही न हो जाए!

बाद में मालूम पड़ा उसे कि यह सब रैगिंग थी। ऑफिसर्स ट्रेनिंग में क़दम रखते ही उसे कठोर... उसे आदमी, उसे ही-मैन बनाने की प्रक्रिया शुरू हो गयी थी।

बीते कल की उतरती सीढ़ियाँ।

पहाड़ियों, घाटियों, हवाओं और वादियों का शहर देहरादून।

एक नयी दुनिया थी वह जो परत-दर-परत खुलती जा रही थी उसके सामने। अपने सारे रहस्यों और उत्तेजनाओं के साथ। एक बार फिर इस विश्वास ने उसके

भीतर जगह बनायी कि कितनी मेहनत करती है आर्मी आदमी-को-आदमी बनाने के लिए। अब समझ में आया उसे कि क्यों इतना कठिन इंटरव्यू होता है आर्मी के ऑफ़िसर्स कैटेगरी के लिए। यदि कच्ची माटी में गुणवत्ता हो तो फिर चाहे जो भी रूप दे दे उसे आर्मी। ऐसा गढ़ती है आर्मी आदमी को किसी कुशल कु भकार की तरह कि फिर जीवन भर के लिए आदमी वह नहीं रह पाता है जो वह था— इस दुनिया में घुसने के पूर्व। सबकुछ बदल जाता है उसका— देह, मन, आत्मा।

वह शिवाजी बटालियन की मैक्टीला की क पनी में था। हर क पनी में 80 ऑफ़िसर्स थे। उसका दोस्त गिरिराज रंजीत बटालियन की कोहिमा क पनी में था। हर क पनी के पास दो प्लाटून होते हैं। हरेक प्लाटून में 30-40 कैडेट् होते हैं। उनके ऊपर एक ग्रुप-ऑफ़िसर होता है। वही ट्रेनिंग देता है। उसके कैप्टन का नाम था— ए.के.सिंह।

और वहीं एक और नये सत्य से साक्षात्कार हुआ— जैसे कोई भी पानी हो, छोटी-मोटी नदियाँ हों, नाले हों, चश्मे हों, तालाब हों... लेकिन सब गंगा में जाकर गंगा हो जाती हैं, वैसे ही भारत के विभिन्न राज्यों, प्रान्तों, मैदानों, पहाड़ों, राजमार्गों, पगडंडियों से जो भी आता है यहाँ, आर्मी की गंगा में मिलकर फ़ौजी हो जाता है और वही बनती है उसकी पहचान। और इस फ़ौजी को आर्मी सबसे पहले बनाती है जेंटिलमैन। सबसे पहले तुम एक अच्छे इंसान बनो फिर कुछ और। और इसी प्रक्रिया के तहत हर फ़ौजी को दिया गया— जेंटिलमैन कैडेट न बर। उसका जेंटिलमैन कैडेट न बर था— एक सौ आठ।

यही थी उसकी नयी पहचान। अब वह नाम से नहीं, जी.सी. न बर से पहचाना जाता था। और यही था आर्मी का मूलमन्त्र भी। 'स्व' को विसर्जित कर समूह में ढालना। यहाँ सारे जीवन मूल्य सामूहिकता के जीवन-मूल्य थे। व्यक्ति से टीम, टीम से क पनी, क पनी से बटालियन, बटालियन से रेजिमेंट और रेजिमेंट से राष्ट्र के लिए सोचना। लेकिन सबसे ज़्यादा झुँझलाहट होती उसे बार-बार ड्रेस बदलने से। जैसे उसका वजूद सिमटकर वर्दी में रिड्यूस हो गया हो। जैसे वह मनुष्य नहीं सिर्फ़ एक वर्दी हो। अपने घर में जितनी ड्रेसें वह सप्ताह भर में नहीं बदलता उतनी उसे यहाँ एक दिन में बदलनी पड़ जाती। पी.टी. के लिए सफ़ेद टी.शर्ट और ड्रिल के लिए अलग ड्रेस तक तो बात फिर भी समझ में आती लेकिन इनडोर क्लास के लिए अलग ड्रेस और आउटडोर क्लास के लिए भी अलग चीता ड्रेस— हल्के हरे और पीली पत्तियोंवाली ड्रेस। कई बार तो उसे पाँच मिनट भी नहीं दिये जाते ड्रेस बदलने के लिए।

क्या इसी प्रकार ड्रेसें बदलवा-बदलवा कर उसे फुर्तीला बनाया जाएगा?

उसके शून्य में यह सवाल किसी नन्हें पौधे की तरह उगा। कई बार दिमाग़ में

एक और सवाल उगता, क्या यहाँ आकर उसने कोई भूल की?

विशेषकर जब नियमों के खूँटों से बँधी यहाँ की कठोर दिनचर्या और ज़बरदस्त रैगिंग से घबराकर उसकी आत्मा चित्कार कर उठती— नहीं यह ज़िन्दगी उसकी नहीं हो सकती, यह तो अजगर की तरह निगल लेगी उसकी तरंगों को, उसके सपनों को उसकी उड़ानों को। ऐसे में घर की यादें, घर का खाना-लहरों की तरह उसे उद्वेलित करता बहा ले जाता।

यहाँ उसे पाँच बजे उठ जाना पड़ता। कड़क ठंड में भी नहाना पड़ता और फिर निकल जाना पड़ता पी.टी. के लिए। घंटे भर चलती पी.टी.। इतना ज़्यादा शारीरिक व्यायाम होता कि ठंड में भी वह पसीने में नहा जाता। उसके अंडरवीयर तक भीग जाते, भीतर घाव हो जाते। फिर 20 मिनट का ब्रेक मिलता— जिसमें उसे अपनी ड्रेस बदलनी पड़ती और फिर पैंतालिस मिनट तक की फिर ड्रिल।

उसका आरामतलब शरीर चीख़ उठता।

तब जाकर मिलता उसे सुबह का नाश्ता। दही, कॉफी, चाय, दूध, अंडे, आमलेट, मक्खन, ब्रेड— जितना खा सको।

कई बार उसे भरपेट खाना भी नहीं दिया जाता। वह खाने बैठता कि सीनियर आ धमकते और अपनी कड़क आवाज़ में उसे आदेश देते— पाँच मिनट के अन्दर खाओ। वह खाना नहीं खाता निगलता। भकोसता जितना भकोस पाता पाँच मिनट में। कई बार खाने बैठता। देखता थाली से चपातियाँ ग़ायब। ख़ाली दाल पीकर वह चल देता।

यहीं आकर उसने जाना— आर्मी की मशहूर स्कवाअर अप रैगिंग। अँग्रेजों के ज़माने से चली आ रही थी यह रैगिंग। स्कवाअर अप मील मतलब भरपेट भोजन। उन्हें खाने पर बुलाया जाता, सजी-धजी थाली सामने रख दी जाती। जैसे ही वे खाना शुरू करते सीनियर आ धमकते। वे खड़े हो सीनियर को सैल्यूट मारते। सीनियर कहते— हवा में च मच से स्कवाअर बनाओ, वे हवा में च मच से स्कवाअर बनाते। सीनियर कहते, नाऊ, यू हैड ए स्कवाअर मील, नो मोर अब तु हारा स्कवाअर मील यानी भरपेट खाना हो गया, अब तुम जा सकते हो। यह उन दिनों का सबसे दुखद दृश्य होता। पूरे दिन भूखा रहना पड़ता। कई बार वह अपने मौज़ों में चॉकलेट छिपा लेता, जैसे ही मौक़ा मिलता उसे खा लेता।

एक रात कड़कती ठंड में उसे आदेश मिला— कपड़े उतार ज़मीन पर लेटो, सिवाय अंडरवीयर के उसने सारे कपड़े उतार डाले।

और आर्मी के दंड! ख़ुदा बचाए! पीठ पर पत्थर से भरा बोरा लेकर रूटीन दौड़ लगा ही चुका था वह। साइकिल से अपने क्वार्टर की तरफ़ बढ़ रहा था, उसने . याल नहीं किया सीनियर उधर से निकल रहे थे। आर्मी आचार संहिता के अनुसार

उसे साइकिल से उतरकर पैदल ही साइकिल के साथ चलना था। पर ज़बर्दस्त थकावट और भूख ने उसे अधमरा कर दिया था। अपने क्वार्टर में लौटा तो खाने की बजाय दंड हाज़िर था— साइकिल कन्धे पर रखकर दौड़ो।

या ख़ुदा क्या सामन्तवाद। छह महीने सीनियर भी मालिक! सर! जिसे खुली छूट रहती है इन नये रंगरूटों को आदमी बनाने की।

धीरे-धीरे उसे समझ में आ गया कि अपने वरिष्ठों की नज़र में वह एक ऐसा गधा है जिसे फ़ौजी बनाने का भूत उन पर सवार है।

आर्मी की कठोर दिनचर्या और उस पर रैगिंग। उसका मन जमने से पहले ही उखड़ने लगा था। ग़नीमत थी तो यही कि इतनी व्यस्तताओं और फ़ौजी हलचलों के बीच कई बार उसे दिल के टूटने-उखड़ने का पता भी नहीं चलता। दिन होता, रात होती, समय चौकड़ियाँ भरता भागता जाता। एक शाम थोड़ा समय मिला तो उसे उदासी ने घेर लिया। घरवालों की याद ने विचलित कर दिया और तभी उसे ऑफ़िस बुलाया गया। वहाँ उसे अपने परम मित्र अभिषेक की एक ल बी चिट्ठी मिली जिसे देख वह मेढक की तरह उछल पड़ा। अभिषेक भी अपने घर से हज़ारों मील दूर तमिलनाडु के त्रिची शहर के रीजनल इंजीनियरिंग कॉलेज से इंजीनियरिंग कर रहा था। चिट्ठी इस प्रकार थी,

उल्लू गधे,

तुझे लगता है कि तुझ पर फ़ौजी कायदे-क़ानून का पहाड़ टूट पड़ा है और मैं यहाँ जलेबियाँ उड़ा रहा हूँ। और जान-बूझकर तुझे नहीं लिख रहा हूँ। अरे कार्टून, दुनिया हर जगह एक जैसी है। हर जगह हमलोगों की फट रही है।

तु हारे यहाँ होनेवाली रैगिंग के बारे में मैंने अख़बार में पढ़ा। मैंने तो यहाँ तक पढ़ा कि आई.एम.ए. के भगत बटालियन के सिंगारी क पनी के जेंटिलमैन कैडेट एक सौ ग्यारह ने रैगिंग से तंग आकर आत्महत्या कर ली। तुमलोग तो फिर ी ख़ुशनसीब हो कि एक बन्दा पंखे से झूल गया और तुम सबको वैसी जानलेवा रैगिंग से मुक्ति दिला गया।

अब सुन यहाँ के हाल। बेटे, यहाँ आकर पहली बार जाना घर क्या होता है और क्या होता है घर का खाना, घर की सुविधा। घर की सुरक्षा। अभी तक हमने बाहर की दुनिया देखी ही कहाँ थी। हमारे दिमाग़ में सबकुछ अच्छा-ही-अच्छा भरा था। हमारे लिए बाहर की दुनिया घर का ही विस्तार थी। पहली बार यह भरोसा हमारा यहाँ आकर टूटा कि दुनिया उतनी अच्छी भी नहीं है। यहाँ आकर मैंने पाया कि हमारी निश्चल दुनिया में एकाएक धोखा, अविश्वास, क्रूरता और हिंसा घुस आयी है... कि हमें हर दिन एक नया युद्ध लड़ना होता है।

जानते हो मेरे बैच के दो लड़के रैगिंग से घबराकर घर भाग गये हैं। हम जैसे

ढीठ और गैंडा चमड़ी तो सारी जिल्लत, यातना और अपमान झेल जाते हैं, पर स्वाभिमानी और कमज़ोर गूर्देवाले भाग खड़े होते हैं। एक बन्दा तो मानसिक रूप से इतना विक्षिप्त हो गया था कि उसे अस्पताल में दाखिल करवाना पड़ा। उसे पूरी तरह नंगाकर कहा गया— तैर! धरती पर तैर!! नंगेपन की शर्म को झेल नहीं पाने के कारण वह सिकुड़ता गया। वे कहते रहे— तैर। सारी रात यही वहशी खेल चलता रहा।

और अब सुन क्या हुआ मेरे साथ। यहाँ नेशनल इंस्टीट्यूट ऑव टेक्नोलॉजी, त्रिची में रैगिंग बहुत ही वैज्ञानिक पर परागत और व्यवस्थित ढंग से होती है। हमसे जो साल भर सीनियर हैं, उन्हें हम बाप कहते हैं, जो दो साल सीनियर हैं उन्हें हम दादा कहते हैं, और जो तीन साल सीनियर हैं, वे हुए परदादा। तो हर सीनियर का एक बेटा होता है जिसकी रैगिंग करने का उसे विशेषाधिकार होता है। यहाँ रैगिंग भी नियमानुसार होती है। यानी हर राज्य और प्रान्तवाले अपने ही राज्य और प्रान्तवालों की रैगिंग कर सकते हैं। मैं बंगाल से हूँ तो मेरी रैगिंग सिर्फ़ बंगाल कोटा से आये सीनियर्स ही कर सकते हैं। उसी प्रकार जो एन. आर.आई. हैं उनकी रैगिंग भी एन.आर.आई. ही कर सकते हैं।

क़रीब आठ नौ महीने तक चलती रहती है रैगिंग तब तक जब तक कि हमें सीनियर्स द्वारा फ्रेशर्स वेल्कम पार्टी नहीं मिल जाती। इस दर यान हम पर कई प्रतिबन्ध होते हैं, जेल के क़ैदियों की तरह। हम कॉलेज कै पस से बाहर घूम नहीं सकते, यदि कोई बेहद ही ज़रूरी काम हो तो भी हमें इजाज़त लेकर ही जाना होता है। इन आठ-नौ महीने हम न बूट पहन सकते हैं, न जींस और न ही टी-शर्ट। कॉलोनी कै पस में हमें हवाई चप्पल पहनकर रहना पड़ता है। हमें पूरी बाँह और बन्द गले का बुशर्ट पहनना होता है। हमें मिलिट्री कट यानी बहुत छोटे-छोटे बाल रखने होते हैं यानी पूरी तरह लल्लू बनाकर हमें रखा जाता है। मेरे पास पूरी बाँह के कमीज़ कम थे, इस कारण एक बार मैंने आधी बाँह का शर्ट पहन लिया जिसकी कॉलर के ऊपर दो शो बटन लगाये हुए थे। मैं क प्युटर रूम की तरफ़ बढ़ रहा था। रास्ते में मुझे दो सीनियर मिले पर मैं निश्चिन्त था, वे मध्य प्रदेश के थे और नियम के अनुसार वे मेरी रैगिंग नहीं कर सकते थे। पर जबतक मैं क प्यूटर रूम तक पहुँचा जाने कहाँ से यह ख़बर उड़कर मेरे बाप तक पहुँच गयी और उसके रूम के बाहर बाग देने लगी। आनन-फानन में मेरा बाप हाजिर और दो झन्नाटेदार थप्पड़ मेरे गाल पर। इस प्रकार बास्टर्ड ने खींचे शो बटन कि शर्ट ही फट गयी, फिर उसने पूछा, "तेरा स्कोर कितना है।"

मैंने कहा, "आठ सर।"

बस आठ ही, फिर दो-तीन झन्नाटेदार थप्पड़ मेरे उसी गाल पर। फिर बका

उसने, ''अब बता कितने स्कोर हुए?''

मैंने कहा, ''ग्यारह सर!'' हाँ, अब दो अंक वाला स्कोर ठीक है, अब तू जा।

कई बार यह रैगिंग बड़ी इंटेलीजेंट टाइप की रैगिंग ी होती है। एक बार रैगिंग के दौरान मुझसे कहा गया, ''तुमको पेशाब लगा है तो तुम क्या करोगे?''

''सर, मूतूँगा।''

''तुमको यदि जलते हुए हीटर के ऊपर मूतने को कहा जाये तो क्या करोगे?''

''सर रुक-रुककर मूतूँगा। (जिससे मुझे करंट नहीं लगे।)''

तो धोंचु तेरी क्या रैगिंग हुई। रैगिंग तो हमलोगों की होती है, अभी तो और सुन!

एक बार मेरे बाप ने मुझे अपने कमरे में बुलाया, मैं गया। मैं वहाँ एकदम अकेला था। मेरे इर्द गिर्द पाँच-छह सीनियर थे जो सभी बंगाल से थे। इस क़दर घूर रहे थे वे मुझे कि उनकी आँखों से लपट मारती क्रूरता की तपिश से ही झुलस गया था मैं। तभी मेरी नज़र उस टेबिल पर पड़ी जिस पर रखे थे डिटॉल, कैंची, बैंडेज, रुई, पट्टियाँ और नौवासेल्फ पाउडर (ख़ून बहने से रोकने वाला पाउडर) आदि। और कोने में पड़ा था एक स्ट्रैचर! मेरे तो होश उड़ गये! आज मरा! मैं डर से ठिठुरता रहा। मेरी घड़कनें तेज़ होती गयीं।

तभी मैंने सुना। मेरे बाप से उसका दोस्त पूछ रहा था, ''यह डिटॉल, नोवासेल्फ, पट्टियाँ वग़ैरह क्यों रखी हुई हैं?'' उसने झटके से मटके-सी अपनी गर्दन मेरी ओर घुमायी और यूँ देखा मेरी ओर कि हिटलर के ज़माने में नाजी भी यहूदियों की ओर क्या देखते होंगे। फिर उस बाप ने जवाब दिया, ''पिछले सप्ताह रैगिंग में एक लड़के का माथा फट गया था, बुरी तरह ख़ून बहने लगा था, हमारे पास फर्स्ट ऐड भी नहीं था, बहुत ख़ून बह गया था बेचारे का। इस कारण इस बार पहले से ही सारे इन्तज़ाम कर रखे हैं।''

मेरी तो फट गयी। अन्दर गीला-पीला हो गया। अब हुई पिटायी अब हुई पिटायी। अब लिटाया-स्ट्रैचर पर। सुना था, सत्तर के दशक में बंगाल के नक्सलवादी इंटेरोगेशन रूम में जाते थे चलकर पर निकलते थे स्ट्रैचर पर। वही दृश्य दिमाग़ में घूमने लगा। वे आपस में बतियाने लगे कि कैसे उस लड़के के नाक से ख़ून बहा, फिर कैसे उसका होंठ कटा और अन्त में कैसे उसका माथा फटा जब उन्होंने उसके माथे को दीवाल से भिड़ा दिया था। मैं और सुन नहीं सका और ध म से ज़मीन पर बैठ गया। बैठे-बैठे ही मेरा दिल इतनी ज़ोर से धड़का कि उसकी आवाज़ मेरे बाप ने भी सुन ली। इसलिए बिना मेरी ओर देखे ही वह बोलता रहा, ''यार, उस दिन तो थोड़ी-सी भी देरी और हो जाती तो उस बेचारे का तो 'राम नाम सत्य' हो ही

जाता।'' उसका तो बोलना हुआ और मेरा सिर चकराने लगा। कई बार पढ़ चुका था कि कैसे रैगिंग के दौरान लड़के की मौत तक हो गयी। मैं एकदम अकेला अनजान शहर... अनजान भाषा और सामने पाँच-पाँच साक्षात् यमराज! मैं सुबकने लगा। और तभी मेरे बाप ने फिर जड़ा एक करारा.....चाँटा मेरे गालों पर और फिर पूछा, ''क्या है तेरा स्कोर?'' मैंने कहा ''पचपन।''

उसके दोस्त ने फिर अपने हाथ मुझ पर आजमाये और कहा, ''अब तू अमीर हो गया, अब जा भाग।''

मैं दूम दबा के भागा। बाद में पता चला वह डिटॉल कैंची और पट्टियाँ सारी नौटंकी थी, महज़ मुझे डराने के लिए थीं।

सोचो, कितनी क्रूरता थी उनमें। कहीं पढ़ा था कि चंगेज ख़ाँ पहाड़ों से हाथियों को गिरवा देता था और उनके आर्त्तनाद को सुनकर आह्लादित होता रहता था। हर युग में सैडिस्ट प्रवृत्ति के ऐसे चंगेज ख़ाँ पैदा होते रहते हैं और धरती के उसी टुकड़े को दुर्गन्धयुक्त करते रहते हैं जो उन्हें पालती पोसती है।

कई बार मैं सोचता हूँ कि इतनी क्रूरता इनमें आती कहाँ से है। क्या क्रूरता से जन्म लेती है क्रूरता? एक बार मैं रैगिंग के दौरान रो पड़ा था और मेरे मुँह से अपने सीनियर के लिए निकल पड़ा था। ''आप भी तो छह महीने पूर्व फ्रेशर थे, मेरी तरह क्या आप भूल गये अपने दिन?'' जानते हो उसने मुझे क्या जवाब दिया? उसने कहा, ''हाँ छह महीने बाद तुम भी इसी तरह फ्रेशर की रैगिंग करोगे बल्कि हमसे भी कहीं ज़्यादा क्रूर ढंग से। यानी इसी प्रकार चलता रहेगा क्रूरता का यह खेल और दुनिया का पागलपन। कई बार सोचता हूँ कि शायद अपनी नीरस और ऊब से भरी दैनिक जीवन की दिनचर्या से निपटने के लिए एवं जीवन में कुछ थ्रील एवं मजे नामक तत्त्व को शमिल करने के लिए ही किया होगा अँग्रेजों ने रैगिंग का चलन। पर सोचो, अठारह वर्ष की उम्र! अबोध अजानी दुनिया और यह रैगिंग। दुनिया अच्छी लगते-लगते एकाएक ख़राब और खूँखार हो जाती है। और सबकुछ इतना अचानक और एकाएक होता है कि हमारी सारी लय ताल बिगड़ जाती है। हमारे विश्वास की जड़ों में दुनिया के प्रति अविश्वास की खाद यहीं से डलना शुरू होती है जो ताउम्र हमारी नकारात्मक भावना को ही सींचती रहती है।

यार, तुझे ज्ञान देने के जोश में एक घटना तो बताना ही ूल गया। हमारे कै पस की सबसे मज़ेदार रैगिंग। मेरे रूममेट द्वैपायन के माँ-बाप उसे छोड़ने आये थे। उसकी माँ ने यहाँ की कु यात रैगिंग के बारे में बहुत कुछ सुन रखा था। यहाँ रहते हुए ही उसने देख लिया था सीनियर द्वारा अपने बेटे को घेरे जाते हुए। जाते-जाते वह बेहद चिन्तित हो गयी। उसने सीनियर लड़कों को कहा, ''देखो, द्वैपायन तु हारे छोटे भाई के समान है, उसका . याल रखना।''

''जी, आंटी, आप बिल्कुल चिन्ता मत कीजिएगा, हम उसका ख़ूब . याल रखेंगे।''

सीनियर से वादा ले वे थोड़ी निश्चिन्त हो घर के लिए रवाना हुई। उनके जाते ही सीनियर्स ने द्वैपायन को ज़बर्दस्ती बिस्तर पर सुला दिया। उसे टोपी, मोजा पहना, चादर ओढ़ा दिया। तीन दिनों तक उन्होंने द्वैपायन को बिस्तर से उठने नहीं दिया, वहीं बिस्तर पर ही बोतल से दूध, चाय और पानी पिलाते रहे। तु हारी माँ बोल गयी है— इसका . याल रखना।

तो हीरो! तू यह मत सोच कि तू आर्मी में है इसलिए ज़्यादा जकड़ा हुआ है और मैं नागरिक जीवन में हूँ, इसलिए ख़ुशहाल हूँ। मुझे तो लगता है कि हर स्तर पर चुनौतियाँ हैं, तनाव है। स पूर्ण सुख-चैन कहीं नहीं है। जब तक ज़िन्दगी है, लहरें तो उठेंगी ही। बस यह समझ ले कि ज़िन्दगी का दूसरा नाम ही है, मुठभेड़, हर क़दम पर मुठभेड़।

घर कब आ रहे हो? हमलोगों को तो शायद दूसरे सिमेस्टर के बाद ही छुट्टियाँ मिलेंगी। जानलेवा रैगिंग से गुज़रने के बाद मैं यह सोचने पर बाध्य हुआ हूँ कि लोगों से घुला मिला जाय या उनसे दूरी बनाकर रखी जाए। मैं 'डेलकारनेगी' और 'नेपोलियन हिल्स' पढ़ रहा हूँ... शायद समझ गहराये। तु हें चाहिये?

तु हारा अभिषेक

अभिषेक के पत्र ने उसके घायल मन की मलहम पट्टी की। वह तरोताज़ा हुआ। उसने फिर ख़ुद को याद दिलाया कि इस जीवन का वरण उसने ख़ुद आगे बढ़कर किया है, अपने जीवन को वृहत्तर लक्ष्य के प्रति समर्पित करने के लिए।

इस बीच उसके नाप की वर्दी भी आ गयी। जिसे पहन उसे लगा कि एक महान फ़ौजी की आत्मा उसके भीतर प्रवेश कर गयी है। उसके बाल भी मिलिट्री कट कर दिए गये। परिचय-पत्र बन गया। पहली बार वर्दी पहनी उसने तो अपने पर गुमान हो आया। देशप्रेम की ाावना ाीतर हिलोरे लेने लगी... वह है देश का सिपाही। दूर बचपन में सुना एक गाना, 'नन्हा मुन्ना राही हूँ/देश का सिपाही हूँ,' अन्तर्मन में गूँज उठा। लेकिन यह गूँज अपनी स पूर्णता में भीतर तरंगित भी नहीं हो पाती कि कुछ ऐसा हो जाता उसके साथ कि उसका मन फिर उखड़ जाता। आर्मी फिर भारी भरकम चट्टान की तरह आ गिरती उसके नये उगते वजूद पर। उसे लगता कि हरी घास की तरह यहाँ हर जगह बिछी हुई है कठोरता जो उसके सारे कोमल-कोमल अहसासों को, उसके भीतर की सुकुमारता को यहाँ तक कि भीतर के सूक्ष्म सौन्दर्य बोध को भी कुचल रही है।

खेलकूद के बाद उन्हें सिनेमा दिखाया जाता। सिनेमा देखना उनके लिए अनिवार्य था। लेकिन सिनेमा देखते वे दायें-बायें नहीं देख सकते थे, और तो और लड़कियों की तरफ़ भी निगाहें नहीं फेंक सकते थे। एक बार उसने बजाय फ़िल्मी नायिका के, जीती जागती हीरोइन को तबियत से देखा, देखता रहा, बस उसे पनिशमेंट मिला गया। जिस वक़्त दिनभर की थकान के बाद उसके बाक़ी साथी सुस्ता रहे थे, वह पीठ पर पत्थरों से भरा बोरा लादे दौड़ लगा रहा था। कठिन दिनचर्या के बाद जो थोड़ी-बहुत राहत मिलती उसे, वह भी पनिशमेंट के चलते छिन जाती। ऐसे में बहुत ही मायूस हो जाता वह, आँखें डबडबा जातीं। इच्छा धूम मचाती— भाग खड़ा हो यहाँ से। पर तभी भीतर से आवाज़ निकलती— मैं एक सिपाही हूँ, मुझे डटे रहना है, अन्त तक! मैं पीठ नहीं दिखा सकता।

उसके दोस्त परमजीत की हालत उससे भी बदतर थी। वह सरदार था। ल बे-ल बे बाल और दाढ़ी। पास में हेयर ड्रायर भी नहीं। इस कारण जब भी वे कोई परेड, पी.टी. या लंच के लिए निकलते, अक्सर देर हो जाती उसे। परमजीत जी जान से चेष्टा करता जल्दी करने की। जल्दी-जल्दी पगड़ी बाँधता पर कभी पगड़ी खुल जाती तो कभी दाढ़ी। कोई कहता, तेरी दाढ़ी काट देंगे, कोई बाल काटने की घुड़की देता। वह जबतक दुबारा पगड़ी बाँधता, देरी हो जाती। उसके चलते कई बार पूरे बैच को ही लेट लग जाती और पूरे बैच को ही दंड मिलता पर कोई उस पर दोषारोपण नहीं करता कि परमजीत के चलते यह हुआ।

आर्मी में टीम स्पिरिट की घूँटी शुरू से ही पिलानी शुरू हो जाती है। सबके साथ रहना। अपनी टीम अपने कमांडर और अपने देश को सर्वोच्च स मान देना।

उसे अच्छा लगता यह सब।

और जब उसे वेपन ट्रेनिंग दी गयी तो रोमांचित हो उठा वह। बनिये का बेटा पर हाथ में तराजू की जगह तोप! देख ले उसकी दादी तो डर से पीली पड़ जाए।

उसे राइफ़ल्स चलाने का अ यास कराया गया ठीक वैसे ही जैसे युद्ध के दौरान कराया जाता है। उससे खाई ख़ुदवाई गयी। उसने सोचा आर्मी शान्ति काल में भी जवानों को युद्ध के तनाव में युद्ध की मानसिकता में रखती है, जिससे कि युद्धकाल में जवान शान्ति से युद्ध कर सकें।

वार और वेपन ट्रेनिंग के बाद अब शुरू हुई उसकी जंगल ट्रेनिंग।

सबसे रोमांचक!

सबसे थ्रिलिंग!

सबसे ख़तरनाक!

पर इसी दौरान उसने पाया कि उसका शरीर अब धीरे-धीरे आर्मी की कठोर दिनचर्या का अ यस्त होने लगा है। चूँकि आर्मी-मैन की पोस्टिंग कश्मीर से

कन्याकुमारी तक, 46° डिग्री तापमान से माइनस 46°डिग्री तापमान तक कहीं भी हो सकती है, इस कारण उन्हें हर मौसम, हर स्थिति और हर तापमान, हर हवा को झेलने का अ यस्त बना दिया जाता है।

एक बार उसे एक अनजान जंगल में छोड़ दिया गया और कहा गया— अपने भोजन की व्यवस्था ख़ुद करो। जंगल ट्रेनिंग के दौरान जाना उसने पेड़ों और फूलों की रकम-रकम की रस्में। पत्तियों की जातियाँ। पत्तियों का सौन्दर्य। रंगबिरंगी पत्तियाँ, जैसे किसी ने पेंटिंग कर उनमें सृष्टि के सारे रंग उड़ेल डाले हों। अभी तक वह सोचता था कि फूल ही सबसे अधिक सुन्दर और अनेक रंगों के होते हैं, पर पत्तियाँ भी इतनी सुन्दर! इतनी विविधताओं और सुन्दरता से भरपूर! और अभी तक पत्तियों के जादू से ही वह उबर नहीं पाया था कि त ी उसने जाना कि हर जंगली पत्ती को छूना घातक हो सकता है, कि उससे खुजली का रोग हो सकता है।

एक बार उसे एक पेड़ पर चढ़ने का आर्डर मिला। वह पूरी तरह चढ़ भी नहीं पाया था कि उसके सीनियर ने दूसरे लड़के को भी उसी पेड़ पर चढ़ने का ऑर्डर दे दिया। संयोग से वह उसी टहनी को पकड़कर चढ़ने लगा जिस पर वह लटका हुआ था। नीचे से ज़ोर का धक्का लगा, उसका सन्तुलन गड़बड़ाया और वह धड़ाम से नीचे।

पर ताज्जुब! इतनी ऊँचाई से गिरा वह, फिर भी वन पीस खड़ा हो गया वह। वह मुस्कराया— इसी तरह आर्मी बना रही है मेरे शरीर को फ़ौलादी। लेकिन उसका सारा फ़ौलादीपन और मुस्कराहटें टें बोल गयीं जब अगले ही सप्ताह उसे अनिवार्य बॉक्सिंग प्रतियोगिता में भाग लेना पड़ा। इस प्रतियोगिता के लिए वह एकदम तैयार नहीं था, न मानसिक रूप से, न शारीरिक रूप से। लेकिन मन मारने की अच्छी प्रयोगशाला थी आर्मी। इस कारण उसे भाग लेना पड़ा। उसके खानदान की सात पीढ़ी में किसी ने मुक्केबाज़ी तो क्या किसी पर मुक्का तक नहीं उठाया था। इतिहास और वर्तमान दोनों साथ छोड़ रहे थे उसका पर जब उसने देखा कि उसके सामने खड़ा है बॉक्सिंग का सूरमा अपनी बाजू की फड़कती मछलियों के साथ तो होश उड़ गये उसके। उसकी धड़कन रुक गयी, लेकिन वह फ़ौजी ही क्या जो डर जाय।

बुजदिली और फ़ौजी साथ-साथ नहीं चल सकते।

बड़ी मार खायी उस दिन उसने। पिटता रहा लेकिन मैदान नहीं छोड़ा उसने। मन-ही-मन स्मरण करता रहा वह उस जापानी सैनिक सोकोई को जिसने उसके कोमल और सुकुमार मन-मस्तिष्क में सैनिक होने का एक नया अर्थ ार दिया था। जब-जब वह उस सैनिक के राष्ट्रप्रेम और उत्सर्ग को स्मरण करता— उसकी सारी दुर्बलता कच्ची दीवार के चूने की तरह झड़ जाती।

वह द्वितीय विश्वयुद्ध का एक साधारण लेकिन बहादुर सैनिक था। जब उसे बताया गया कि जापान ने आत्मसमर्पण कर दिया है, तो उसने विश्वास नहीं किया, इतना महान मेरा देश कैसे अमेरिका के सामने आत्मसमर्पण कर सकता है? इस कारण जब अमेरिका ने 1944 में गुआन प्रायद्वीप को मुक्त किया तो दस सैनिकों की सोकोई की टुकड़ी ने आत्मसमर्पण से इनकार किया और जंगल में भाग गयी कि वे अन्त तक लड़ते रहेंगे लेकिन समर्पण नहीं करेंगे। उन्हें लगा कि समर्पण वाली बात अमेरिका का प्रोपगैंडा मात्र है। 1945 में दूसरा विश्वयुद्ध शुरू हो गया लेकिन वे दसों जंगल में छुपे रहे। बाद में उन दस में से सात सैनिक नागरिक जीवन में चले गये। लेकिन तीन अभी तक जंगल में रहे इस विश्वास के साथ कि उनका देश अभी तक लड़ रहा है। उन तीन में से दो भूख से मर गये। 1972 में दूसरे विश्वयुद्ध के 28 साल बाद दो स्थानीय मछुआरों ने उस सैनिक को ज़बर्दस्ती जंगल से निकाला। जब वह जंगल से बाहर आया तो उसे राष्ट्रीय नायक का स मान मिला लेकिन उसे यही लगता रहा कि उसने आर्मी के प्रति अपना कर्तव्य पूरी तरह नहीं निभाया, क्योंकि जब उसे जापान के सम्राट के सामने पेश किया गया तो उसने यही कहा, "It is with much embarrassment that, I have returned alive." (मेरी लिए यह लज्जा की बात है कि मैं जीवित हूँ।)

यही होता है एक सैनिक। वह बुदबुदाया।

उसका मुँह इतना फूल गया था कि अपनी सूरत तक नहीं पहचान सका वह। नाक, होंठ, गाल सब जगह से ख़ून रिसने लगा था। ग़नीमत थी तो यही कि मुँह में उसने कुछ डाल लिया था, जिससे जीभ कटने से बच गयी।

यह मेरी अपनी ही चुनी हुई ज़िन्दगी का स्वाद है। उसने ख़ुद से ही दिल्लगी की।

देखते-देखते बीत गये छह महीने। हवा के झोंके ठंडे होने लगे। ज़िन्दगी मेहरबान होने लगी। पहली बार उसे रविवार को सिविल ड्रेस में कै पस से बाहर निकलने की आज्ञा मिली।

अब आलम यह था कि रविवार को वह जी भर जी लेता और रविवार के इन्तज़ार में सप्ताह के बाक़ी छह दिन किसी प्रकार निगल लेता।

और एक जानदार दोपहर उसे शानदार ख़बर मिली कि उसे घर जाने के लिए दस दिनों की छुट्टियाँ मिल गयी हैं। वह उछल पड़ा। शायद ही बीता हो कोई दिन कि उसे खाते वक़्त, रात को सोते वक़्त, या सीनियर की फटकार सुनते वक़्त या दंड झेलते वक़्त घर की याद न आयी हो।

घर से दूर रहकर ही जाना था उसने कि घर क्या होता है? अपनी ख़ुशी बाँटने वह परमजीत के हॉस्टल की ओर गया तो देखा, परमजीत झोले की तरह मुँह लटकाये एक कोने में उदास बैठा है।

"अरे, तू मुँह लटकाए क्यों बैठा है? घर नहीं जाना? तैयारी नहीं करनी? सामान नहीं जमाना?"

ख़ाली-ख़ाली आँखों से देखता रहा परमजीत उसे। सन्दीप ने फिर धकेला उसे।

"बोलता क्यों नहीं? सब ख़ैरियत तो है?"

"मेरी छुट्टियाँ कैंसिल कर दी गयी हैं। मैं नहीं जा रहा घर।"

किसी तरह शब्दों को बाहर धकेला परमजीत ने।

"पर क्यों?"

"पनिशमेंट! दंड!" हिकारत और व्यंग्य से कहा उसने।

"पनिशमेंट? पर किस बात का?"

"ड्रिल में प्रदर्शन अच्छा नहीं था इस कारण।"

हे भगवान! यह आर्मी है या हथौड़ा। या यह भी उसका अपना ढंग है फ़ौजियों के कोमल तन्तुओं पर प्रहार कर-कर उनकी भावनाओं को कुचलने का!

फिर एक प्रश्न नन्हें पौधे की तरह उग आया उसके दिमाग़ के ख़ाली बंजर में। समझ नहीं पाया सन्दीप क्या कहे? क्या न कहे? कैसे सान्त्वना दे अपने मित्र को। उफ़ कितना बेताब था, कितना उछल रहा था वह घर जाने को!

आत्मीय स्पर्श से उसके कन्धे को छुआ उसने। बोलना चाहा तो अभिव्यक्ति लड़खड़ा गयी। बस चुपचाप देखता रहा उसके उदास चेहरे को और फिर चल दिया।

जैसी कि उ मीद थी, पूरा घर पलकें बिछाये बैठा था उसके स्वागत के लिए। जैसे ही उतरा वह ट्रेन से, लिपट पड़ा पूरा घर।

पर दूसरे ही पल जैसे ही नज़र पड़ी उसके हुलिये पर माँ भौंचक्क— अरे यह कैसी शक्ल बना रखी है। आधी घुटी खोपड़ी! सूखा चेहरा! कमज़ोर शरीर!

"क्या पूरा खाना भी नहीं देती आर्मी? बाल नहीं रखने देती?" माँ ग़मगीन हो उठी, बोलते-बोलते रो पड़ी। हीरो-सा चिकना और स्मार्ट दिखनेवाला उसका लाड़ला कैसा उजबक और गाबदी लग रहा है!

उड़ती हुई गाड़ी घर पहुँची। जैसे ही अपने घर में घुसा उसने देखा, बड़ा-सा बैनर, जिस पर लिखा था—वेलकम होम, जीसी 108। कोष्ठ के भीतर लिखा था—

गोबरचन्द 108। वह ठहाका मारकर हँस पड़ा, छोटे भाई सिद्धार्थ की शरारत पर। जेंटिलमैन कैडेट को गोबरचन्द कैडेट में बदलते देख।

माँ ने नाश्ते में सभी मनपसन्द चीज़ें चुन-चुन कर बनायी थीं। मेथी के परांठे, लहसुन की चटनी। बादाम का हलुआ। क्लब कचौड़ी और गरम-गरम जलेबी।

वह भावुक हुआ। सुगन्ध से ही सात जन्मों की भूख जाग गयी थी। घर छोड़ने के बाद फिर कभी इतना लजीज़ खाना नसीब नहीं हुआ था। पर उसकी परेशानी यह थी कि उसे जी भर खाना था और अपने वजन को भी नियन्त्रण में रखना था। वजन बढ़ने पर उसे फिर कड़े दंड से गुज़रना पड़ सकता था। इस कारण वह हर चीज़ को ज़रा-ज़रा कर खाता। माँ की ममता ने ताड़ लिया, खाने के प्रति उसकी सावधानी देख। आर्मी जो कि पहले से ही अजूबा थी उस घर के लिए और जिसका दरवाज़ा खोलने में ही डरता था वह बनिया परिवार, अपने लाड़ले का वह गुपचुप कु हलाया, बाल मुड़ा चेहरा और परहेज़ी खाना देख और सहम गया। अभी से ही यह हाल! क्या होगा आगे। माँ उसे खोद-खोद कर पूछती— कैसा खाना मिलता है? अफ़सर कैसे हैं, अभी किस तरह की ट्रेनिंग दी जा रही है।

क्या बन्दूक भी चलाता है तू? बाल इतने छोटे क्यों कर रखे हैं? सुबह कितने बजे उठना पड़ता है? दिन में पढ़ाई होती है? कितने घंटे? घर की याद आती है?

वह बार-बार बस हूँ-हाँ में जवाब देता रहा। दिमाग़ में चलती रही उन प्रार भिक दिनों की स्मृतियाँ जब खाने बैठता वह तो तश्तरी से चपातियाँ ग़ायब मिलतीं। सिर्फ़ दाल, थ्रेपटिन बिस्कुट और ग्लूकोज के सहारे बीतते प्रार भिक दिन! और विड बना आज इतना लजीज़ और सुस्वादु खाना सामने पड़ा है तो भी जी भर कर खा नहीं पा रहा है वह कि कहीं वजन न बढ़ जाए?

माँ रुआँसा हो गयी— किसी भी बात का दिल खोलकर जवाब नहीं दिया उसने। इतना सीधा सादा बेटा, कितना घुन्ना बन गया है, महज़ छह महीने में।

छोटे भाई सिद्धार्थ ने फिर बात सँभाली अ मा ये फ़ौजी सिविलियन से अधिक बात नहीं करते कि कहीं इनका रुतबा फीका न पड़ जाए।

सिद्धार्थ की बात भीतर तक गुदगुदा गयी उसे। मारा पीठ पर एक धौल उसने— साला, मुझे चला आर्मी का रिवाज़ सिखाने।

दस दिन उड़ गये पक्षी की उड़ान की तरह।

पंख फैलाया भी नहीं कि फिर उड़ने की तैयारी। वह फिर हँसा अपने आप पर। उसके साथी, उसके सीनियर ऑफ़िसर शायद ही विश्वास करें कि घर का इतना जमा-जमाया और अच्छी ख़ासी कमाईवाले धन्धे को छोड़कर वह इस आर्मी के

कहाड़ में ख़ाक क्यों छान रहा है? हँसा वह तब भी जब उसने बड़ी शान से घर में पापा और अ मा को ख़ुश करने के लिए आर्मी की वर्दी पहनी और उसे पहनकर मुहल्ले का चक्कर भी लगा आया तो ख़ुश होने की बजाय उसके पापा ने थोड़ी नाराज़गी और थोड़े हिकारत से कहा, ''उतारो इसे, इसे वहीं पहनना। हमारे सामने इसे मत पहनो।''

मायूस हो उसने जवाब दिया, ''पापा, कितने आये थे इस वर्दी की ललक में। पर कितनों को मिला— यह स मान! अस्सी प्रतिशत तो इंटरव्यू और दूसरे टेस्टिंग तक आते-आते ही रिजेक्ट हो गये। इतना कठोर इंटरव्यू और इतनी टफ ट्रेनिंग के बाद मिली है यह वर्दी और आप इसे देखना भी नहीं चाहते।'' नहीं चाहते हुए भी कटुता मुखर हो उठी शेखर बाबू की, डकार लेते हुए बोले, ''बेटा, पूरे साल भर में जितना देती है तु हें यह वर्दी, उतना तो महीने भर में दे देगा मुझे मेरा बिजनेस! ख़ुशनसीब हो बेटा तुम कि जीवन में तुमने सूखा नहीं देखा, हरा ही हरा चरा न इसलिए समझ नहीं सकते तुम पैसे की क़ीमत। मुझसे पूछो कैसे पहुँचा हूँ मैं यहाँ तक। कैसे ख़रीदा ऑफ़िस कैसे जमाया अपना बिजनेस। फ़टीचर आदमी था। पूँजी के नाम पर थी सिर्फ़ अपनी मेहनत और हौसला। घर के नाम पर धरती ओढ़ना, आकाश बिछौना। दूसरों की गद्दी में खुले बरामदे में आधी करवट सोकर तो कभी-जागकर रात बितायी। बरसात के दिनों में तो सारी-सारी रात बैठकर काटी। कुछ पैसों को बचाने के लिए बस पर नहीं चढ़ता पैदल ही चलता रहता। सोचो, इतना पिला हूँ तब आज चुपड़ी रोटी खा रहा हूँ। तु हारी तरह हमारे पास यह विकल्प भी नहीं था कि कह सकूँ कि हमें पीतल तौल कर ज़िन्दगी नहीं गुज़ारनी।''

''वो समय तो पापा अब भगवान की कृपा से निकल ही गया है, और आज जब सबकुछ हमारे पास है तो भी आप क्यों पैसे-पैसे के लिए हायतौबा मचाते हैं, क्यों अ ी भी गधा खटनी करते हैं? जाने क्यों मुझे लगता है कि बाहरी दरिद्रता से तो आप मुक्त हो चुके हैं पर भीतरी दरिद्रता से आप अभी तक मुक्ति नहीं पा सके हैं। मुझे माफ़ करना पापा, पर मेहनत सिर्फ़ आपकी तरफ़ ही नहीं हमारी तरफ़ भी है। अन्तर सिर्फ़ इतना भर है कि हमारी मेहनत एक बड़े उद्देश्य और होली-कॉज के लिए है, जबकि आपका सारा संघर्ष और सारी मेहनत चन्द स्वर्ण सिक्कों के लिए है।''

जाते-जाते सन्दीप पिता का दिल दुखाना नहीं चाहता था। पर कल के अख़बार में ही उसने पढ़ी थी वह ख़बर जिसमें दिल्ली के एक युवक ने अपनी मंगेतर को तन्दूर में भून डाला था और फिर भी ऐसे समाज में कोई तूफ़ान नहीं आया था। नहीं, उसे नहीं बनना है ऐसे मुर्दा समाज का हिस्सा जहाँ हर दिन इंसानियत का गला घोंटा जाता हो।

अठारह वर्ष की उम्र और संवेदनशील किताबी मन। उस शाम सन्दीप ने फिर मानसिक संवाद किया अपने मित्र अभिषेक से— सबकुछ है संसार में। अब यह लेनेवाले की कूबत पर कि वह क्या चुने? दिल्ली या आर्मी? वह क्या बने— मनु शर्मा (तन्दूर केस का मु य आरोपी) या फिल्ड मार्शल मानेक शॉ? मेरा आशय तुम समझ ही गये होगे दोस्त! जब-जब मैं घर आता हूँ, पापा पहले तो मेरे सामने भावुकता का चारा फेंकते हैं कि परिवार के मोह से ही सही मैं वापस लौट आऊँ और जब उससे बात नहीं बनती हैं तो पापा मुझे यह जताने में कोई कसर नहीं छोड़ते कि मैंने आर्मी चुनकर किस क़दर अपना कबाड़ा कर डाला है कि बाद में मुझे कितना पछताना पड़ेगा। स भव है कि पापा सही हों पर पापा के बने बनाए रास्तों पर चलना मुझे मंजूर नहीं। ऐसी तिकड़मी और दो न बरी दुनिया मेरी नहीं हो सकती यह मैं अच्छी तरह समझ गया हूँ। फ़िलहाल आर्मी मुझे तोड़ रही है, रौंद रही है, फिर किसी कु भकार की तरह शायद मुझे गढ़े। तुमने सही लिखा था कि चुनौतियाँ हर कहीं हैं, तो फिर क्यों न उन्हीं रास्तों की चुनौतियों का सामना किया जाए जो मन के गलियारों से निकलते हों।

दूसरा दिन!

आज उसे रवाना होना था देहरादून के लिए। पूरा घर आया था उसे विदा देने। आते वक़्त पापा ने फिर लिया उससे एक वादा।

"वादा करो तुम अपने जूनियर्स की रैगिंग नहीं करोगे।"

"वाह, यह कैसे हो सकता है पापा! आर्मी रैगिंग के द्वारा ही तो हमें हर परिस्थितियों का डटकर मुक़ाबला करना सिखाती है, दुनिया की समझ का विस्तार करती है।"

"वह तो आर्मी की टफ़ ट्रेनिंग और ज़िन्दगी अपने आप समझा देगी। तुमलोग जिस प्रकार रैगिंग करते हो वह क्रूरता है। याद करो, तु हारे ही क्लासमेट ने रैगिंग से परेशान होकर आत्महत्या कर ली थी।" अपने सूखे होठों पर जीभ फेरते हुए कहा शेखर बाबू ने।

"हाँ मुझे याद है पापा। मैं उस हद तक जाऊँगा भी नहीं, लेकिन रैगिंग का जो स्वाद चखा है मैंने, उसका कम-से-कम एक अंश जूनियर्स भी तो चखें।"

"नहीं बेटा, तुम ऐसा हर्गिज नहीं करोगे। अँग्रेजी में एक कहावत है, 'एन आई फॉर एन आई, विल मेक दि वर्ल्ड बलाइंड।' यानी कोई तु हारी एक आँख फोड़े, तुम उसकी फोड़ो, फिर वह तु हारी दूसरी भी फोड़ दे, फिर तुम तो इसी प्रकार आँखें फूटती रहे तो यह दुनिया तो अन्धी हो जाएगी। बोलते-बोलते शेखर

बाबू का चेहरा हल्के से काँपा।

उसने आश्चर्य से देखा, अपने पापा की ओर! जिस पिता को वह सिर्फ़ नोट कमाने, रौब गाँठने और तिकड़म भिड़ाने की मशीन भर समझता था, वे इतना गहरा भी सोच सकते हैं? पहली बार पिता को लेकर हल्की-सी गर्वीली अनुभूति हुई। कौन जाने सृष्टि के प्रथम प्रभात की तरह उसके पिता भी उसकी उम्र में उतने ही आदर्शवादी, मानवीय और स्वप्नदर्शी रहे हों और बाद में जीवन की कड़ी धूप ने सुखा दिये हों सारे अच्छे मूल्य! सारे विकल्प! सारी कोमलता। उसने देखा था ऋषिकेश में, गंगा जब स्रोत से फूटती थी तो उसका पानी कितना उज्ज्वल, श्वेत और स्वच्छ रहता था। उसका पानी सदैव स्रोत के पानी की तरह शुद्ध, उज्ज्वल और स्वच्छ रहे, इसीलिए तो जा रहा है वह आर्मी में। उसने स्नेह और गर्व भरी दृष्टि से देखा अपने पिता की ओर और वादा किया उनसे, ''ठीक है पापा, मैं अपने जूनियर्स की रैगिंग कभी नहीं करूँगा।''

गाड़ी चलने का समय हो गया था। उसने अपने माता-पिता के चरण स्पर्श किये। पिता ने उसके सिर पर हाथ फेरा। उसने फिर देखा, पिता की आँखों में कोई पीड़ा लहराई जैसे कोई घुन दिन-रात काट रहा हो उनकी आत्मा को। माँ की आँखें भी भादों का आसमान बनी हुई थीं। उससे पहले की वह कच्चा पड़े, उसने झट से सिद्धार्थ की पीठ पर धौल जमाया और फुर्ती से अपनी सीट पर बैठ गया।

ट्रेन दौड़ रही है। घरवाले पीछे छूट गये हैं लेकिन घर है कि लिपटा-लिपटा साथ चला आ रहा है। खिड़की से दिख रहे हैं बाहर के नज़ारे। छोटे-छोटे पोखर। किनारे-किनारे डाब के पेड़। कहीं सुपारी और केले के पेड़। छोटे-छोटे घर, बाँस, खपच्चियों और माटी की टाइल्स की सहायता से बने हुए। कहीं हैंड पाइप चलाती तो कहीं आँगन बुहारती औरतें। घर के बाहर बकरियाँ। मुर्गियाँ। मूँज की खटिया पर लेटा कोई बूढ़ा। बीच-बीच में छोटे-छोटे खेत। पुआलों के ढेर। लगभग एक जैसे दृश्य। एक जगह वह थोड़ा चौंका। उसने देखा— कमर तक कीचड़ में धँसी एक युवती, साथ में एक युवक शायद उसका पति, दोनों मिलकर तालाब के चिकने गन्धाते नीले काले दलदल को बाहर फेंकते हुए शायद वे तालाब की सफ़ाई कर रहे थे। हे भगवान! इतने गन्धाते कीचड़ में कोई कैसे कमर तक धँसकर खड़ा रह सकता है वह भी इतने ल बे समय तक के लिए। हिश! कितना कठोर जीवन। सुबह से ही जीवन के बन्दोबस्त में लगे स्त्री-पुरुष! एक जगह देखा उसने, पेड़ पर अटकी पतंग। मन किया उसका, खिड़की से हाथ बढ़ाकर अटकी पतंग को उड़ा दे।

एक जगह देखा उसने... रेलगाड़ी की पटरी के दोनों ओर लोटा पकड़े खुले

में सू-सू करते और हगते हुए लोग। हिश, उसने नज़रें घुमा लीं।

उसके माँ-बाप और चाचा-चाची तो नहीं जीते ऐसी ज़िन्दगी! कितना अन्तर है जीवन-जीवन में।

मेरी दुनिया बड़ी हो रही है। मैं ज़िन्दगी में गहरे धँसने की तैयारी कर रहा हूँ। उसने अपने आपसे कहा। उसे याद आया, पिछली बार जब वह पहली बार आर्मी में ज्वाइन करने के लिए निकल रहा था तो अन्त में हताश होकर उसके पिता ने जैसे एक कड़ुआ सच उसके सामने उगला था— तुम ज़िन्दगी की टफ़ कॉ पटिशन से घबराकर आर्मी में मुँह घुसेड़ रहे हो, जहाँ न कोई कॉ पटिशन है, न ही नौकरी छूटने का डर, न पीछे छूट जाने का तनाव, सीमित आकाश और सीमित उड़ान। न नीचे गिरने का ख़तरा, न ख़ूब ऊपर गुम हो जाने का डर। एक वाक्य में कहूँ तो तुम ज़िन्दगी से भाग रहे हो। 'मैं ज़िन्दगी से नहीं वरन् ज़िन्दगी में भाग रहा हूँ पापा! आर्मी में यदि नहीं आता तो क्या देख पाता जीवन का यह विद्रूप?

क्या पापा कन्फयुज्ड हैं?

या यह उनका सिर्फ़ पुत्र मोह है?

विचारों के परिन्दे फिर उड़ने लगे।

देहरादून के मौसम में इस बार ख़ासा बदलाव था। अब वह ख़ुद सीनियर हो गया था और उसके सीनियर ऑफ़िसर्स। रैगिंग के काले बादल छँट गये थे।

दिन बीत रहे थे। कभी हिरण की तरह कुलाँचे भरते तो कभी कछुए की तरह रेंगते। हर दिन उस रहस्यमयी दुनिया की एकाध नयी परत और खुल जाती। जितना अधिक वह जानता इस दुनिया को इसके प्रति उसका आकर्षण, विकर्षण, स मान और अनादर घटता-बढ़ता रहता। कभी लगता, ठीक किया उसने आर्मी में आकर तो कभी मन उखड़ जाता— साली यह भी कोई लाइफ़ है, ज़रा-सी चूक, साइकिलों के ढेर के ऊपर लोट लगाओ, जैसे वह हाड़-मांस का इंसान नहीं आलू का बोरा हो।

और देखते-देखते आ गयी, आर्मी की चर्चित वि. यात, पासिंग आउट परेड। उसके बाद भरना होगा उसे अनुबन्ध पत्र, शपथ-पत्र— आर्मी के साथ। फिर वह चाहे तो भी बीस वर्ष पूर्व लौट कर नहीं आ सकता नागरिक जीवन में।

अभी भी निर्णय उसके हाथों में। चाहे तो अभी भी लौट सकता है वह। हर चिट्ठी में उसकी माँ और पिता के आख़िरी शब्द यही होते— लौट आओ। इस बार तो पिता के शब्दों में निराशा के रंग कुछ ज़्यादा ही गहरे थे— देख लेना, फ़ौज में रहकर भी तुम देश के लिए कुछ नहीं कर पाओगे। इन दिनों के अख़बार शायद तुमने पढ़े ही होंगे। फ़ौज के ही कई उच्च अधिकारियों को 'सैक़' कर दिया गया है

क्योंकि उन्होंने खुलकर गृह और रक्षा-मन्त्रालयों की नीतियों का विरोध किया था। इस देश में सेना कुछ नहीं कर सकती है क्योंकि यहाँ सेना के सोचने और बोलने, दोनों पर ही पाबन्दी है। और शीघ्र ही परिवर्तन की उ मीद भी बेकार है क्योंकि इस देश में इंसानों का कहीं राज है ही नहीं। यहाँ राज है तो कहीं चमचों का तो कहीं तमंचों का। कहीं गधे बैठे हैं तो कहीं लालची गिद्ध। लौट आओ, अभी भी कुछ नहीं बिगड़ा है।

क्या वह लौट जाए वापस? नहीं हर्गिज नहीं। वह फ़ौजी ही क्या जो चुनौतियों से मुँह मोड़ ले। अब वह स्वयं को फ़ौजी समझने लगा था। और सालभर की ज़िन्दगी में ही देख लिये थे उसने ज़िन्दगी के कई रंग जो कि उसके पिता ने अपने पैंतालिस वर्षीय जीवन में भी नहीं देखे होंगे। नहीं उसे नहीं तौलना है पीतल के बर्तन। उसे उठानी है बन्दूक और देखनी है दुनिया। उसके सारे दोस्त, परमजीत, विनय, गिरिराज, लक्ष्मण और हिमांशु अपने निश्चय में अटल हैं तो अकेला वह ही क्यों भागे यहाँ से?

और स्वप्नों भरी एक चमकती दोपहर, आई.एम.ए. के विशाल प्रांगण में पासिंग आउट परेड हुई। उसके सभी दोस्तों के परिवार आये। उसका भी पूरा परिवार आया। देहरादून के सारे वी.आई.पी. और प्रभावशाली व्यक्ति भी मौजूद थे उस परेड में। टी.वी. कवरेज। रकम-रकम के बैंड। अरबी घोड़े। तरह-तरह की वर्दियों में भिन्न-भिन्न दिशाओं से आती अलग-अलग टुकड़ियाँ यानी पूरा तामझाम। और उस समय उसका हृदय राष्ट्रबोध और राष्ट्रगौरव से अभिभूत हो गया जब मार्चिंग परेड में सहस्र-सहस्र कंठ से, अलग-अलग दिशाओं से अलग-अलग टुकड़ियाँ, 'क़दम-क़दम बढ़ाए जा, ख़ुशी के गीत गाये जा... ये ज़िन्दगी है क़ौम की क़ौम पर लुटाए जा...' गाती हुई आती और धीरे-धीरे एक बड़ी धारा में मिल जाती। बरसते सावन की तरह हर तरफ़ बरस रहा था, आश्चर्य, सौन्दर्य, अनुशासन और राष्ट्रप्रेम। सारा कार्यक्रम इतना भव्य, अनुशासित और राष्ट्रबोध से ओतप्रोत था कि वह मन्त्रमुग्ध हो गया। ठगा-सा रह गया।

परेड के अन्त में टोपियाँ उछाली गयीं और उसे नयी वर्दी दी गयी। अब वह जी.सी.कैडेट 108 नहीं, वरन् आर्मी मैन था। लें. टनेंट था। उसकी वर्दी में दोनों कन्धों के ऊपर दो स्टार लगे थे। दोनों स्टार लाल रंग के कपड़ों से ढके हुए थे जिसे हटाने का गौरव हर लें. टनेंट की माँ को दिया जाता था।

पासिंग आउट परेड के बाद सभी पैरेंट्स को आई.एम.ए. की तरफ़ से प्रीति भोज के लिए आमन्त्रित किया गया। खाने-खिलाने के बीच बातचीत भी जारी थी।

उनकी बातों के टुकड़े हवा में उछलते हुए सन्दीप से टकरा रहे थे। बातें पहली पोस्टिंग की हो रही थी। सन्दीप के दोस्त नीरज की पहली पोस्टिंग ही कश्मीर के अतिसंवेदनशील इलाके राजौरी में हुई थी। नीरजा के पिता बेहद आहत थे जैसे ठगा गये हों। सन्दीप के पिता से कह रहे थे वे, ''देखिए पहली पोस्टिंग ही इतनी ख़तरनाक। यानी तैयार होते ही मरने की तैयारी।''

दूसरे दोस्त अखिलेश की पोस्टिंग भी अनन्तनाग में हुई थी। वे भी भड़के हुए थे— आर्मी भी तो अपना नफ़ा नुकसान देखती है जी। ये नये-नये चूजे हैं। इन पर अभी न तो आर्मी का इतना खर्चा हुआ है और न ही ये इतने अनुभवी हैं तो इन्हें ही झोंक दो आतंकवाद के कुंड में। 10-20 साल पुराने मेज़र या कर्नल को भेजेंगे तो कितना महँगा पड़ेगा।

एक और अभिभावक बोले, ''बच्चों की शहादत भी स्वीकार कर लें यदि यह ऊँचे और महान उद्‌देश्य के लिए हो तो पर आप देखिए कि हमारे जवान सरहद पर ख़ून बहाते हैं, एक-एक इंच भूमि के लिए क़ुर्बानी देते हैं और हमारे नेता टेबुल पर बैठकर उसी भूमि पर समझौता कर लेते हैं, जिसके लिए हमारे जवान शहीद हुए थे। क्या वे सोचते हैं कि उस भूमि को लौटाने का हक उन्हें किसने दिया है? और यदि वे जीती हुई भूमि लौटाते हैं तो हमारे जवानों की ज़िन्दगी भी वापस लौटाएँ। दरअसल— जब तक इन नेताओं के ख़ुद के बेटे नहीं शामिल होंगे आर्मी में, ये नहीं समझ पाएँगे शहीदों के दर्द को।

भाई, इनके बेटे क्यों जाएँगे आर्मी में? इनके पास पैसों की क्या कमी? ये तो हम जैसों के बच्चे ही जाते हैं कि चलो पक्की नौकरी तो मिली। अब आप ही देखिए, बाहर के किसी प्राइवेट कॉलेज से इंजीनियरिंग करवाने भेजते आप सन्दीप को तो नहीं तो भी साल के लाख-डेढ़ लाख तो ठुक ही जाते। यहाँ न केवल मु. त के इंजीनियर हो जाएगा वरन् हाथ खर्च भी मिलेगा।''

अन्तर्मन हिल उठा शेखरबाबू का। गर्दन कटे मुर्गे की तरह वे फड़फड़ाए। क्या सुन रहे हैं वे। कहाँ झोंक दिया कलेजे के टुकड़े को? पहली बार आत्मग्लानि हुई। काश, वित्त सत्य ही जीवन सत्य न होता तो बेटा यूँ हाथ से न निकलता। आख़िर आर्मी ज्वाइन करने का उसका अहम कारण यही था कि उसने अपने पिता के जीवन को नकारना चाहा था। बहरहाल राहत की बात थी तो सिर्फ़ यही कि सन्दीप का दाख़िला चूँकि विशेष टेक्निकल स्कीम के अन्तर्गत हुआ था इस कारण उसे लेफ़्टिनेंट बनाकर चार साल के लिए मऊ भेज दिया था— इंजीनियरिंग की पढ़ाई के लिए।

नयी वर्दी। नये सफ़र की पहली उड़ान।

फ़ख्र से देखा उसने अपनी चमचमाती वर्दी को, मेटल को चमचमाते अक्षरों से लिखा गया था जिसपर— सिग्नल!

रात उसे अपने सभी वरिष्ठ अधिकारियों की उपस्थिति में शपथ दिलायी गयी थी, आर्मी की वह प्रसिद्ध शपथ...।

'मेरी ज़िन्दगी भारत के राष्ट्रपति के नाम समर्पित रहेगी। मैं उसी के लिए जीऊँगा और अपना हित सबसे अन्त में सोचूँगा।'

एकाएक मोबाइल पर मैसेज चमका, 'Rajori & Phulgam police, 31RR 62 RR & 4 para in a joint operation killed 2 militants between saipathri & Ardwas area in the hills of SHOPIAN (INAM - UN- NABI)

वे चौंके। वे चमके। वे हड़बड़ाए। सिर को एक झटका दिया उन्होंने और अतीत की गुफ़ा से बाहर निकले। मैसेज को फिर दुबारा पढ़ा और एक नज़र अपनी सिटीजन घड़ी पर डाली। और बुदबुदाए— उ.फ़! कितना गहरे उतर गये थे वे स्मृतियों के समुद्र में। कितनी दूर तक चले गये थे वे। पिछले 15 वर्षों में जाने कितनी बार ज़ेहन से गुज़र चुकी है वह शपथ जिसे उन्होंने तब ली थी जब वे महज़ 18 वर्ष के थे। दुनिया अबोध और अनजान थी और फ़ौज का जादू सिर पर सवार था। पर अब जाकर खुले हैं उस शपथ के अर्थ अपने स पूर्ण विस्तार और आयाम में आज चौंतीस वर्ष की उम्र में।

काश! उस समय समझ पाते वे उस शपथ और आर्मी का अर्थ। पर यही तो विड बना है जीवन की। जबतक आप जीवन के क़रीब नहीं आते, उसमें गहरे नहीं धँसते कहाँ समझ पाते हैं और जबतक आप समझ पाते हैं कि ज़िन्दगी को समझने के लिए जिन रास्तों का चुनाव किया था आपने, वे सही नहीं थे, आप इतनी दूर निकल चुके होते हैं कि वापस लौटने के सारे रास्ते बन्द हो चुके होते हैं। समय हाथ से निकल चुका होता है। उन्होंने भी तो कहाँ समझा था फ़ौजी होने का अर्थ। यदि कश्मीर के गुंड, जैसे संवेदनशील इलाकों में, राष्ट्रीय राइफल्स 14 के अन्तर्गत पोस्टिंग नहीं होती तो क्या ख़ुद वे भी कभी समझ पाते फ़ौजी होने के अर्थ उसके स पूर्ण विस्तार और आयामों में।

राष्ट्रीय राइफल्स 14 के बेस कै प बूशन में बनी अपनी लकड़ी की ख़ूबसूरत कॉटेज से बाहर निकलते हुए सोच रहे हैं मेज़र सन्दीप। नज़रें, फिर फूलों, पत्थरों और सेब, अखरोट के पेड़ों से होती हुई सामने के बोर्ड पर अटक जाती हैं जिस पर कुछ दिशा-निर्देश कमांडिंग अफ़सर कर्नल केदार आप्टे ने लिखित रूप से टँगवा रखे हैं,

जिसे हर क पनी कमांडर और हर जवान नियमित रूप से पढ़ सकें। बड़े स. त और अनुशासन प्रिय हैं कर्नल केदार आप्टे। चौथी पोस्टिंग है उनकी कश्मीर में। कहते हैं कि कश्मीर में मिलिटेंसी को कंट्रोल करने में कर्नल आप्टे जैसे ज़ि मेदार अफ़सरों का बहुत बड़ा योगदान है।

लकड़ी के बने बोर्ड पर चिपकाये हुए दिशा-निर्देश बड़े दिलचस्प लगते हैं मेज़र सन्दीप को। तल्लीन हो पढ़ने लगते हैं वे। सबसे ऊपर लिखा है— Co's corner। उसके नीचे दिये गये हैं कई तरह के निर्देश।

—मौसम और खेती का फ़ायदा उठाकर आप क्रास कंट्री मूव करें। यानी बने बनाये रास्तों पर नहीं चलें जहाँ से मिलिटेंट को आपके आने की उ मीद हो। आप उन रास्तों से जाएँ जहाँ मिलिटेंट आपको उ मीद न करता हो। इसके लिए ज़रूरी है कि आप हमेशा मूव करते रहें। पगडंडियों की और हर रास्तों की आपको जानकारी हो। अपने औज़ारों और शस्त्रों के बारे में सिविलियन से बातें न करें। मिलिटेंट को आपकी ताक़त का पता न चले वह बेवकूफ़ ही बना रहे।

—इस इलाके में लड़की सिर्फ़ मौत और बदनामी ही दे सकती है। मुझे ख़बर मिली है कि कई जवान ऐसे घरों में घुसते हैं जहाँ मर्द नहीं सिर्फ़ सुन्दर लड़की हो। वे वहाँ चाय वग़ैरह बनवाते हैं। निर्देश है कि कोई भी जवान लड़कियों से बात नहीं करेंगे। लड़कियों से बात सिर्फ़ अफ़सर करेंगे और प्रत्येक जवान को चाय के लिए थर्मस दिया जाएगा।

वाह! क्या बात है। यह कश्मीर है या गुरुकुल। लड़कियों से बात की भी मनाही? यह तो सरासर अन्याय है जवानों के साथ। मन-ही-मन चुटकी ली सन्दीप ने और फिर दाद दी कर्नल केदार आप्टे को। वाह गुरु! हर आदेश लिखित रूप में जिससे कोई 'मालूम नहीं था' की आड़ नहीं ले सके।

वे दूसरा Co's corner पढ़ने लगे, वह भी उतना ही दिलचस्प था।

—क पनी-कमांडर को गाँव के प्रत्येक घर के सदस्यों की पूरी जानकारी होनी चाहिए। हर घर में कितने सदस्य हैं और वे क्या काम करते हैं। वो तो होनी ही चाहिये... मन-ही-मन मुस्कराये मेज़र सन्दीप और आगे पढ़ने लगे।

—एक्टिव/किल्ड/सरेंडर्ड/मिसिंग मिलिटेंट और उनके भाई-बहन और क़रीबी रिश्तेदारों की भी पूरी जानकारी रखें।

—पूरे गाँव का स्कैच मैप अपने दिमाग़ में रखें। नये-नये रास्तों पर चलें। एक ही रास्ते पर चलने से मिलिटेंट आप पर कभी भी आक्रमण कर सकता है। गाँव से होकर जाने की बजाय खेत, जंगल और नदी के रास्ते जाएँ।

—हम लड़ाई पैरों से नहीं (मिलिटेंट के पीछे भागकर) वरन् दिमाग़ से लड़ते हैं।

दिमाग़ को तो आर्मी ने कंडीशंड कर दिया है। आर्मी वही सोचती है जो उससे सत्ता सोचवाती है... अपने आप से बतियाते हुए आगे बढ़ते हैं मेजर कि नज़र एक और निर्देश पर पड़ती है।

चार तरह की ख़बर

वाह! ख़बरों को भी वर्गीकृत कर दिया। बड़े मनोयोग से पढ़ने लगते हैं वे।

—Actionable Information— यानी मिलिटेंट इस घर में उस जगह बैठे हैं या आनेवाले हैं। ऐसी ख़बर बहुत कम मिलती है। इसपर तुरन्त एक्शन करना होता हैं।

—Recent Information यानी मिलिटेंट कल उस घर में आये थे। वहाँ ठहरे थे। इन उन लोगों से इनके स बन्ध हैं।

मैं अपनी क पनी से recent information की उं मीद रखता हूँ।

—Background Information— जब से मिलिटेंसी शुरू हुई है। किन-किने लोगों ने उन्हें सहायता की। किन किन परिवारों से मिलिटेंट निकले।

जेनरल इनफॉर्मेशन गाँव में कहाँ क्या बन रहा है। नये रास्ते, नये मकान कौन बनवा रहा है।

Co's Corner

—श्रीनगर से ज मू जाने के लिए कोई भी जवान सिविल वेहिकल से न जाए। एक बार आठ जवान टाटा सूमों से जा रहे थे। किसी टिप्पर ने टक्कर दी। जिससे गाड़ी दुर्घटनाग्रस्त हुई और पाँच जवान शहीद हो गये। पता चला कि वह टिप्पर मिलिटेंट ने भेजा था। आपको जल्दी हो तो आप मुझे कहें मैं आपको बाई एयर भिजवा दूँगा।

जीओ मेरे सी.ओ. आपके इन निर्देशों को सलाम। शायद इसी कारण आपकी पोस्टिंग के दौरान कैजुअल्टी कम-से-कम हुई। शायद मैं भी ज़िन्दा बच जाऊँ। मन-ही-मन फिर पीठ ठोकी उसने सी.ओ. की। वह दाईं ओर मुड़ा। यहाँ भी निर्देश थे, जवानों के लिए। वह पढ़ने लगा।

कमान अधिकारी के आदेश :

—प्रत्येक जवान को एक दोस्त बनाना चाहिये।

—लड़ाई दिमाग़ से लड़े न कि पैरों से।

—ऑपरेशन एक शिकारी की तरह करें ना कि एक चौकीदार की तरह।

—Co's Corner नियमित रूप से पढ़ें और उसका पालन करें।

—HHTI, Search Light, PNVD, NI SIGHT तथा अपने इलाके की जानकारी से अपनी ताक़त को मिलिटेंट की ताक़त से ज़्यादा रखें।

—Field craft/ Battle craft का प्रयोग करें।

—ऑपरेशन पर जाने से पहले ब्रिफिंग वापसी पर डिब्रिफिंग और ऑपरेशन का अ यास करें।

—बॉडी सिस्टम अपनाएँ।

सन्दीप को अच्छा लग रहा था। बूशन बेस कै प में घूमना। कुछ दिन पहले ही आया है वह यहाँ, चार्ली क पनी का क पनी कमांडर बनकर। यूँ पोस्टिंग उसकी गुंड गाँव में है। पर बीच-बीच में रिपोर्टिंग के लिए आना पड़ता है उसे हेड क्वार्टर बूशन में जो राष्ट्रीय राइफल्स 14 का आधार कै प है।

अफ़सरों और जवानों को लिखित रूप से स बोधित इन निर्देशों को पढ़ते-पढ़ते कई बार वह झाँक चुका है कमांडिग ऑफ़िसर कर्नल आप्टे के कक्ष में। बाहर लाल बत्ती जल रही है यानी उसे हरी बत्ती के जलने तक प्रतीक्षा करनी है।

घूमते-घूमते वे मु यद्वार तक पहुँचे। उन्होंने देखा, आर्मी के कई कन्वॉय निकल रहे हैं। चूँकि अ ी यहाँ वे नये-नये थे। पीस पोस्टिंग से एकदम अलग होती है फ़िल्ड पोस्टिंग, इस कारण समझ नहीं पाए वे कि आर्मी की गाड़ियों का यह काफिला नियमित पेट्रोलिंग के निमित्त है या किसी विशेष ऑपरेशन के तहत। तभी उन्होंने देखा कैप्टन आनन्द को, जो राँची पोस्टिंग के दौरान उनके साथ थे। उन्होंने पूछा... क्या कोई ऑपरेशन?

"नहीं सर, ऑपरेशन पर तो हम छिपकर जाते हैं जिससे कि हरामियों को सुराख भी नहीं मिल सके, यह तो दिखाने के लिए है क्योंकि कई बार शेर को दहाड़ना पड़ता है जिससे गीदड़ दुबका रहे।"

बहुत ख़ूब! यहाँ तो सबकी वेल्ट कसी हुई है।

सन्दीप मुस्कराये और आगे बढ़ने लगे।

बूशन कै प के भीतर दो छोटे-छोटे मन्दिर बने हुए थे। बाहर छोटा-सा मेटल का बोर्ड चमक रहा था, जिस पर काले पत्थरों से लिखा हुआ था— सर्वधर्म स्थल। उसपर आर-आर का इ बेलम— वीरता और दृढ़ता।

विचारों की झील में फिर तैरने लगे मेज़र सन्दीप। अभी तक राँची और मथुरा पोस्टिंग ही देखी थी उन्होंने और संयोग से दोनों ही पीस पोस्टिंग थी इस कारण वहाँ का माहौल यहाँ से एकदम अलग था। वहाँ का इ बेलम भी था 'वीरता और विवेक' यहाँ विवेक की जगह दृढ़ता ने ले ली थी। शायद इसलिए कि आतंकवाद से निपटने के लिए विवेक नहीं दृढ़ता चाहिए। पर क्यों? क्या वीरता, विवेक और दृढ़ता तीनों एक साथ नहीं चल सकते?? प्रश्न फिर किसी कीड़े-सा उनके दिमाग़ में टँगा। मन्दिर देखकर भी उन्हें सुखद आश्चर्य हुआ। यूँ भी उसने देखा था आर्मी वाले सबसे अधिक ईश्वर भाव और नियतिवादी होते हैं। शायद इसलिए कि हर

पल उनका जीवन सलीब पर टँगा होता है। जीवन के इन ख़तरों को ईश्वरीय आस्तिकता और नियतिवाद के सहारे ही झेला जा सकता है। उसने देखा था, हर ऑपरेशन के पूर्व 'जय बजरंग बली' जैसे उद्घोष। फ़ौजी ईश्वर भक्त ही नहीं होता वरन् बहुत हद तक उन सभी आस्थाओं— ईश्वर, भाग्य, पुनर्जन्म, ग्रहों की शान्ति, स्वप्न, चमत्कार आदि में विश्वास करता है जो भारतीयता के नाम से जानी जाती हैं। उसे याद आया, एक बार जब वह अपने दोस्त के साथ गंगटॉक घूमने गया था तो उसने गंगटोक की सुप्रसिद्ध झांगु लेक से ज़्यादा बाबा के मन्दिर का नाम सुना था। मन्दिर पहुँचकर और उस मन्दिर निर्माण के पीछे की हक़ीकत जान वह हैरत में पड़ गया था। वह मन्दिर 23वीं पंजाब रेजीमेंट के फ़ौजी सिपाही हरभजन सिंह की याद में बना था। किसी फ़ौजी जवान की स्मृति में फ़ौजियों द्वारा बनाया गया देश में इकलौता मन्दिर। जितना अद्भुत मन्दिर उससे ज़्यादा अद्भुत इसके निर्माण की कहानी। क़िस्सा कोताह यह कि 4 अक्टूबर 1968 के दिन सिपाही हरभजन सिंह रसद लेकर बटालियन मु यालय से नाथुला बार्डर के क़रीब डेंग चुकता जा रहे थे कि एक पहाड़ी नदी के तेज़ बहाव में डूब गये। उनका शव बरामद नहीं हुआ। कुछ दिनों बाद वे अपने साथियों के स्वप्न में प्रकट हुए और उनसे कहा कि वे उनकी स्मृति में वहीं मन्दिर बनवा दें तो उनकी आत्मा को शान्ति मिल जाएगी। मन्दिर बनवा दिया गया। उसके बाद वे अपने साथियों को स्वप्न में दिखना बन्द हो गये। हर टुकड़ी, रेज़िमेंट, ब्रिगेड... जिन्हें नाथुला बोर्डर पर तैनात किया जाता है, अपनी सलामती के लिए बाबा हरभजन सिंह से मन्नत माँगते हैं। मन्दिर के बाहर मन्नत माँगते शब्द मुद्रित थे। फ़ौजी आज भी मानते हैं कि उनकी मृत्यु नहीं हुई कि वे उनके साथ हैं। आज भी हर महीने उनकी तन. वाह उनकी पत्नी के पास पहुँचा दी जाती है। हर जीवित फ़ौजी की तरह उनकी भी पदोन्नति होती है। उन्हें घर जाने की छुट्टी मिलती है। ट्रेन की आरक्षित बर्थ पर उनकी वर्दी घर आती-जाती रहती है। हर साल उनकी पुण्यतिथि के दिन जीप का स्टियरिंग अपने आप हिलने लगता है। फ़ौजियों का विश्वास है कि बाबा इसे चला रहे हैं।

उसने देखा, भीतर आरती गायी जा रही है। वर्दी में जवान, धोती-कुर्ता में सैनिक पुजारी थे। उसे ध्यान आया मु यद्वार के सबसे ऊपर उसने देखा था, लिखा हुआ— कर्म ही धर्म। सचमुच धर्म इस देश की आत्मा है। चाहे डॉक्टर हो, फ़ौजी हो या धुर दक्षिण बिहार का आदिवासी। धर्म और ईश्वर की सबको ज़रूरत पड़ती है। क्योंकि धार्मिक आस्था और नियतिवाद आदमी को कुछ हदतक भयमुक्त, बेफ़िक्र और स्थितियों के प्रति स्वीकृत भाव पैदा कर मन को स्थिरता दे देता है। अब बाहरी उत्पात को तो फ़ौजी सँभाल ले पर उस भटकाव, बेचैनी और फड़फड़ाहट का क्या करे वह जो उसके भीतर के आसमान में निरन्तर होती रहती है। आम फ़ौजी की

आन्तरिक आकाश गंगा को स्थिर रखने के लिए चाहिए कोई भगवान, कोई आस्था, कोई मन्त्र, कोई बोधिवृक्ष।

विचार जाल में क़ैद परिन्दों की तरह इस तेज़ी से फड़फड़ा रहे थे कि वह हैरान था। कश्मीर की सुन्दरता जहाँ झड़ते फूलों की पंखुड़ियों की तरह ज़िस्म पर बरसती है वहीं ऋषि कश्यप की यह भूमि बाध्य करती है सोचने के लिए भी। चिन्तन के लिए भी। उसने सोचा और मुड़ गया अपने कमांडिंग अधिकारी कर्नल केदार आप्टे के चे बर की तरफ़। कर्नल के चे बर के बाहर अभी भी लाल बत्ती जल रही थी। हो चुकी आज मुलाक़ात, उसने मुँह बनाया और क़दम वापस मोड़े। अंगरक्षक को साथ में ले फ़ौजी गाड़ी में बैठ वह वापस गुंड गाँव की ओर चले जहाँ उसकी पोस्टिंग थी। उसकी क पनी थी, चार्ली क पनी जिसका था वह क पनी कमांडर।

जैसे ही घुसा वह कै पस के बाहर के खुले अहाते में, उसके आश्चर्य का ठिकाना न रहा सामने उसका छोटा भाई सिद्धार्थ, उकताया, थका—

"अरे तू! तू कब आया? और इस प्रकार बिना सूचना के? यहाँ कश्मीर में बिना सूचना के आना अपराध है।" बोलते-बोलते लिपट गया वह भाई से।

"सूचना देता कैसे? यहाँ तो मोबाइल भी नहीं चलता। पर पहले मुझे अन्दर तो घुसा। घंटे भर से खड़ा हूँ बाहर। बोर हो गया हूँ पीठ पर घास के गट्ठर लादे इन कश्मीरी औरतों को देखते-देखते।" हँस दिया मेज़र "चल अब कुछ अच्छा दिखाता हूँ।"

"अजीब बन्दे हैं तेरे भी। मैं विश्वास दिला-दिला कर थक गया कि मैं मेज़र सन्दीप का छोटा भाई हूँ लेकिन सुनते ही नहीं। एक ही रट, हमें ऑर्डर नहीं। भीतर एंट्री तो मेज़र साहब के आने पर ही मिलेगी। बाप रे! इतनी सिक्यूरिटी! इन्हें क्या हर बन्दा मिलिटेंट ही नज़र आता है।"

फिर मुस्कराया मेज़र। भाई का नया-नया जन्मा आश्चर्य, उसे अपने प्रार भिक दिनों की याद दिला रहा था। बड़े-से लोहे के दरवाज़े के आगे पड़ी क़रीब 15 फीट ल बी लकड़ी की भारी-भरकम आड़ी-पड़ी बाड़ ऊपर उठायी गई। वे और भाई अन्दर घुसे। बाहर के दरवाज़े पर तैनात गार्ड से भाई का परिचय करवाने ही लगा था सन्दीप कि तभी पीछे से सुना उसने— "अजहर साहब, देखिये, कितनी मीठी हैं ये चेरियाँ। ख़ास आपके लिए ही लाया हूँ इन्हें।" हल्के पठान सूट में लिपटा कोई कद्दावर स्थानीय कश्मीरी दुकानदार था। हाथ में चेरी का पैकेट। मनुहार कर रहा था सन्दीप से उन्हें ख़रीदने के लिए।

बिना विशेष बात किये सन्दीप ने फटाफट पैकेट लिये उसके हाथ से, और सौ का एक नोट थमा उसे आनन-फानन में चलता किया।

सबकुछ बड़ा रहस्यमय लग रहा था सिद्धार्थ को। यह सन्दीप अजहर कैसे बन गया? बात क्या है? क्या पहचान भी बदल देती है आर्मी?

हँस दिया सन्दीप। तुम कश्मीर की जमीं पर हो और कश्यप मुनि के नाम पर बने इस कश्मीर का मतलब मेरे अनुसार है करिश्मा। अ ी तो जाने क्या-क्या देखोगे तुम। मुझे भी यहाँ आकर पहली बार हिन्दुस्तानी होने का मतलब और आउटसाइडर होने का अहसास एक साथ हुआ।

आउटसाइडर? क्या मतलब? अविश्वास से फिर देखा सिद्धार्थ ने सन्दीप की ओर।

चल पहले अन्दर अपने क्वार्टर में। तुझे भी भूख लगी होगी। बनवाते हैं प्याज़ के पकौड़े और चाय। कश्मीर की बात तो नहीं चाहते हुए भी यहाँ होती ही रहेगी, पहले बता घर में सब कैसे हैं। माँ की तबियत कैसी है?

अखरोट और सेब के पेड़ों से घिरा भाई का सिंगल बेडवाला कॉटेजनुमा क्वार्टर। पहली नज़र में बड़ा रमणीय लगा सिद्धार्थ को। पृष्ठभूमि में पसरा हिमालय। मुग्ध होकर देखता रहा वह आसपास को। जीता रहा भाई के साथ गुज़रे वक़्त को। भाई बहलाता रहा उसे कश्मीर में, यहाँ की वादियों और घाटियों में, पर सिद्धार्थ मरा जा रहा था, उस रहस्य को पूरे विस्तार से जानने में जिसने भाई को मेज़र सन्दीप से अजहर साहब बना डाला था। फिर पूछा उसने— "भाई, पहले यह बताओ कि वह चेरीवाला तु हें अजहर साहब क्यों कह रहा था। जाने क्या हुआ कि मैं चुप्पी मार गया वरन् मेरे मुँह से तो शायद निकल ही जाता कि यह मियाँ नहीं, सन्दीप है।"

फिर टालना चाहा सन्दीप ने उसे, "अरे भाई, अपना काम आसान करने के लिए और क्या? भाई यह कश्मीर है यहाँ पाँव रखते ही लोगों के भीतर सरसराहट होने लगती है। किसी के भीतर नेहरू बहने लगते हैं तो किसी के भीतर शेख अब्दुल्ला तो किसी के भीतर महाराज हरीसिंह। तो किसी के भीतर श्यामा प्रसाद मुखर्जी। बड़े-बड़े लोगों की बड़ी-बड़ी गलतियाँ! इन्हीं को भुगत रहा है आज कश्मीर का छोटा-छोटा आदमी।"

"टालो मत भैया, तुम नहीं बताओगे तो मैं तु हारे साथियों से, जवानों से पूछूँगा पर जानकर मैं हर सूरत में रहूँगा।"

"अच्छा!" गहरे से देखा सन्दीप ने और साफ़ पढ़ा सिद्धार्थ के चेहरे पर पुती उस इबारत को जहाँ डर, आशंका, जिज्ञासा और ख़ौफ़ के मिलेजुले भाव थे। शब्द-शब्द को सावधानी से उठाते हुए कहने लगा, "सन्दीप देखो सुरक्षा की दृष्टि से ज़रूरी है कि यहाँ के स्थानीय लोग जैसे फलवाले, सब्ज़ीवाले, राशनवाला, केसर-चेरी बेचनेवाले यहाँ तक कि शॉल-कालीन बेचनेवाले भी मुझे मुसलमान यानी

मोह मद अजहर समझें, हिन्दू नहीं। क्योंकि हमें गाँव के चप्पे-चप्पे की जानकारी रखनी होती है। कौन आया? कौन गया? कौन किससे मिलता है, किस घर से आतंकवादी निकला? किसके तार जुड़े हैं आतंकियों से। किस घर में कितने लोग हैं? कौन क्या करता है? किसकी अन्दरूनी हालत कैसी है? किसके यहाँ नया पैसा आया। नया बच्चा आया। तो इसके लिए ज़रूरी है कि हम इनके बीच पानी के बीच मछली की तरह घुल-मिल जाएँ। अब यहाँ के ज़बर्दस्त एंटी हिन्दू वातावरण में यह कैसे स ाव है। यह तो माशा अल्लाह तभी स ाव है जब हम हिन्दू न दिखें।''

ध्यान से देखा सिद्धार्थ ने, सन्दीप ने हल्की-सी बकरा दाढ़ी बढ़ा ली थी और उसकी बोली ठानी में भी बदलाव दिख रहा था। बात-बात पर अँग्रेजी की दूम लगानेवाला सन्दीप अब बात-बात पर माशा अल्लाह, इंशा अल्लाह, शुभान अल्लाह कहने लगा था।

गहरी साँस छोड़ते हुए कहा सिद्धार्थ ने— ''तुम तो कह रहे थे कि अब कश्मीर में हालात क़ाबू में आ रहे हैं।''

ज हाइयाँ लेते हुए जबाब दिया सन्दीप ने— नो डाउट, पहले से स्थिति काफ़ी सुधरी है। 1992-1993 में तो श्रीनगर एक मुर्दा शहर लगता था। था भी वह आतंकवाद का बूम पीरियड। एक जीता-जागता क़ब्रिस्तान। आये दिन बम विस्फोट। ख़ून खराबा। मुठभेड़। शाम घिरते ही श्रीनगर भूतहा शहर बन जाता। रेस्तराँ बन्द। सिनेमाघर बन्द। दहशत के मारे लोग घरों में बन्द। लड़कियाँ बुरके में बन्द। दहशत जर्दो ने तब एक फ़तवा जारी किया था— बुरका या एसिड। तब हर मिलिटेंट एक हीरो था। भगत सिंह था। उन दिनों यहाँ हर मस्जिद से बम फूटता था। खुले आम नारे लगते थे— अल्लाह हो अकबर। हिन्दुस्तानी कुत्ते वापस जाओ। कश्मीर की मंडी रावलपिंडी। उबल रहा था श्रीनगर उन दिनों। हर नुक्कड़ पर मिलिटेंट और हर मस्तिष्क में घृणा थी। तब हर गली और नुक्कड़ पर मुजाहिदीन घात लगाकर बैठे होते थे कि कब आर्मी गुज़रे और वे फायर करें। दिन में चार-चार विस्फोट होते। तब लोग खुले आम कहते थे कि कश्मीर में हिन्दुस्तान के साथ-साथ पाकिस्तान की करेंसी भी चलनी चाहिए। है आज किसी में यह कहने की हि मत! तुम इसी से अन्दाज लगा लो, कि तब पूरे सीजन में कोई भी सैलानी नहीं आता था। ...उदास खड़े रहते थे ये शिकारे, ये बारजे। जगह-जगह पाकिस्तानी झंडे लगे रहते। दीवारों पर जगह-जगह लिखा मिलता, 'ला इलाहा इलल्लाह। आज़ादी का मतलब है— ला इलाहा इलल्लाह। आज देखो श्रीनगर कितना दौड़ रहा है। कितने सैलानी आ रहे हैं। कितने नये होटल, नये भोजनालय यहाँ तक कि वैष्णव ोजनालय और शराब की दुकानें तक खुल गयी हैं। वह उबलता ख़ौफ़नाक समय अब घाटी में कभी नहीं आएगा।

पर वह समय भी आया क्यों?

क्या? हैरान था सन्दीप। क्या तुम कश्मीर का इतिहास नहीं जानते?

जानता हूँ, पर शायद तुमलोगों जितना नहीं।

सोच में पड़ गया सन्दीप। कहाँ से शुरू करें? इस अनेक परतोंवाली कश्मीर समस्या को ख़ुद वह भी क्या समझ पाया है पूरी तरह से? आँखें पीछे घूम गयीं शायद हालात इतने भी ग ीर नहीं हुए होते यदि सही नीयत, संवेदना और सावधानी के साथ क़दम उठाए गये होते।

कुछ देर मौन। चेहरे पर पीड़ा उभरी। आँखें पीछे घूमीं। धीरे-धीरे कहने लगे वे— नृत्यों, गीतों और ग़ज़लों से गूँज उठनेवाली यह घाटी 87-88 तक ऐसी नहीं थी। तब तक झेलम झेलम थी। इंसानी ख़ून से लाल नहीं हुई थी। और न ही तब आज की तरह चप्पे-चप्पे पर बुलेट प्रुफ जैकेट पहने सीने को तीन-तीन इंच आगे बढ़ाए जवान तैनात थे। तब हवा खुलकर बहती थी यहाँ। उन्हीं दिनों जे.के.एल.एफ के कुछ टपोरीनुमा कच्चे आतंकवादियों ने गृहमन्त्री मु. ती मोह मद सईद की जवान पुत्री डॉ. रुबैया क़ा अपहरण कर लिया। रुबैया के बदले उन्होंने अपने पाँच खूँखार आतंकवादियों को रिहा करने की माँग की। हाँ, यह वाक़या 13 सित बर 1989 का था। यहीं से शुरुआत हुई अपराध-अपहरण और ख़ून-खराबे के नये दौर की। इंसानी चीख़ों की। घाटी में होनेवाला यह पहला अपहरण था और कश्मीर की सूफी मानसिकता वाली अवाम भी इस तरह एक जवान लड़की के अपहरण के पक्ष में नहीं थी। चौतरफ़ा इसकी निन्दा भी होने लगी थी और इसकी स भावना नहीं के बराबर थी कि उग्रवादी सचमुच उसे नुकसान पहुँचा सकते हैं क्योंकि उनपर भी ज़बर्दस्त दबाव था कि इस कांड से निकलने का कोई इज़्ज़तदार तरीक़ा वे निकाल लें। पर इस देश का दुर्भाग्य कि भारत सरकार ने चूहे जितनी भी हि मत नहीं दिखायी। सुरक्षा सलाहकारों ने, भारतीय आर्मी ने यहाँ तक कि स्थानीय पुलिस ने भी भारत सरकार को भरोसा दिलाया कि वे उग्रवादियों की शर्त न मानें क्योंकि यदि वे उग्रवादियों के आगे झुक गये तो आनेवाले समय में उग्रवाद कितनों की गर्दन दबोचेगा इसकी कोई कल्पना ी नहीं कर सकता था। लेकिन जनाब तब किसको फ़िक्र थी कश्मीर की या भारतीय जवानों की। गृहमन्त्री को चिन्ता थी तो सिर्फ़ अपनी लाडली की। सुरक्षाकर्मियों, फ़ौज और पुलिस सभी की सलाह को धत्ता बताए हुए नकारा सरकार झुक गयी। इन टपोरीनुमा उग्रवादियों के सामने। टेक दिये घुटने। छोड़ दो बिटिया को, हम छोड़ देंगे तु हारे पाँच-पाँच खूँखार उग्रवादियों को।

सरकार क्या झुकी, फिजा ही बदल गयी घाटी की। आतंकवाद अब लहरों पर सवार था। और उनका मनोबल आसमान पर। ख़बर जंगली आग की तरह फैली कि जरा-सा सर्कस थोड़ी-सी धमकी और पाँच-पाँच आतंकवादी वापस। श्रीनगर

की सारी आबादी उतर आयी सड़कों पर जश्न मनाने और देखते-ही-देखते शान्त समुन्दर में बवंडर पैदा हो गया। घाटी की दीवारें आज़ादी की माँग से रँग गयी। दीवारों पर कुरान की आयतें लिखी जाने लगी। लोगों से जिहाद में शामिल होने की अपील की जाने लगी। हरे झंडे फहराये जाने लगे। हर दिन हज़ारों नये मुजहिद्दीन पैदा होने लगे, जिन्हें लगता कि आज़ादी कन्धे पर बैठा कबूतर है, बस हाथ भर बढ़ाने की देर है। तो हाथ बढ़ाए जाने लगे। ज़्यादा उत्साही आतंकियों ने छापामार लड़ाई शुरू कर दी। कश्मीरी डोगरों और पंडितों को चुन चुन कर घाटी में क्रूरता से मारा जाने लगा। हज़ारों की तादाद में लोग सड़कों पर उतर आये। खुले आम सड़क पर खुली नफ़रत फैलायी जाने लगी। जंग और रंग लाये इसलिए इसमें मजहब का रंग भी डाल दिया गया। देखते-देखते घाटी सुलग उठी। कश्मीरी पंडित और डोगरों को घाटी छोड़ने की धमकी दी जाने लगी। क. र्यू का माहौल शुरू हो गया। सिवाय बम विस्फोटों, वारदातों और गोलियों की आवाज़ों के घाटी में कोई गतिविधि ही नहीं रही। आये दिन बेक़सूर लोगों की मौतों से आम कश्मीरी अवाम का भरोसा दिल्ली की सरकार से उठ गया। इससे अलगाववाद और आतंकवाद को बढ़ावा मिला। उन दिनों हमारे जवान और अफ़सर बहुत शहीद हुए। चलो मेरे साथ कल तु हें दिखाऊँगा शहीदों के स्मारक। बोलते-बोलते भावुक हो गये सन्दीप।

"मुझे तो लगता है, ऊपरी-ऊपरी है यह शान्ति। अंडरकरंट में अभी भी दबी हुई चिंगारियाँ हैं। आग कभी भी भड़क सकती है।"

सिद्धार्थ पर अख़बारी ख़बरों का असर था। सप्ताह भर पूर्व ही पढ़ा था उसने सोपोर में हुई एक मुठभेड़ के बारे में जिसमें आर्मी के एक कैप्टन शहीद हो गये थे।

"नहीं ऐसी बात नहीं है। अब लोग थक गये हैं, ऊब गये हैं मिलिटेंसी से और सबसे बड़ी बात तो यही कि अब वे भी समझ रहे हैं कि उनका इस्तेमाल हो रहा है। तु हें एक घटना बताता हूँ। घटना हमारे सीनियर कर्नल आप्टे के साथ हुई थी। वे बताते हैं कि तब श्रीनगर की सड़कों पर दो से अधिक लोग बात करते तक नज़र नहीं आते थे। श्रीनगर का स्टेडियम क़ब्रिस्तान नज़र आता था। पूरे सप्ताह तब सोनमर्ग और गुलमर्ग पर दो बसें नहीं जाती थीं। जबकि आज हर रोज़ 200 बसें गुज़रती हैं। तो उन्हीं दिनों, कर्नल आप्टे ने एक होटलवाले से पूछा... तु हारा गुज़ारा कैसे होता है, बिना सैलानियों के, तो उसने हवा में मुट्ठी लहराते हुए कहा था— हम आज़ादी खाते आज़ादी पहनते और आज़ादी ओढ़ते हैं। तो यह जज्बा था उनका। पर आज का कश्मीरी युवक सत्य जान चुका है। वह अब इस लिजलिजी भावुकता से निकल चुका है, क्योंकि उसकी पीढ़ी ने उसका काफ़ी बड़ा मूल्य चुकाया है। अब तो हालत यह है कि जेहादियों को गाँववाले अपने गाँव में दफनाने तक से भी इंकार कर देते हैं जबकि पहले लोग इनका जुलूस निकालते थे। आज

कश्मीरी युवक हिन्दू-मुसलमान के अपने अंडर ग्राउंड अँधेरे से निकलकर अपने सैलानियों का स्वागत कर रहा है। देखो आज बस टैक्सी में जगह नहीं मिलती।"

सिद्धार्थ ने फिर कुरेदा उसे— तो फिर तु हें अपना नाम बदलने की, मुसलमान दिखने की ज़रूरत क्यों पड़ी?

"देखो, मेरी बात थोड़ी अलग है। मेरी जिस इलाके में पोस्टिंग है, पहाड़ी इलाका है वह गुंड गाँव श्रीनगर से चालीस कि.मी. दूर। किसी आदिम गाँव-सा पसरा, ऊँघता जहाँ लोग अभी भी सौ साल पुरानी दुनिया में रहते हैं। गारे, लकड़ी और सीमेंट से बने छोटे-छोटे घर और खस्ताहाल दुकानें। यहाँ भोजन कम और बच्चे ज़्यादा पैदा होते हैं। इसलिए यहाँ अशिक्षा और ग़रीबी दोनों ही बहुत हैं। यह वह कश्मीर है जो भूख और युद्ध दोनों का ही मारा है। इस कारण यहाँ लोग वर्तमान में कम और अधकचरे इतिहास, मिथक और कुरान में ज़्यादा रहते हैं। इनकी दुनिया में न टी.वी. है, न रेडियो है, न गीत है, संगीत है और न ही क्रिकेट है। मेरा एक मुस्लिम दोस्त मुझे बता रहा था कि वह जब अपने घर जाता है तो क्रिकेट भी टी.वी. पर चुपके-चुपके देखता है। उसके घर में टीवी तो है पर क्रिकेट देखने की मनाही है क्योंकि इस प्रकार का आमोद-प्रमोद इस्लाम के ख़िलाफ़ है। अब तु हीं सोचो, जो गाना नहीं सुनेगा, नाचेगा नहीं, थिरकेगा नहीं, वह तो अपराधी ही न बनेगा। "" और तो और इनके लिए देश और राष्ट्र का भी कोई कन्सेप्ट नहीं है, वहाँ सभी या तो इस्लामिक हैं या ग़ैर इस्लामिक। यहाँ बच्चे जब से होश सँभालते हैं, उन्हें घर में, मदरसे में एक ही पाठ पढ़ाया जाता है— इस्लाम की राह पर चलो, सच्चे जेहादी बनो। तो ऐसे सभी गाँव आतंकवाद के लिए बहुत ही उर्वर इलाक़े हैं क्योंकि यहाँ जिहादी होना न सिर्फ़ परिवार के लिए समृद्ध और ख़ुशहाल होना है, वरन् हीनता के मारे ग़रीब और बेरोजगार युवकों के लिए रोबदार होना, प्रतिष्ठित होना और अपनी ही नज़रों में ऊपर उठ जाना भी होता है। ज़ाहिर है ऐसे युवक बहुत जल्दी ही शिकार हो जाते हैं पैसों के, सस्ती लोकप्रियता के और जबतक वे समझ जाते हैं कि जिस 'इस्लाम ख़तरे में है' का डर दिखाकर उन्हें आतंकवाद के जाल में फँसाया गया था, वह धोखा था, वे आतंकवाद के अजगर में बुरी तरह जकड़े जा चुके होते हैं।

"तो तु हारा मतलब है, यह कहानी कभी ख़त्म नहीं होगी क्योंकि ग़रीबी और अशिक्षा की कोख से उपजे आतंकवाद का सामना तो फ़ौजियों की बन्दूक़ों से हो नहीं सकता है।"

सन्दीप ख़ुश हुआ सिद्धार्थ के जवाब को सुनकर उसे समझाने का मौक़ा मिला। गौरवान्वित होकर वह बताने लगा।

"इसलिए तो हमने सुदूर इलाकों में स्कूल खुलवाये, कॉलेज खुलवाये, मु. त

चिकित्सा केन्द्र खुलवाये, मोबाइल ए बुलेंस चलवायीं, और एक वातावरण तैयार किया इससे इतना तो हुआ कि लोकल मिलिटेंसी का हमने बहुत कुछ सफ़ाया कर डाला। आधे से अधिक मिलिटेंट तो मारे जा चुके हैं। कुछ पाकिस्तान भाग गये और वहीं शरण ले ली। कुछ ने आत्मसमर्पण कर डाला। अब यहाँ जो हैं वह फॉरेन मिलिटेंसी हैं। अधिकतर पाकिस्तान, अफगानिस्तान, इजिप्ट, यमन और बांग्लादेश से आये हुए हैं, और ये ही लोकल युवकों को जिहाद के नाम पर भड़काते हैं। भोलेभाले कश्मीरी युवक जो वर्तमान के सत्य को स्वीकार कर चुके होते हैं, वापस इनके भड़काने में आ जाते हैं।''

अन्दर बैठे-बैठे घुटन हो रही थी सिद्धार्थ को। बहुत समय बाद ख़ाली समय मिला था। मन कर रहा था उसका चीड़ के वनों में घूमने का और पहाड़ी चश्मों को देखने का। भाई की बात को बीच में ही काटते हुए कहा उसने, ''भाई किसी से गाड़ी माँग लो, चलो निकलते हैं ड्राइव पर। खाना भी बाहर ही खा लेंगे।''

परेशानी में सन्दीप। माथे पर उभरी तीन सिलवटें। कैसे समझाये भाई को कि वह चाहे तो भी बाहर नहीं निकल सकता। कितना संवेदनशील इलाका है यह गुंड गाँव। यहाँ की हवा में ही घुला हुआ है शक़, दहशत, नफ़रत और ख़ौफ़। मुलायम-मुलायम शब्दों में समझाते हुए कहा उसने, ''देखो मेरा बिना बॉडीगार्ड और फ़ौजी जीप के सिविल ड्रेस में निकलना ख़तरे से ख़ाली नहीं। फिर मुझे इसके लिए इजाज़त भी नहीं मिलेगी। आते-आते यदि अँधेरा घिर गया तो हम फँस सकते हैं। देखो, सारा आतंकवाद अँधेरे में ही रेंगता है। इस पार से उस पार। एक गाँव से दूसरे गाँव। कुछ संवेदनशील इलाक़े जिसमें गुंड गाँव भी है। यहाँ ऐसा घोषित कर दिया गया है। यहाँ नागरिकों को रात के समय बाहर घूमने की इजाज़त नहीं है। यदि निकलना ही पड़ जाये तो हाथ में टॉर्च या दीपक होना चाहिए नहीं तो आर्मी आपको गोली मार सकती है, क्योंकि अँधेरे में मिलिटेंट ही बाहर निकलता है और तो और टैक्सीवाले ख़ुद भी ऐसे इलाकों में जाने से मना कर देते हैं। यहाँ हम अकेले बाहर नहीं निकलते हैं, हमें इसकी इजाज़त भी नहीं है। अब यदि मुझे भी अपनी यूनिट के अलावा किसी दूसरी यूनिट की टेरिटरी में जाना पड़ जाए तो मैं बिना ख़बर दिये वहाँ नहीं जाऊँगा, नहीं तो स ाव है कि मुझे भी मिलिटेंट समझकर मार दिया जाए क्योंकि मिलिटेंट भी कई बार स्थिति को कन्‍ यूज्ड बनाए रखने के लिए आर्मी की वर्दी पहन लेते हैं। इसलिए जब भी आर्मी का कोई कन्वॉय निकलता है तो सबको ख़बर रहती है। मान लो चालीस कन्वॉय हमारे निकल रहे हैं तो कोई बड़ी बात नहीं कि इकतालीसवाँ कन्वॉय मिलिटेंट का भी लग जाए, इसलिए क़दम-क़दम पर चौकसी बरती जाती है।

बाप रे! यह कश्मीर है या कारागार। फिर भाई के प्रति सहानुभूति की एक

लहर उठी भीतर। कितना मना किया था घरवालों ने पर जनाब पर भूत सवार था देश सेवा का। क्या मिला उसे? गिनी चुनी तन. वाह और सिर पर हर पल लटकती ख़तरे की तलवार।

भीतर काफ़ी कुछ दरक गया। कहाँ फँस गया भाई!

रात।

सोने गया सिद्धार्थ तो देखा भाई के बगल में माशूका की तरह लेटी है एके 47। मन पर फिर पट्टियाँ बँध गयी।

चिहुँक उठा वह। बाप दादाओं ने शक्ल तक नहीं देखी एके 47 की, और ये जनाब बगल में लेटाये सो रहे हैं। तभी उसने ग़ौर किया कि कै प के बाहर भी नीम अँधेरा है, हालाँकि कमरे के भीतर हल्की रोशनी की ट्यूब लाइट जल रही थी। उसने फिर कुरेदा भाई को।

"यह क्या? बाहर नीम अँधेरा और भीतर एके 47?" हँस पड़ा सन्दीप।

"जैसे यहाँ जगह-जगह कुदरती सुन्दरता बिखरी पड़ी है न। कहीं गुलाब, कहीं चिनार, कहीं चीड़, कहीं दुधिया बादल कहीं चश्मे तो कहीं झेलम वैसे ही यहाँ जगह-जगह कहीं हिंसा, कहीं नफ़रत कहीं शक तो कहीं ख़ून खराबा और नफ़रत की बारूद बिछी हुई है। पता नहीं कब विस्फोट हो जाए। अभी पिछले सप्ताह की ही एक घटना बताता हूँ। जरा-सी चूक हो गयी होती तो हम सबके चिथड़े हो चुके होते। हम सभी कै प में बैठे हुए थे। हल्के मूड में थे कि तभी इंटरसेप्ट पर मैसेज आया— 'कबूतर बैठे हुए हैं।'

यानी कुछ होने वाला है।

हम ऑफ़िसर्स में से एक उठा और खिड़की के पास तक गया साफ़-साफ़ सुनने के लिए, कि तभी दूसरा मैसेज आया — 'एक कबूतर उड़ रहा है। उड़ा दूँ?' तुरन्त वहाँ से दूसरा मैसेज आता है— 'रुको।'

हम चौकन्ने हो गये। समझ गये कि हमला हम पर ही होनेवाला है। आनन फानन में हमारी क पनी ने फ्रीक्वेंसी से लोकेशन का पता लगाया। पता लगा, मिलिटेंट बस तीन किलोमीटर की दूरी पर ही हैं और हमले की योजना बना रहे हैं। थोड़ी ही ऊँचाई पर मिलिटेंट था। पकड़ा भी गया लेकिन उसने चालाकी से ग्रिनेड पास के ही डस्टबिन में डाल दिया। इस कारण हम पकड़ कर भी उसे मिलिटेंट प्रूफ नहीं कर सके। उसे सज़ा मिली, मिलिटेंट के समर्थक के रूप में। तो बरख़ुरदार यहाँ चौकसी है तो जीवन है नहीं तो हर क़दम पर बिछी है मौत।

एक़ाएक सन्दीप ने महसूस किया कि इस प्रकार खुलकर उसे सिद्धार्थ से नहीं कहना चाहिए था, सिद्धार्थ चिन्तित था, सहमा हुआ था। तनावग्रस्त था। भाई के

लिए। लेकिन वह भी क्या करता सिद्धार्थ को नहीं बताने का मतलब होता उसे लेकर बाहर घूमना जो ज़्यादा ख़तरनाक सिद्ध हो सकता था। सत्य सदैव सुन्दर होता है उसने फिर ख़ुद को दिलासा दी और भाई को हल्का करने की गरज से फिर कहने लगा— चिन्ता करने की कोई बात नहीं है, क्योंकि स्थिति अब काफ़ी नियन्त्रण में है, बस हमें सदैव सतर्क, सावधान एवं स. त अनुशासन में रहने की हिदायत दी जाती है क्योंकि यहाँ कोई नहीं कह सकता है कि कब क्या हो जाए। क्वार्टर के बाहर यह जो अँधेरा है न यह भी इसी सतर्कता और सावधानी का परिणाम है। तुमने तो अभी नहीं देखा है हमलोगों का बेस कै प बूशन। कल दिखाऊँगा। एकदम क़िले की तरह। ज़बर्दस्त सुरक्षा। कड़ी निगरानी। चारों तरफ़ कँटीले तारों की घेराबन्दी। चारों तरफ़ एके47 लिये सन्तरी पर इसके बावजूद बेस कै प पर फ़ियादिन हमला हो चुका है। घनी रात के अँधेरे में रेंगते हुए घुस आये थे साले। अब जो मरने-मिटने पर तुला हो उससे निपटना मुश्किल। तो उसके बाद से कमरे में चाहे बत्ती जले पर बाहर खुले में अँधेरा कर दिया जाता है। जिससे यहाँ की गतिविधियों का पता न चले। सन्दीप अब कतराने लगा था यहाँ कि स्थितियों के बारे में विस्तार से बताने से। इस कारण बात के रुख़ को बदलते हुए कहा उसने अब छोड़ ये गोला बारूद की बातें मैं सिर्फ़ अपनी ही कहे जा रहा हूँ। तू बता कैसी चल रही है तेरी क पनी। क पनी का धन्धा पानी।''

''बता दूँगा, बस एक बात बता दे, तू तो सिग्नल में था। टेक्निकल लाइन में था, इंजीनियर था फिर तु हें फ़ौज ने हाथों में एके 47 क्यों पकड़ा दी? क्या यह धोखा नहीं?''

''नहीं यह धोखा नहीं है। यह हमारे अनुबन्ध की शर्त के अनुसार ही हुआ है। यहाँ हर ऑफ़िसर इन्फेंट्री ऑफ़िसर। (गन उठानेवाला) हो जाता है, क्यों? इसे समझने के लिए पहले तु हें राष्ट्रीय राइफल्स की हिस्ट्री जाननी होगी। ढीले-ढाले शब्दों में बस इतना समझ लो कि मुझे इंडियन आर्मी ने यहाँ कश्मीर में यानी राष्ट्रीय राइफल्स में डेपुट किया है। राष्ट्रीय राइफल्स सीधी होम मिनिस्ट्री के अन्तर्गत आती है। यह विशेष रूप से ज मू और कश्मीर के लिए बनाई गयी थी। 1990 में इसकी स्थापना हुई, कश्मीर के आतंकवाद से मुस्तैदी से निपटने के लिए। यहाँ की कमज़ोर एवं अविश्वसनीय स्थानीय पुलिस की पूरक के रूप में। इसका इ बलेम भी अलग है इंडियन आर्मी के इ बलेम से। हमारा इ बलेम है, दो क्रास करती एके 47 और हमारा मोटो है, 'वीरता और दृढ़ता'। जबकि जब मैं इंडियन आर्मी में था, तो हमारा मोटो था 'वीरता और विवेक'। आर.आर (राष्ट्रीय राइफल्स) इकलौती ऐसी रेजीमेंट है जहाँ फ़ौजी किसी भी अनुशासन में हो चाहे ई.एम.ई. से हो चाहे सिग्नल से हो, उसे आर.आर. बैनर के अन्तर्गत आतंकवाद से लड़ना ही होगा।

''लेकिन यह कैसे स भव है? एक बन्दा तू अपने को ही ले जो सिग्नल में है, वह कैसे एकाएक एके47 लेकर आतंकवादियों से भिड़ सकता है।''

हवा में ठंडक बढ़ने लगी थी। दरवाज़ा बन्द किया सन्दीप ने। भाई के पाँवों पर मोटी सी रजाई डाली और लेटे लेटे कहने लगा, देख यूँ तो हमें वेपन ट्रेनिंग पहले से ही मिल चुकी होती है पर यहाँ पोस्टिंग होने के तुरन्त बाद हमें महीने भर बहुत ही स. त और रिगरस फ्री इंडक्शन कोर्स कोर्प्स बैटल स्कूल में करवाया जाता है। ज भाई लेते-लेते सन्दीप ने कहा, अब बस भी कर गोला बारूद की बातें। सुना अपने हाल।

सिद्धार्थ ने आई.आई.एम. कोलकाता से एम.बी.ए. किया था। लगे हाथों उसे देश की सबसे बड़ी क पनी इंडिया यूनीलीवर ने भारी भरकम पैकेज देकर लपक लिया था। और साल बीतते-न-बीतते उसे ए.एस.एम. यानी एरिया सेल्स मैनेजर बना दिया गया था।

सिद्धार्थ को इस बात का बड़ा फ़ख्र था कि वह एक ऐसी क पनी का ए.एस.एम. है जो एफ.एम.सी.जी. (फास्ट मूविंग कंज्युमर गुड्स) में सबका बाप है। देश में अस्सी प्रतिशत इंडिया यूनी लीवर का मार्केट शेयर है।

इसलिए नाक फुलाते हुए गर्वीले स्वर में कहा उसने, मेरी क पनी का क्या पूछते हो भाई, देश की कोई भी दुकान बिना हमारे प्रोडक्ट के चल ही नहीं सकती। अकेला मैं अड़तीस करोड़ का सेल्स हैंडिल करता हूँ।

''बाप रे! अड़तीस करोड़? कैसे एचीव कर पाते हो इतना भारी भरकम सेल्स टारगेट?'' आँखें बाहर निकल आयी सन्दीप की।

''मैं इस टारगेट को टुकड़े-टुकड़े में अपने सेल्स ऑफ़िसर को बाँट देता हूँ।''

''किस आधार पर?''

''उनके पूर्व इतिहास के आधार पर।''

''कोई समस्या नहीं आती इतने बड़े टारगेट को पकड़ने में।''

अपने माथे को सहलाते हुए कहा सिद्धार्थ ने, ''हाँ, समस्या तो आती ही है। इन दिनों थोड़ी और बढ़ गयी है। दरअसल हमारे सबसे बड़े क पीटीटर हैं छोटे-छोटे खुदरा बिक्रेता। उनकी लागत हमसे बहुत कम आती है। उनका न तो विज्ञापन लागत, न वितरण लागत, न रिसर्च कोस्ट, न इंवेंटरी कोस्ट। वे होते भी लोकल हैं। वहीं बनाया तेल साबुन और वहीं बेच दिया। अब सोचो, हमारा फाइन ऐंड लवली बनता है हरिद्वार एवं गौहाटी में और हम उसे बिक्री करते हैं धुर कश्मीर तक, आन्ध्र प्रदेश के छोटे-छोटे गाँवों तक तो हमारी वितरण लागत सोचो कितनी बढ़ जाती है। इसलिए कोकाकोला की ही तरह हमारा भी लक्ष्य है भारत के आख़िरी गाँव की

आख़िरी दुकान तक पहुँचना। इसलिए ज़रूरी है गाँवों के सारे छोटे-छोटे खुदरा निर्माताओं एवं विक्रेताओं का सफाया करना। देश की क़रीब एक करोड़ दुकानों तक हमारी पहुँच है। 26 हज़ार दुकान तो मैं अकेला हैंडिल करता हूँ। हमारा टारगेट इस फिगर को और फैलाना है, इतना कि धरती के किसी भी टुकड़े पर, किसी भी गाँव के आख़िरी छोर पर भी यदि कोई मोदी की भी दुकान हो तो वहाँ भी हमारा ब्राइट या लाईफ़मैन या फ़ाइन ऐंडलवली का पाउच झूलता दिखे।''

''पर तुम पहुँचोंगे कैसे, आख़िरी गाँव की आख़िरी दुकान तक।''

फिर गर्वीली मुस्कान बिखरेते हुए कहा सिद्धार्थ ने।

''इसके लिए हम समय-समय पर कई योजनाएँ निकालते हैं। हर तीसरे महीने हमारा विज्ञापन बदलता है, यह एक तरीक़ा है। विज्ञापन पर हम ख़ूब खर्च करते हैं क्योंकि हमारा विश्वास है कि जो दिखता है, वही बिकता है। इसलिए तुम देखो हर दुकान पर हमारा माल पहली क़तार में दिखता है। लेकिन हमारी सबसे सफल योजना है महाशक्ति माँ योजना, जिसके अन्तर्गत हम गाँव की ही किसी पढ़ी-लिखी असरदार महिला को पकड़ते हैं, उसे मासिक वेतन और कमीशन के आधार पर नियुक्त करते हैं। उसका काम होता है घर-घर जाकर हमारे उत्पाद के छोटे-छोटे पाउचों को नगण्य मूल्य या फ्री में ही वितरित करना। एक बार ग्राहक यदि हमारे साबुन के चमत्कार और चमक का आदि हो जाए तो स्थानीय साबुन ख़ुद ही दुम दबाकर भाग जाते हैं।

''वाह गुरु! छोटे-छोटे मेहनती स्वावल बी और स्वाभिमानी घरेलू निर्माताओं का सफाया कर अपनी क पनी को मालामाल करना... बड़े अच्छे मिशन के लिए समर्पित कर रखी है तुमने अपनी ज़िन्दगी!''

एक कसक के साथ सन्दीप बड़बड़ाया। सिद्धार्थ उठकर बाथरूम की ओर मुड़ गया था, इस कारण पूरी तरह सुन नहीं पाया सन्दीप को।

''कुछ कहा?''

''नहीं, कुछ नहीं। बस यही कहा कि तु हारी सारी थकान तो सेल्स टारगेट पूरा हो जाने पर मिट जाती होगी।''

''हाँ, जैसे तुमलोगों की सारी थकान। आतंकी को ढेर कर मिट जाती है।''

सन्दीप हँसा।

सिद्धार्थ हँसा।

फिर दोनों साथ-साथ हँसे। बातचीत का रुख़ फिर बदला।

दोनों घर घरवालों की दीन-दुनिया की बातों में मशगूल हो गये। बतियाते-बतियाते जाने कब आँख लग गयी सन्दीप की। सिद्धार्थ भी सोने की कोशिश करने लगा पर जाने कहाँ से एक मच्छर घुस आया था कमरे में और ठीक उसके कान के

पास गुंजन करने लगा था। सिद्धार्थ ने हल्के से भाई को हिलाया कि पूछ ले कि आल आउट कहाँ रखा हुआ है। पर यह क्या? जैसे ही उसने भाई को हिलाया, बुरी तरह सहम गया वह, नींद से झटका खाये भाई का हाथ सीधा एके 47 पर। अरे-अरे चला मत देना। माई गॉड... भाई क्या रात में स्वप्न में भी तु हें मिलिटेंट ही दिखते हैं। नींद में भी पीछा नहीं छोड़ते वे तु हारा?

झेंप गये सन्दीप। सचमुच क्या होता जा रहा है उन्हें। किस प्रकार बदलता जा रहा है व्यक्तित्व उनका। जिन आँखों में सुन्दर सुहाने स्वप्न भरे रहते थे। जिस मस्तिष्क में सबके लिए अच्छे विचार भरे रहते थे। कितना शंकालु हो गया है वह मस्तिष्क और कितनी ख़ूनी हो गयी हैं वे आँखें कि स्वप्न में भी यह . याल पीछा नहीं छोड़ता कि उन्हें मार गिराना है किसी को उसके पूर्व कि कोई मार गिराए उन्हें। उफ़! यह कश्मीर तो उन्हें इंसान भी नहीं रहने देगा। सोख लेगा ज़िन्दगी के सारे सौन्दर्य और संवेदन को। नहीं सोने देगा एक मीठी स्वाभाविक नींद! जाने किस मनहूस रात ईश्वर ने रचा धरती के इस टुकड़े को... जितना सुन्दर उतना घातक! जितने पेड़ उतनी क़ब्रें!

हर घर के पीछे एक जवान क़ब्र!

कितने दिन हो गये उन्हें, किसी अच्छी किताब से गुज़रते हुए। उफ़! कश्मीर क्या आये, स्वप्न सौन्दर्य, काव्य, संगीत सब अच्छी चीज़ें छूटती जा रही हैं हाथ से, सब पर छाता जा रहा है आतंकवाद।

फिर झिंझोड़ा सिद्धार्थ ने, कहाँ खो गये? क्या सोच रहे हो?

क्या हुआ?

"कुछ नहीं।"

"हुआ तो कुछ ज़रूर है। तुम मुझे स्वाभाविक नहीं लग रहे। क्या चल रहा है तु हारे भीतर।

गहरे से देखा सन्दीप ने सिद्धार्थ को। कितनी अच्छी तरह से पढ़ लेता है वह उसका चेहरा। शायद उसे समझता भी है औरों से अधिक।

नहीं चाहते हुए भी भीतर अटके शब्द निकल आये बाहर।

"यही कि हमलोग यहाँ चाहकर भी स्वाभाविक जीवन नहीं जी सकते। हर दिन कुछ-न-कुछ ऐसा घट ही जाता है कि आतंकवाद हमारी चेतना और मानसिकता का हिस्सा बनता जाता है। पिछले सप्ताह ही घटी एक घटना। ख़बर मिली कि पहारन गाँव में मिलिटेंट पहाड़ पर चढ़ने की तैयारी में हैं। मैं, कैप्टन अमरीक सिंह, मेज़र कुलवन्त और दस जवानों के साथ उस पहाड़ी पर पहुँचा। हमने अपनी-अपनी पोजिशन ली, जगह का घेराव किया। एच.एच.टी.आई. को सेट किया, उसे ऑन मोड में रखा। मतलब कहीं कोई चूक नहीं थी। पर ऐसे मौक़ों पर वीरता और

पराक्रम का नहीं वरन् पोजिशन का बहुत महत्त्व होता है। हमने पोजिशन नीचे की ली क्योंकि ख़बर थी कि वे ऊपर चढ़ने की तैयारी में हैं। इसलिए हमारा सारा ध्यान नीचे की तरफ़ था। लेकिन हरामजादे ऊपर थे। पहाड़ों पर ऊपरवाला हमेशा फ़ायदे की पोजीशन में रहता है तो भी हमने एक आतंकी को ढेर कर डाला और दूसरे को अधमरा। हम थोड़े बेफिक्र होकर ऊपर बढ़ने लगे कि तभी दूसरे आतंकी ने मरते-मरते भी फ़ायर कर डाला और गोली कैप्टन अमरीक को लगी। ल हे भर की चूक एक इंच इधर-उधर और वे उस पार। शहीद। तिरंगे में लिपटाकर उसके शव को मैं ही पहुँचाने गया था उनके घर।''

बोलते-बोलते फिर संजीदा हो गये सन्दीप। आँखें फिर घूरने लगी— एके47 को।

कमरे की खिड़की से देखा उन्होंने खिला हुआ चाँद। धरती पर सोयी चाँदनी। छिटके हुए तारे। सौन्दर्य कहीं भी हो पुलक जगाता है। मेज़र पुलकित हुए। झाँकने लगे अपने भीतर। आज भाई से मिलकर बहुत दिनों बाद उन्हें अपने इंसान होने की प्रतीती हुई। याद आया बचपन का वह माऊथ आर्गेन... कितना बजाया करते थे वे उसे। काश! एक बार फिर होंठों से लगा पाते उसे... बड़े क्या हुए, ज़िन्दगी निकल गयी हाथों से।

अपने . यालों से जाने कबतक खेलते रहे सन्दीप कि तभी भाई ने फिर झंझोड़ा उन्हें। अच्छा यह बताओ भाई यदि आर्मी ज्वाइन करते वक़्त तु हें पता होता कि इस प्रकार तु हें गन उठाकर हर पल आतंकियों को मौत के घाट उतारना पड़ेगा तो भी क्या तुम ज्वाइन करते आर्मी?

गहरे सोच में डूब गये मेज़र। क्या जवाब दें? चेहरे पर धूप-छाँव। भीतर डूबने लगे। क्या सचमुच ख़ून की होली खेलने के लिए ज्वाइन की उन्होंने आर्मी? क्या पता होता कि उन्हें आर. आर. में डेपुट किया जाएगा तो आते वे आर्मी में?

शायद हाँ। शायद नहीं।

आँखें फिर घूमीं पीछे।

अठारह साल की स्वप्न देखने की उम्र? क्या सोच पाती इतना?

समझ पाती तब, जो समझ रहे हैं वे आज। जो हो रहा है क्या उसके बीज अतीत में ही नहीं पड़ चुके थे? वर्तमान क्या है? अतीत की तार्किक परिणति। नहीं?

शायद हाँ... पर ज़िन्दगी की सुन्दरता भी इसी में है कि रहस्य पर से समय पूर्व पर्दा न उठे।

सिद्धार्थ ने फिर कोंचा उसे— जवाब दो भाई।

सन्दीप ने पलटकर रेड़ मारी— कई सवाल ऐसे होते हैं भाई कि जिनका

जवाब ज़िन्दगी में कभी नहीं मिलता। अब तु हीं बताओ यदि तु हें पता होता कि अपनी क पनी के फ़ायदे के लिए तु हें अपने ही देश के छोटे-छोटे निर्माताओं, खुदरा विक्रेताओं, स्थानीय व्यापारियों और घरेलू उद्योग धन्धों का सफ़ाया करना होगा, उनके पेट पर लात मारनी होगी तो क्या तू ज्वाइन करता यह क पनी। भाई, मुझे तो लगता है कि हम सभी कहीं-न-कहीं अनचाहे, अनजाने फँसे हुए लोग हैं। दरअसल जब तक हम समझ पाते हैं उन रास्तों को, जान पाते हैं अपने 'स्व' के भाव को, अपने स्वभाव को, प्रकृति को, जीवन बहुत आगे बढ़ चुका होता है। ज़िन्दगी के ढेर सारे परिन्दे उड़ चुके होते हैं। घिसते-घिसते हम इतना घिस चुके होते हैं ज़िन्दगी की रगड़ में कि हमारे पास न इतनी ऊर्जा बचती है और न ही ऐसा सपना कि हम एक ज़िन्दगी से निकलकर दूसरी ज़िन्दगी में चले जाएँ। हमारे पास न लौट जाने का विकल्प बचता है न रास्ते बदलने का। हम बस ज़िन्दगी के स्रष्टा नहीं ज़िन्दगी की कठपुतलियाँ भर रह जाते हैं।

"हम आर्मीवाले राजनेताओं के हाथों की कठपुतलियाँ हैं तो तुम बहुराष्ट्रीय क पनियों के हाथों की, फ़र्क़ क्या है?"

"क्या-क्या?" जैसे बिजली छू गयी हो! आहत सिद्धार्थ! इतना कठोर सत्य उसकी उस नौकरी के लिए जिसे पाकर वह फूला नहीं समाया था, जाने कितनों को पछाड़कर उसने प्रवेश पाया था आई.आई. एम कोलकाता में? वह देश का क्रीमीलेयर और यह उसका काम? इस नज़रिये से तो उसने कभी सोचा ही न था?

"क्या दुबारा सोचना होगा उसे अपने बारे में?"

लेकिन वह इतनी जल्दी हार माननेवालों में से न था। अपने बचे-खुचे दम के साथ फिर उसने पलटवार करना चाहा।

तु हारी शिकायत है कि बहुराष्ट्रीय क पनियों की नज़र सिर्फ़ फ़ायदे पर रहती है। पर एक सचाई यह भी है भाई कि प्रॉफ़िट सबसे ज़बर्दस्त फ़ोर्स है। यदि प्रॉफिट मोटिव नहीं रहे तो लोग इतनी दौड़-धूप क्यों करें? भारत में ही देखो न, जबसे ग्लोबल इकोनामी हुई है, इंडिया कितनी उन्नति कर रहा है। जी.डी.पी. को देखो, सेंसेक्स को देखो।

तो यह भी देखो कि इस देश में अभी भी 223 करोड़ लोग भूखे सोते हैं। बाल श्रमिक बढ़ रहे हैं। गाँव उजड़ रहे हैं। आदिवासी विस्थापित हो रहे हैं। कन्या भ्रूणहत्याएँ बढ़ रही हैं। करोड़ों लोगों की प्रति व्यक्ति आय महज़ 20 रुपये प्रतिदिन है। यदि ख़ुशहाली होती तो माओवादी नहीं बढ़ते। भूखा आदमी ही उठाता है गन।

सिद्धार्थ ने हारकर अन्त में तुरुप का कार्ड फेंका।

"लेकिन मैं तु हारी तरह भारत सरकार के किसी अनुबन्ध से नहीं बँधा हूँ जब भी चाहूँ मैं, त्यागपत्र दे सकता हूँ।"

"तो फिर क्यों तू अपनी विलक्षण प्रतिभा को सुन्दरियों को गोरापन देने के भ्रम में जाया कर रहा है?" सन्दीप की नज़र उसके हाथ में रखे महँगे ब्लैकबेरी मोबाइल पर थी जो श्रीनगर में निष्क्रिय हो गया था।

"क्या?" जम गया सिद्धार्थ। फिर गहरा देखा भाई को। यह भाई बोल रहा है या बहुराष्ट्रीय क पनियों के प्रति उसकी वितृष्णा? या कोई कुंठा? नहीं कुंठा का शिकार तो हो नहीं सकता है उसका भाई। अच्छी तरह जानता है वह। तो क्या फ़ौज के कठोर जीवन ने बना दिया है भाई को इतना कठोर कि चाबुक दर चाबुक वार किया जा रहा है उस पर। न वह फ़ौज का बन पाया है और न ही भाई रह पाया है। क्या इसीलिए बन गया है वह इतना कठोर!

गीला सन्नाटा।

जमे से बैठे रहे दोनों भाई जैसे दोनों दो हाड़-मांस के इंसान नहीं, बर्फ़ के दो टुकड़े हों।

सन्दीप को भी लगा कि अनायास ही चाकू चला दिया उसने भाई पर। ऐसा नंग-धड़ंग बड़बोलापन। बहुत कड़ुवा कह गया वह! भारत के सबसे प्रतिष्ठित संस्थान से एम.बी.ए.! इतना हाई पैकेज! देश का क्रीमीलेयर! और किस प्रकार शून्य कर डाला उसने भाई को। जबकि वह जानता है कि भाई अमानवीय नहीं, पर उसकी सोच की धुरी को ही उल्टा दिया गया है। भोग पर आधारित विकास की सोच ने उसे एक ऐसी तिलिस्मी दुनिया में पहुँचा दिया है जहाँ करुणा, संवेदना, इंसानी अहसास और कोमल भावनाएँ सब माया हैं। सत्य है सिर्फ़ आमदनी का उठता हुआ ग्राफ़। पर वह भी क्या करे?

जाने क्यों उसे लगता है कि ये सारे प्रतिष्ठान देश की ज़रूरत के अनुसार नहीं वरन् बहुराष्ट्रीय क पनियों की ज़रूरत के अनुसार डिजायन किये गए हैं। जाने क्यों उसे लगता है कि आज नैतिकता किसी भी प्रोफ़ेशन में नहीं रह गयी है। पिछले दशकों में यदि किसी चीज़ को देश निकाला मिला है तो वह है नैतिकता। भाई की सारी काबिलियत, प्रतिभा और हुनर जाया हो रहा है मरे हुए चूहे को बेचने के कौशल में और कश्मीर की युवा पीढ़ी का हुनर जाया हो रहा है बन्दूक के घोड़े को दबाने में।

पर क्या कश्मीर स पूर्ण भारत है? नहीं, फिर क्यों इतनी कड़ुवाहट और नकारात्मकता भरती जा रही है उसके भीतर? क्या कश्मीर पोस्टिंग का साइड इफेक्ट है यह? नहीं, वह निकालेगा कोई राह इस भटकी हुई दुनिया के बीच!

नींद आ रही थी उसे, फिर भी नींद को परे सरकाकर वह जुट गया भाई के ज. मों पर मलहम पट्टी करने में। बातें करता रहा उससे मुलायम-मुलायम स्वरों में। इधर-उधर की, बेसिर-पैर की।

और देखते-देखते हल्का-सा मनमुटाव जो दोनों के बीच हो गया था एक दुर्बल लहर की तरह विलीन हुआ। फिर हवाएँ चलने लगीं। फूल मुस्कराने लगे। भाई फिर भाई बन गये। और सुबह तक दोनों ने नींद, मुस्कराहट और सपनों का एक पूरा दौर साथ-साथ पूरा किया।

सुबह।

कमांडिंग अफ़सर कर्नल आप्टे ने तुरन्त बुलाया सन्दीप को, बेस कै प बूशन में। सिद्धार्थ को साथ लेकर पहुँचे सन्दीप अपने बेस कै प बूशन में। सिद्धार्थ को उसकी कॉटेज दिखायी। पहली नज़र में बूशन कै प बड़ा मनभावन लगा सिद्धार्थ को। गाढ़े लाल और गाढ़े हरे रँगों से रंगा हुआ गोलाकर मु य द्वार। सबसे ऊपर अर्द्ध वृत्ताकार में लिखा हुआ— कर्म ही धर्म। दरवाज़े के पहले ठीक गुंड गाँव के आर्मी कै प की तरह यहाँ भी बड़ी-सी लकड़ी की अर्गला। स्टैंड पर आड़ी टिकायी हुई। वह तभी उठेगी जब आप 'प्लीज़ शो योर आइडेंटिटी कार्ड' का फन्दा पार कर लेंगे। दाँयीं तरफ़ छोटा-सा ऑफ़िस (मु य द्वार के बाहर) जिसमें एके 47 हाथों में लिये कई कमांडोनुमा गार्ड। मु य दरवाज़े के बाहर सड़क पर छोटा-सा होर्डिंग, जिस पर दो चुस्त कमांडो और नीचे लिखा हुआ, 'दि स्टोर्मी ट्रूप्स'।

थोड़ा आगे की तरफ़ फिर एक बोर्ड जिस पर लिखा हुआ था, 'क़दम-से-क़दम मिलाओ, कश्मीर को जन्नत बनाओ।' मु यद्वार पर ज़बर्दस्त नाकेबन्दी। हर तरफ़ एके47 से लैस जवान। जब तक अन्दर से आदेश नहीं मिल जाता, परिन्दा भी पर नहीं फैला सकता।

मु य दरवाज़े के ऊपर राष्ट्रीय राइफल्स का इ बलेम, दो एके47, एक दूसरे को काटती हुई, ऊपर अशोक चक्र। बीच में लिखा हुआ, '14 राष्ट्रीय राइफल्स आपका स्वागत करता है।' उसके ऊपर लिखा हुआ, 'वीरता और दृढ़ता।' उसके ऊपर अंकित, 'कर्म ही धर्म।'

बुशन कै प के भीतर घुसते हुए मन फिर खिल उठा। बायीं तरफ़ फूलों का सुन्दर संसार। तरह-तरह के फूल, महकते गुलाबों की क्यारियाँ। कहीं सूरजमुखी, कहीं जवाफूल तो कहीं रातरानी। सुन्दर ख़ूबसूरत गमले। कालीन-सी बिछी ताज़ा कटी घास। उसकी लय ताल में बहते जगह-जगह गहरे लाल कत्थई रंगों के मिले जुले खम्भे। गोल-गोल घुमावदार रास्ते। बीच-बीच में मोती-सी आब लिये चिकने सफ़ेद पत्थरों की कतार। और तभी सिद्धार्थ की नज़र पड़ी एक और बोर्ड पर, जिसपर लिखा हुआ था— 'उँगली ट्रिगर पर, सिर्फ़ कॉन्टेक्ट होने पर' यानी वीरता और दृढ़ता के साथ-साथ व्यर्थ के ख़ून खराबे से बचने की चेतावनी ी।

कुछ क़दम आगे बढ़ने पर देखा उसने— छोटे-छोटे कॉटेजनुमा घर, गुड़ियों के घर से, आर्मी के ऑफिसर्स के लिए। साथ-साथ एक क़तार में छोटे-छोटे ऑफ़िस। रिक्रिएशन रूम, क प्यूटर रूम। पीआरआई ऑफ़िस। टीएनटी ऑफ़िस। रेक्रिएशन रूम में देखा, एक मिलिटेंट की तस्वीर। तस्वीर के ऊपर लिखा था— वांटेड। ख़ूबसूरत। बढ़ी हुई दाढ़ी। नीचे लिखा था— अहमद रशीद, जिसने घाटी में कई घातक विस्फोटों को अंजाम दिया था।

अपनी कॉटेज में घुसा तो चहक गया सिद्धार्थ— सेब और अखरोट के पेड़ों पर ढेरों ढेर ख़ूबसूरत चिड़ियाँ, जिनकी चहचहाहट वातावरण को जीवन-ताज़गी और उमंग से भर रही थी। उन ल हों कै प में इतनी शान्ति, सुकून और स पूर्णता थी कि यह कल्पना तक कर पाना मुश्किल था सिद्धार्थ के लिए कि इसी श्रीनगर की घाटियों और वादियों में हर क्षण हिंसा, अशान्ति, ख़ून-खराबा और नफ़रत फैलाने की साजिश भी रची जा सकती है। वह भूल चुका था, युद्ध को, अशान्ति को, एके 47 को। फूलों, हिमालयी हवाओं और गुनगुनी धूप की मौज़ में तरंगित हो आगे बढ़ रहा था कि क़दम फिर ठिठक गये। सामने, पी.आर.आई. ऑफ़िस के बाहर लिखे थे जवानों के लिए कुछ महत्त्वपूर्ण निर्देश। वह पढ़ने लगा।

थल सेनाध्यक्ष के दस महत्त्वपूर्ण निर्देश

—बलात्कार नहीं।

—छेड़छाड़ या दुर्व्यवहार नहीं।

—किसी को भी शारीरिक उत्पीड़न नहीं।

—हथियार या पोस्ट का नुकसान नहीं हो, अन्यथा सेना की बदनामी होगी।

—आम जनता के झगड़ों में न पड़ें।

—नागरिकों की मदद के लिए हमेशा तैयार रहें।

— संचार का माध्यम जैसे टेलीफोन, रेडियो, दैनिक आदि का इस्तेमाल अपने ऑपरेशन के फ़ायदे के लिए करना चाहिए।

—व्यक्तिगत अधिकारों को बढ़ावा एवं इज़्ज़त देनी चाहिए।

—केवल ईश्वर से डरना चाहिए। धर्म के रास्ते पर चलना और ख़ुश होकर देश की रक्षा का आनन्द लेना हमारा कर्तव्य है।

वाऊ! सुपर्ब! मन-ही-मन चुटकी ली सिद्धार्थ ने। यही अन्तर है फ़ौज और पुलिस में। सच है कि कोई भी व्यक्ति आम आदमी के साथ कैसा सलूक करता है, यह बहुत कुछ निर्भर करता है, उस मानसिकता और व्यक्तित्व पर जो उसके वरिष्ठ अफ़सर उसकी तैयार करते हैं। कितने मानवीयता से भरे हैं ये निर्देश! सत्य तो यह

है कि यदि कश्मीर में फ़ौज स्थिति को इतना कुछ नियन्त्रित कर पायी तो इसका बहुत कुछ श्रेय कर्नल केदार आप्टे जैसे कमांडिंग अफ़सरों को ही है जिन्होंने अनुशासन और शराफ़त दोनों को अपने फ़ौजियों में साधा है।

बस जरा-सा रिस्क ऐलीमेंट कम हो तो उसे कोई गिला नहीं भाई के फ़ौजी होने से। पहली बार उसे भाई के इस दावे में दम लगा कि उसकी अपेक्षा उसके भाई का जीवन कहीं बड़े और वृहत्तर लक्ष्य को समर्पित है।

मन की तरंग में आगे बढ़ रहा था वह कि नज़र पड़ी एक और कॉटेज पर। बाहर लिखा था, ड्यूटी रूम। जिसकी बाहरी दीवार पर एक पेपर कटिंग चिपकायी हुई थी। शायद कमान अधिकारी ने फ़ौजियों का मनोबल बढ़ाने के लिए चिपकायी थी यह कटिंग। उसमें ज़िक्र था कि कंगन गाँव में पुलिस की मुठभेड़ में मारे गये मिलिटेंट को दफ़नाने के लिए गाँववालों ने ज़मीन देने से इनकार कर दिया था। जबकि एक समय ऐसा भी था कि जब इसी गाँव में कोई मिलिटेंड पुलिस मुठभेड़ में मारा जाता तो गाँववाले रैली निकालते कि यह हमारे लिए शहीद हुआ। गाँव की बूढ़ियाँ उसके शव से लिपट जातीं थीं।

क्या यह लोगों की मानसिकता का बदलाव है या आर्मी का डर। क्योंकि आर्मी मिलिटेंट से सहानुभूति रखनेवालों पर कड़ी नज़र रखती है। सामने बहती सिन्धु नदी की तरह बहने लगी विचारों की नदी। उसे एक ईरानी कहानी याद आयी जिसमें एक बाप अपने बाग़ी बेटे की लाश लिये दरबदर भटकता रहा पर किसी ने भी तानाशाह के डर के मारे उसे दफ़नाने की इजाज़त नहीं दी।

उफ़! जबतक टकराते रहेंगे विरोधी सत्य, रँगी रहेगी ख़ून से यह दुनिया!

बुशन कै प का अहाता जितना लुभावना था उतना ही रोमांचित करनेवाला भी था। एक अलग ही दुनिया थी वह जो क़दम-क़दम पर यह अहसास कराती थी कि वह एक ऐसी भूमि के टुकड़े पर खड़ा है जहाँ हिन्दुस्तानी होना सबसे अधिक ख़तरनाक है। नागरिक जीवन जीनेवालों के लिए यह सचमुच एक अलग तरह का अनुभव था, डर और गौरव की मिलीजुली अनुभूति से भरपूर।

थोड़ा और आगे बढ़ा सिद्धार्थ तो फिर एक दिशा निर्देश। क्या यहाँ सबकुछ दीवारों पर ही लिखकर टाँग दिया जाता है? कोई बाहरी व्यक्ति पढ़ ले तो? फिर . याल आया उसे कि वह आर्मी का बेस कै प है जहाँ सिवाय अफ़सरों के निजी पारिवारिक सदस्यों के परिन्दा भी नहीं घुस सकता है, और निजी सदस्यों को भी बहुत ही कम समय दो या तीन दिन तक ही ठहरने की इजाज़त मिलती थी। वे दिशा निर्देश भी काफ़ी महत्त्वपूर्ण और रोचक थे। वह पढ़ने लगा—

—एचएचटीआई को हमेशा रेडी मोड में रखें, अन्यथा जबतक इसे रेडी मोड में आप लाएँगे दो-तीन मिनट निकल चुके होंगे, तबतक मिलिटेंट क़रीब आ चुके

होंगे। इसलिए रेडी मोड में रखें जिससे दूर तक नज़र रखी जा सके और फ़ायर किया जा सके।

—एक एड हॉक (काम चलाऊ) योजना हमेशा अपने दिमाग़ में रखें जिससे कभी अचानक त्वरित एक्शन लेना पड़े तो आप ले सकें।

—कन्वॉय में सबसे पहले वह चढ़े जिसे सबसे बाद में उतरना हो और सबसे बाद में वह जिसे सबसे पहले उतरना हो।

—गाड़ी को हमेशा कन्वॉय लाइट पर चलाएँ जिससे दूर से गाड़ी नज़र न आए।

—रात को फुसफुसाकर बात करें क्योंकि अँधेरे में आवाज़ दूर तक जाती है। पंजों के बल चलें जिससे घात में बैठे मिलिटेंट को कोई आवाज़ न सुनायी पड़े। खाँसी या छींक आये तो मुँह में दबाकर रखें।

—जवान अपने साथ छोटी-सी टार्च हमेशा रखें चाहे दिन हो या रात। यहाँ कश्मीर में अपना सिर्फ़ एक मकसद हैं— मिलिटेंट को मार गिराना।

तल्लीन हो पढ़ रहा था सिद्धार्थ कि तभी पीछे से सन्दीप ने धौल जमाया— अरे, यह क्या? क्यों पढ़ रहे हो इन्हें ये सिर्फ़ आर्मीवालों के लिए हैं। सिविलियन्स को मनाही है इन्हें पढ़ने की। एकदम गोपनीय दिशा-निर्देश।

तो फिर इन्हें बाहर खुले में क्यों टाँग रखा है?

—जनाब ये तो हम फ़ौजियों और जवानों की तरह खुले में ही रहेंगे हाँ आप ग़लत जगह खड़े हैं, चलिए आप अपने कमरे में और बन्द हो जाइए... बोलते-बोलते अपने ही बात पर हँस पड़ा। सन्दीप।

—हाँ, हाँ बन्द हो जाऊँगा, मुझे दिलचस्पी नहीं, बच्चों की तरह वरिष्ठों से उँगली पकड़वाने में। बस इतना बता दें यह एच.एच.टी.आई. है क्या बला।

—बताना क्या है तुझे दिखा ही दूँगा, बस अभी थोड़ी जल्दी में हूँ। इसलिए इतना भर समझ ले कि यह एक प्रकार का बेशक़ीमती कैमरा होता है जो हर यूनीट के पास एक ही होता है। इससे काली रात के काज़ल अँधेरे में भी कई किलोमीटर दूर तक देखा जा सकता है। हाँ भाई, एकदम-साफ़, सफाचट।

पर एक चीज़ मैं समझ नहीं पाया, जगह-जगह इन्हें चिपकाया क्यों गया है?

—इसलिए कि हर जवान उठते-बैठते, सुबह शाम जब-जब समय मिले पढ़े क्योंकि यहाँ हमारा उद्देश्य सिर्फ़ मिलिटेंट को मार गिराना ही नहीं वरन् कश्मीरियों और आर्मी के बीच सद्भाव भी क़ायम करना है। क्या बताएँ इतनी चौकसी सतर्कता, नैतिक पाठ, सावधानी और उपदेश के बावजूद कई बार हमारे जवान ऐसी-ऐसी हरक़त कर बैठते हैं कि हमारी वर्षों की मेहनत पर पानी फिर जाता है। अभी महीने भर पूर्व ही घटी एक घटना। घटना राजौर गाँव की है। हमें ख़बर मिली कि

मिलिटेंट नीचे उतरे हैं। एक तो ह्यूमनराइट्स वालों ने वैसे ही हमारा जीना हराम कर रखा है। अरे मत पूछो, जरा-सी चूक हुई नहीं कि सीधा मामला ठोक दिया जाता है। इस कारण हमें फूँक-फूँककर क़दम रखना होता है। तो हम रातभर घेरा डाले बैठे रहे। ह्यूमनराइट्स के चलते हम रात को किसी घर की तलाशी नहीं ले सकते। तो पूरी रात हमने ठंड में ठिठुरते गुज़ार दी। सुबह होते ही हमने सर्च अभियान शुरू किया। गाँव के एक घर ने आनाकानी दिखाई। हमारे जवान वैसे भी अकड़े हुए थे। ठंड में अकड़े हमारे जवान का दिमाग़ भी अकड़ा हुआ था। तैश में आकर हमारे जवान ने राइफल दिखायी बस अब तो घर में रोना पीटना मच गया। मैं बाहर खड़ा था, रोना पीटना सुन मैं तुरन्त अन्दर घुसा। मैंने घर के मुखिया को सॉरी कहा, उससे हाथ मिलाया। बच्चों को प्यार किया, उन्हें टॉफी दी, फिर मुखिया को बेहद विनम्र स्वर में कहा कि यह हमारी ड्यूटी है, हमें ख़बर मिली है मिलिटेंट के छिपे होने की। मुखिया राजी हो गया, पूरी विनम्रता और तमीज के साथ हमने घर का कोना-कोना छान मारा। मजे की बात कि मेरे जरा-सी विनम्रता से बात करने मात्र से घर के मुखिया का तो क्या औरतों का भी डर निकल गया। तो बार-बार समझाने के बावजूद हमारे जवान चूक कर जाते हैं और बनी बनाई बात बिगड़ जाती है। हमें कश्मीरियों को हमेशा यह विश्वास दिलाना होता है कि आर्मी क्रूर नहीं हैं। उसके भी हृदय हैं कि वह कश्मीरियों की मित्र हैं, दुश्मन नहीं। वह उनकी सेवा के लिए है, रुतबे के लिए नहीं।

पीछे के रास्ते से होते हुए दोनों अपने कॉटेज की तरफ़ बढ़ रहे थे कि फिर ठिठक गया सिद्धार्थ। उसने देखा फिर एक ख़ूबसूरत-सा चबूतरा। दोनों तरफ़ छोटी-छोटी सीढ़ियाँ। हर सीढ़ी पर ख़ूबसूरत गमले। दोनों सीढ़ियों के बीच बने छोटे से चबूतरे पर तिरंगा, जिसे दो जवान सैल्यूट मार बड़े कायदे से समेट कर ले जा रहे थे।

"यह क्या?" उसने पूछा।

"हर यूनिट का अपना तिरंगा होता है जिसे हर शाम छह बजे उतार लिया जाता है और सुबह छह बजे फिर फहरा दिया जाता है।"

"क्या इसका मतलब है, रात आर्मी के भरोसे।" मन-ही-मन सोचा सिद्धार्थ ने। सन्दीप से पूछ नहीं पाया वह, क्योंकि सन्दीप थोड़ा आगे निकल अपने किसी साथी से बातचीत में मशगूल था।

तीन घंटे बीत गये।

घर और बचपन की गलियों में घूमते-झाँकते।

सिद्धार्थ ने देखा कि एक फोन आने के बाद से ही भाई उद्विग्न-सा अपने कमरे में चक्कर काट रहा था।

सन्दीप ने देखा, घूमकर आने के बाद से ही भाई दिल्ली में होनेवाली आगामी मिटिंग के लिए रिपोर्ट तैयार कर रहा था जहाँ किसी पंच सितारे होटल में क पनी के सारे चीफ़ एक्जीक्यूटिव और मैनेजर्स जमा होनेवाले थे। इस डिस्कशन के लिए कि क पनी अपने सबसे कमाऊ ब्रांड 'फाइन ऐंड लवली' को नयी साज-सज्जा के साथ किस आकर्षक ढंग से लांच करे जिससे अधिक-से-अधिक लड़कियाँ उसकी ओर आकर्षित हो सकें।

''क्या बात है भाई, कुछ परेशान नज़र आ रहे हो।'' आख़िर सिद्धार्थ ने ही चुप्पी तोड़ी।

''परेशान नहीं हूँ, बस चिन्तित हूँ कि तु हें इस प्रकार अकेले छोड़कर जाना पड़ रहा है मुझे। दरअसल मुझे कुछ निहायत ज़रूरी काम के लिए कर्नल आप्टे ने अपनी यूनिट में अभी तुरन्त आने को कहा है। आधे घंटे में ही जीप आनेवाली है मेरी। मैं रात को तो नहीं ही आ पाऊँगा यदि कल सुबह तक भी न आ सकूँ तो चिन्ता मत करना, मैंने कैप्टन महेश कुलकर्णी को कह दिया है वह तु हें छुड़वा देगा एयरपोर्ट तक।

सिद्धार्थ का मन मचला, वह भी चले भाई के साथ। देखें कैसे देखा जाता है एच.एच.टी.आई. से अँधेरे में। घने जंगलों में। बच्चे की तरह मचलते हुए कहा उसने, मैं भी चलूँ भाई तु हारे साथ?

सन्दीप आधा सत्य छिपा गया था। ख़बर मिली थी कि प्रांग पहाड़ पर दो तीन मिलिटेंट नीचे उतरने की तैयारी में हैं। कमांडिंग ऑफ़िसर कर्नल आप्टे ने इस टू-डेज़ ऑपरेशन की सारी ज़ि मेदारी मेज़र सन्दीप पर डाल दी थी। अपने नेतृत्व में होनेवाला उनका यह पहला ऑपरेशन था, इस कारण उत्तेजना, थ्रिल, डर, खौफ़ और आशंका से वह इतना भरा हुआ था कि दिमाग़ को एकाग्र नहीं कर पा रहा था। कमांडिंग अफ़सर कर्नल आप्टे के शब्द दिमाग़ में हथौड़े की तरह बज रहे थे— आपके दिमाग़ में नक्शा एकदम साफ़ होना चाहिए। चप्पे-चप्पे की जानकारी होनी चाहिए। आपको दिन में जाकर लोकेशन देख लेनी होगी। सोचने लगा, सन्दीप लोकेशन देखने के लिए किसे साथ लेना उचित होगा कि तभी सिद्धार्थ ने फिर झकझोरा— कहाँ खो जाते हो क्या सभी फ़ौजी ऐसे ही होते हैं, बात करते-करते खो जाना, मैं भी चलूँ?

''अरे नहीं, तु हें साथ ले जाने की अनुमति नहीं मिलेगी। ख़ुद मैं अपनी टीम के साथ निकलूँगा, हाँ, स भव है कि जाते वक़्त तुमसे नहीं मिल सकूँ'', मन ही मन . याल आया, कौन जाने ऑपरेशन के दौरान ही... पर ऊपर से स्वयं को

नियन्त्रित करते हुए भाई को गले से लगाया। एक मिनट ठहर। हड़बड़ी में भी उसने अपनी अटैची से एक सुन्दर डिब्बी निकाली, उसमें से एक जोड़ी ख़ूबसूरत कफलिंग की निकाली और भेंट की भाई को, जिसे उसने भाई के लिए मथुरा पोस्टिंग के दौरान ख़रीदी थी।

भाई से विदा ले वह अल्फा क पनी के कैप्टन प्रशान्त हल्गिन के साथ निकल गया लोकेशन देखने।

चप्पे-चप्पे की जानकारी हासिल करने के बाद जय माँ काली, जय बजरंग बली के उद्घोष के साथ ऑपरेशन शौर्य के लिए मेज़र सन्दीप की अगुवाई में 72 घंटे की खाद्य-सामग्री सूखे मेवे, शक्कर पाड़े, ठेकुआ आदि के साथ सभी निकले। तीन क पनियों के कमांडिंग अफ़सर और जवान साथ-साथ बुलेटप्रूफ जैकेट और बुलेट प्रूफ कैप से लैस। साढ़े चार घंटों की रगड़ाई के बाद तीन अलग-अलग ग्रुपों में रात के नीम अँधेरे में सभी जवानों और अफ़सरों ने प्राग पहाड़ के नियत स्थान पर अपनी-अपनी पोजिशन ली। एक साथ निकलने से गोपनीयता भंग हो सकती थी इस कारण मेज़र सन्दीप ने सभी को अलग-अलग दिशाओं से अलग-अलग आने का निर्देश दिया था। किसी भी ऑपरेशन के लिए सबसे महत्त्वपूर्ण होता है सरप्राइज को क़ायम रखना... सोच रहे थे सन्दीप। हर क़दम पर धुकधुकी। गेंद की तरह टप्पे खाता दिल। कई ऑपरेशन में जा चुके थे अबतक। पर आज लगाम ख़ुद उनके हाथों में थी। सूत्रधार स्वयं थे। इस कारण फूँक-फूँककर क़दम रख रहे थे। सारी चेतना कानों और आँखों पर टँगी हुई थी। क्या आ रही है कोई आवाज़? ध्वनि की दूरी के स बन्ध में कोई चूक न हो जाए। नहीं, कोई आवाज़ नहीं आ रही थी। एच.एच.टी.आई. ऑन मोड में थी। उसके आई ग्लास से फिर निरीक्षण किया उन्होंने। दूर-दूर तक आतंकी तो क्या कोई परिन्दा तक नज़र नहीं आ रहा था। उन्होंने फिर घड़ी देखी 12 बजकर 56 मिनट। दिमाग़ में आया ख़बर ग़लत भी हो सकती है। बहुत बार हुआ है ऐसा। ख़बर सही तो ठीक, और यदि उल्टी हो तो वार उल्टा भी पड़ जाता है। आज तक वे और उनकी यूनिट याद करती है मेज़र राठौर और उनकी टीम की दर्दनाक शहादत को। उन्हें ख़बर मिली थी कि ब्रेवो पहाड़ पर एक मिलिटेंट नीचे उतरने की तैयारी में है। मेज़र राठौर और चार्ली क पनी के क पनी कमांडर कैप्टन बलवीर सिंह छह जवानों के साथ निकल पड़े ब्रेवो पहाड़ी की तरफ़— बहुत है आठ फ़ौजी एक हरामी के लिए। अँधेर में रेंगते हुए जैसे ही वे पहुँचे, पहाड़ पर, ख़ुद ही घेर लिये गये। एक की जगह बारह मिलिटेंट, अत्याधुनिक हथियारों से लैंस। अक्टूबर-नव बर में मकई के खेत बढ़ जाते हैं, उसी के पीछे छिपकर बैठे थे

हरामज़ादे। कमीनों ने घेर लिया। घास-फूस की तरह काट डाला और बोरे में भरकर हेडक्वार्टर बूशन कै प के बाहर फेंक गये थे।

मन फिर गमगीन हुआ, काश! कोई रोक पाता दोनों ओर से बहते नफ़रत के इस सैलाब को।

दिमाग़ को फिर ठकठकाया उन्होंने, अभी मौक़ा यह सब सोचने का नहीं।

फिर नज़र पड़ी घड़ी पर, 2 बजकर 35 मिनट।

वे ढीले पड़ने लगे।

निर्णय लिया गया कि हर ग्रुप से दो सोएँगे, तीन जागेंगे। बारी-बारी से। सन्दीप और उसके साथी घुटनों के बीच मैगज़ीन लगी लोडेड एके47 के साथ पेड़ के तने से टेक लगाकर, थोड़ी-सी पीकर यूँ सो गये कि पेड़ में पेड़ हो गये।

रात! काश वह ऐसें ही सोता रहता और रात कभी न बीतती।

पर उँघती रेंगती रात बीती।

सुबह सन्दीप ने सेकेंड इन कमांड कर्नल बक्षी को ख़बर भेजी तो वहाँ से ऑर्डर मिला। नीचे उतर जाओ। नीचे सर्च करो।

तीन घंटों की पैदल रगड़ाई के बाद वे नीचे उतरे। पूरे दिन खोज जारी रही। चप्पा-चप्पा खोजा। पत्ता-पत्ता छान मारा। बिल्ली की तरह घात लगाए बैठे रहे, इन्तज़ार करते रहे चूहों के आने का। चूहे नहीं आये। फिर स पर्क किया कर्नल बक्शी से। फिर ऑर्डर मिला ऊपर जाओ। ऊपर सर्च करो।

कॉटेज में अकेला सिद्धार्थ। मन उचाट। लगा भाई के साथ-साथ थोड़ा वह भी चला गया है। क्या कर रहा होगा भाई इस समय? मन में भयावह . याल आने लगे तो ध्यान बँटाने के लिए लैपटॉप खोलकर बैठ गया। थोड़ी देर मेल चेक करता रहा, फिर 'वन मिनिट मैनेजर' किताब को उलटा-पुलटा, पर मन जमा नहीं, भीतर घुटन होने लगी, थोड़ा बाहर घूम आये, उसने सोचा, पर मुश्किल थी कि बुशन कै प से बाहर अकेले निकलने की इजाज़त नहीं थी, किसी लोडेड पिस्तौलवाले की हिफाजत के साये में बाहर निकलना उसे अटपटा लगता पर कमरे में रहना भी दुश्वार, बुरे . याल पीछा ही नहीं छोड़ते, आख़िर वह मु यद्वार तक आया और दरवाज़े पर खड़े जवान से अनुरोध किया कि वह बाहर जाना चाहता है। जवान ने विनम्रतापूर्वक उसके साथ दूसरे बन्दूकधारी जवान को भेज दिया।

सामने लहराती बलखाती सिन्धु नदी। किनारे-किनारे चलने लगा वह। तपोवन-सा सुर य वातावरण। थोड़ा ही आगे बढ़ा कि सारी लयताल गड़बड़ा गयी। धाँय धाँय। घने जंगलों में सी.आर.पी.एफ. वाले प्रैक्टिस फायरिंग कर रहे थे। बड़ा

मौजूँ दृश्य था। बीच में आतंकी का पुतला और उसी को लक्ष्य कर गोली दागना। मज़े के लिए उसने भी अनुरोध किया। सी.आर.पी.एफ. वालों ने उसे भी दिला दिया बन्दूक। गोली दागने के लिए। भारी भरकम बन्दूक, उसके भार को सँ ालना ही मुश्किल था, दूसरे जवान के कन्धे पर बन्दूक रख किसी प्रकार घोड़े दबाने की रस्म भर पूरी कि तो बन्दूक आतंकी के बुत के बगल में निकल गयी। थोड़ी देर खड़े रहकर वह फायरिंग की आवाज़ों को सुनता रहा और कल्पना करता रहा कि युद्ध के दौरान कैसा दृश्य और कैसी आवाज़ें आती रहती होंगी।

थोड़ा आगे निकलकर फिर पूछा उसने, बाज़ार कितनी दूर होगा?

"क़रीब तीन किलोमीटर दूर होगा...।"

"क्या तुम चल पाओगे?"

हँस पड़ा फ़ौजी, सर आप अपनी सोचिए हमारी तो आदत है दिन में दस-दस किलोमीटर तक चलने की।

काफ़ी दूर तक कभी सूखे पत्तों की चिरमिट चिरमिर के साथ तो कभी कल-कल बहती नदी की धारा के साथ तो कभी जीवन जगाती हवाओं के साथ आगे बढ़ता रहा सिद्धार्थ, कि एकाएक पाँव ठिठक गये, सारी हरियाली, जादुई फिजा के सारे सुख पर जैसे ब्रेक लग गया। किसी के बिलबिलाने की आवाज़, कलेजा फाड़ कर आती रोने की आवाज़। साथ ही गोलियों की आवाज़। दो क़दम आगे बढ़ा तो दिल दहल गया। जीवन आस्था की धज्जियाँ उड़ाता भयानक दृश्य। दो-तीन फ़ौजी मिलकर सार्वजनिक रूप से पीट रहे थे किसी स्थानीय युवक को। साथ-ही-साथ फ़ौजियों के मुँह से निकलती धाराप्रवाह गाली। फ़ौजी बिना गाली के बात नहीं करते, यह तो सुना था पर ऐसी गालियाँ... माँ-बहन के अंग विशेष ही नहीं। उससे भी आगे... साला मूतता कम, हिलाता ज़्यादा है, ले मज़ा, धोखा देने का... फिर दनादन। बास्टर्ड। ...ज़िन्दगी भर भूल जाएगा हिलाना... इतनी भयंकर पिटाई देख चक्कर आने लगा सिद्धार्थ को। पिटते-पिटते युवक के ख़ून बहने लगा था, कई जगहों से। उफ़! सिद्धार्थ ने मुँह घुमा लिया। थोड़ी ही दूरी पर एक खुबानी बेचनेवाली थी, आसपास कई खस्ताहाल दुकानवाले थे, सभी वीतरागी भाव से देख रहे थे इस पिटाई को।

सिद्धार्थ खुबानी ख़रीदने लगा। थोड़ी ही देर बाद आ पहुँचा उसका फ़ौजी साथी। क्यों पीट रहे थे इतनी बेरहमी से? पूछा सिद्धार्थ ने।

जवान हँस पड़ा। साहबजी, हैवानियत से निपटने के लिए हैवानियत ज़रूरी हो जाती है। इसीलिए शायद फ़ौजियों को मदिरा मांस खिला-खिलाकर राक्षस बना दिया जाता है जिससे निपट सकें वे हैवानियत से। अब आप सिर्फ़ इसकी पिटाई देख रहे हैं पर यह क्यों हो रही है आप सोच भी नहीं सकते। ये जनाब मुखबिर थे।

प्राय: सभी ऑपरेशन मुखबिर की ख़बरों पर ही होते हैं। पर इस मुखबिर ने फ़ौज को धोखा दिया। इसने कहा कि ब्रेवो पहाड़ी पर दो मिलिटेंट हैं, पर निकले आठ मिलिटेंट। मिलिटेंटों को भी बन्दे ने बता दिया, वे भी इन्तज़ार कर रहे थे हमारी फ़ौज का। इसलिए इसको खुलेआम पीटा जा रहा है कि बाक़ी सभी ख़बरिये समझ लें कि झूठी ख़बर देने का अंजाम क्या होता है। जी, मिलिटेंट की सही ख़बर देनेवाले को एक लाख रुपये तक की ब. शीश मिल जाती है। सर जी, आतंकवादियों की ही तरह फ़ौज को भी अपनी तरह की दहशत फैलाकर रखनी होती है नहीं तो आप और हम चल नहीं सकते इन सड़कों पर।

''तो क्या सारे मिलिटेंट इसी प्रकार ख़बरियों द्वारा ही पकड़े जाते हैं— आधी हैरानी और आधी जिज्ञासा से भरकर पूछा सिद्धार्थ ने।''

साहब बड़े जिज्ञासु हैं। सोचने लगा जवान। बताए न बताए। आर्मी कोड में सिविलयन्स से फ़ौज स बन्धी बातें करने की स. त मनाही है। पर ये तो मेज़र सन्दीप के सगे भाई हैं। फिर मैं कोई गुप्त ख़बर तो दे नहीं रहा। मैं तो वही बताने जा रहे हूँ, जो ओपेन सिक्रेट हैं, हर आतंकी जानता है जिन्हें।

मिनट दो मिनट की धूप-छाँव के बाद आया जवाब— साहब जी, तीन तरीक़ों से हम करते हैं आतंकी का सफ़ाया। पहला तो यह कि हम किसी भी ऐसे लड़के को जो ख़ुद या जिसका परिवार मिलिटेंट द्वारा सताया हुआ हो, को मिलिटेंट (झूठा मिलिटेंट) बनने को प्रेरित करते हैं। उसके हाँ भरने पर हम उसको थोड़ी ट्रेनिंग भी देते हैं। हमारी नॉलेज में ही वह मिलिटेंट के किसी ग्रुप को ज्वाइन कर लेता है और उनके साथ रहने भी लगता है। वह पाकिस्तान भी जाता है, लौट कर भी आता है। कुछ समय बाद वह ख़ुद ऑपरेशन को अंजाम देता है। उस समय वह हमें बता देता है। बस, मौक़ा पाकर हम ऑपरशेन में सभी आतंकियों को ढेर कर देते हैं। उसे अच्छा इनाम देते हैं या आर्मी ज्वाइन करने का ऑफ़र दे देते हैं।

दूसरा तरीक़ा है— काल ट्रैकिंग। फोन को समानान्तर सुनना।

तीसरा होता है— सिम क्लोनिंग। इसमें हम मिलिटेंट के डुप्लीकेट सिम कार्ड बनवा लेते हैं। मज़ा लेते हुए कहने लगा वह— जब नया-नया मोबाइल आया था कश्मीर में तो ढेरों मिलिटेंट ढेर हो गये थे। काल ट्रैकिंग द्वारा उनके ठिकानों का पता लगाकर ढेर कर देते थे हम उन्हें। लेकिन ये सब डबल एजेंड वेपन्स हैं यानी दोहरी धारवाले हथियार। ख़बर ग़लत निकल जाए तो पासा उलटा भी पड़ सकता है। हम भी धोखा खाकर आतंकवादियों के हत्थे चढ़ सकते हैं।

पीले पत्तोंवाले ढेरों पेड़। बीच-बीच में चीड़, देवदार, सेब और अखरोट के पेड़। कहीं-कहीं ऊँचाई से गिरते झरने। हर मौसम में सुन्दर दिखता श्रीनगर। जी भर अपने भीतर सोख लेना चाहता था सिद्धार्थ श्रीनगर की इस सुन्दरता को। भीतर

प्रार्थना उठने लगी— बनी रहे यह सुन्दरता। चेरी के पैकेट को खोल चेरी खायी उसने, फ़ौजी जवान को भी खिलायी। थोड़ी देर चलने के बाद जवान फिर बताने लगा उसे, अपने फ़ौजी जीवन के बेशक़ीमती अनुभव— सरजी, सबसे महत्त्वपूर्ण होती है इंटेलिजेंस ब्यूरो की ख़बरें। ये ख़बरे ग़लत हो ही नहीं सकती हैं। क्योंकि इंटेलिजेंस ब्यूरो सेटलाइट से देखते हैं। एक वाकया सुनाता हूँ सरजी। हाँ जी, मैं ख़ुद भी शामिल था उस ऑपरेशन में।

''आप ख़ुद थे!'' विश्वास नहीं कर पा रहा था सिद्धार्थ। सिर से पैर तक फिर मुआयना किया उसने जवान का।

हँस पड़ा जवान। दुधिया हँसी, ''सरजी, यहाँ आर.आर.पोस्टिंग में हर ऑफ़िसर इंफेंट्री ऑफिसर होता है, और हर जवान को किसी भी ऑपरेश में भेजा जा सकता है। हाँ तो साहबजी, क़रीब डेढ़ साल पहले की घटना है, तब हमारे कमांडिंग अफ़सर थे कर्नल बत्रा। उनको ख़बर मिली कि तेरह आतंकी बॉर्डर पार करके आ रहे हैं। शाम पाँच बजे तक नारायण नाग पहुँचने वाले हैं। उसी के आधार पर बत्रा साहब ने अपनी यूनिट को तीन भागों में बाँटा और सबको अलग-अलग, अपनी-अपनी जगह पहुँचने का आदेश दिया। अलग-अलग इसलिए कि किसी को शक न हो कि हम किसी बड़े ऑपरेशन के लिए जा रहे हैं। गोपनीयता ऐसे ऑपरेशन में सबसे अहम होती है। हम सौ जवान और बारह अफ़सर चलकर महानिश पहाड़ पर पहुँचे। शाम हो चुकी थी, हमने सचमुच देखा, 13 आतंकी छोकरे पहाड़ पर चढ़ रहे थे। हम उन्हें देखते रहे। थोड़ी देर बाद वे आराम करने के लिए एक चट्टान पर बैठे कि तभी हमने फायरिंग शुरू कर दी। साहबजी, ऑपरेशन में सबसे अधिक महत्त्वपूर्ण यह होता है कि पहली फायरिंग किसने की। शुरुआती दो-एक मिनट में जो सँभल गया, जानो वही जीत गया। हाँ, तो साहबजी जैसे ही उन्होंने फायरिंग की आवाज़ सुनी वे चट्टान के अन्दर घुस गये। फिर दोनों तरफ़ से चलती रही फायरिंग। पूरे सात दिनों तक चला वह ऑपरेशन। रात-रात चलती रही फायरिंग। बहुत अनुभवी कमांडिंग अफ़सर थे कर्नल बत्रा। उन्होंने हमें मिलिटेंट के पास जाने से रोके रखा नहीं तो एकाध कैजुअल्टी ज़रूर ही होती, इतने बड़े ऑपरेशन में। सात दिनों तक हम डेरा डाले रहे। न नहाना न धोना। बस, खाना पीना नीचे से आता रहा। हमने रॉकेट लांचर मार-मार कर उस चट्टान को ही गिरा दिया। जी, हम उनसे सिर्फ़ 200 मीटर की दूरी पर थे। हमारे हर ग्रुप से तीन सोते, दो जागते। जी, हम उनसे सिर्फ़ 200 मीटर की दूरी पर थे। बाद के दिनों में हमने लेम थ्रोअर भी फेंका!''

''क्या होता है यह लेम थ्रोअर?''

''यह जब लक्ष्य पर लगता है तो उससे आग निकलती है। तो सरजी, इस

प्रकार हमने पूरी चट्टान को ही गिरा दिया और जब आख़िरी चौबीस घंटों तक उधर से एक भी गोली की आवाज़ नहीं आयी तो हम समझ गये कि या तो वे मर गये हैं या उनके हथियार ख़त्म हो गये हैं।

क्या बताऊँ साहब जी, जब पास पहुँचे तो देखा सब-के-सब अठारह से तीस तक के युवक थे। गोरे-चिट्टे। पाकिस्तानी। अधिकतर जींस-टॉप में थे। इक्के-दुक्के ने पठान सूट भी डाला हुआ था। सबके शरीर आग से बुरी तरह झुलसे हुए थे। उनके पास से हमें एके 47 और एक सेटलाइट फोन भी बरामद हुआ। उन शवों के साथ फोटो खिंचवायी। मीडिया को बुलाया, उन्हें दिखाया और फिर सब शवों को पुलिस के हवाले कर दिया।

जवान बोलता जा रहा था, सिद्धार्थ की आँखें चौड़ी और दुनिया बड़ी होती जा रही थी। अज्ञात भय उसे अजगर की तरह जकड़ता जा रहा था— बाप रे? कैसी जोखिमों से भरी दुनिया में रहता है उसका भाई।

क्वार्टर में लौटते ही सिद्धार्थ फिर चिन्तित!

अभी तक नहीं लौटा भाई!

लैंडलाइन से कई बार फोन लगाया, बार-बार यही जवाब— साहब नहीं लौटे बाहर से।

आख़िर बेकाबू होते अपने मन को फिर मरोड़ा उसने अपनी मंजन, तेल और साबुन की दुनिया में।

इस क्वार्टर के सेल्स टारगेट एचीव नहीं कर पाये थे सिद्धार्थ, इस कारण सपनों में भी सुन्दरियाँ नहीं, सेल्स ही दिखता है उन्हें यही सोचते रहते हैं कि कैसे बढ़ाया जाए सेल्स। कैसे फैलाया जाए अपना नेटवर्क? कैसे पहुँचे देश के कोने-कोने में, कोकाकोला की तरह? जब भी ख़ाली समय मिलता है कंज़्यूमर साइकॉलोजी की पुस्तक पढ़ते रहते हैं। सोचते रहते हैं उपभोक्ताओं के मनोविज्ञान पर। अद्भुत हैं, इस देश के उपभोक्ता भी, एक समय था कि गाँवों में उनका ब्रैंड 'लाइफ़मैन' ही बन चुका था साबुन का पर्याय। दशकों तक राज किया इसने गाँवों में। जाने क्या सूझी प्रबन्धकों की उन्होंने बदल डाला रंग लाइफ़मैन का। लाल रंग से बदल डाला इसे हल्के गुलाबीनुमा लाल रंग में। बस तभी से पिट गया साबुन। बाद में रिसर्च रिपोर्ट आयी कि गाँव के गावड़े इसे 'लाईफ़मैन' के नाम से नहीं वरन् इसके रंग से इसे पहचानते थे। वे इसे लाल साबुन कहते थे। नयी सजधज के साथ लाईफ़ मैन आया तो लोगों ने इसे नकली लाल साबुन समझा और नाता तोड़ लिया इससे।

उसे सभी लोकप्रिय ब्रांड से स बन्धित एक प्रेजेंटेशन तैयार करना है।

'लाइफ़मैन' से फिसलते हुए ध्यान गया क पनी के सबसे बिकाऊ ब्रांड 'फाइन ऐंड लवली' पर। ताज्जुब सबसे ज़्यादा खपत इसकी दक्षिण भारत में। एक सर्वे करवाई थी प्रबन्धकों ने पिछले दिनों। लिया गया था उसमें साक्षात्कार हर वर्ग की महिलाओं से। एक कमरे में पूछा जा रहा था उनसे क्यों लगाती हैं वे 'फाइन ऐंड लवली' और दूसरे कमरे में प्रबन्धकों के साथ वह भी क्लोज सर्किट पर देख सुन रहा था। उसे ताज्जुब हुआ, अधिकांश महिलाओं ने कहा कि वे इसलिए इस्तेमाल करती हैं, 'फाइन ऐंड लवली', क्योंकि सुन्दरता आत्मविश्वास बढ़ाती है।

उसी रात उसने अपने घर काम करनेवाली बाई से भी पूछा था— क्या वह जानती है क्या है 'फाइन ऐंड लवली'। ताज्जुब। तपाक से जवाब दिया बाई ने, 'कि बोलछेन, आमि व्यवहार ओ करी। ना सब समय ना, शुद्ध पूजार समय।' (क्या बोलते हैं, मैं तो 'फाइन ऐंड लवली' लगाती भी हूँ, नहीं हर दिन नहीं, सिर्फ़ दुर्गा पूजा के समय)।

जिओ! मेरे ब्रांड! एक समय आएगा जब सारे ब्रांड इसी प्रकार लोकप्रिय हो जाएँगे... तल्लीन हो वह अपनी रिपोर्ट में डूब गया था। पन्द्रह-बीस मिनट गुज़रे कि वह चौंक गया। किसी के बड़बड़ाने की आवाज़ आ रही थी। एकाएक बड़बड़ाना थोड़ा तेज़ हो गया। क्या टी.वी. खुली छूट गयी। वह उठा। टी.वी. चेक की उसने। नहीं, टी.वी. बन्द था। फिर कौन? तभी बाथरूम से भाई का अर्दली निकला। ध्यान से देखा उसने, दीन-दुनिया से बेख़बर अर्दली अपने आप ही बड़बड़ाता चला जा रहा था। अपनी बड़बड़ाहट में वह किसी को कोस रहा था, बद्दुआ दे रहा था किसी को। हे भगवान कैसी पागल दुनिया है यह! अर्दली तक चैन से नहीं बैठने देता।

उसने चेष्टा की फिर लैपटॉप में डूब जाने कि पर उसकी श्रवणेन्द्रियों का एक टुकड़ा वहीं अटका रहा, उसी अर्दली के इर्द-गिर्द। झुँझलाकर फिर स पर्क किया, उसने भाई से। फिर लगाया फोन यूनिट में। फिर वही जवाब साहब बाहर हैं, अभी नहीं लौटे। कब लौटेंगे? लौटने पर आपको बता दिया जाएगा। कट।

रात फिर लगाया फोन, वही जवाब, पर इस बार उ मीद की एक लाइन और जड़ दी यूनिट वाले ने। सुबह तक आने की स ावना है।

राम-राम कर बिताई रात सिद्धार्थ ने। किसी प्रकार बजा सुबह का छह। फिर लगाया फोन तो लाइन डेड। आशंका से काँप गया सिद्धार्थ। याद आया, भाई ने ही बताया था उसे कि जब भी कोई एनकाउंटर होता है हम बी.एस.एन.एल. के सारे कनेक्शन ऑफ कर देते हैं जिससे कि मिलिटेंट एक-दूसरे से स पर्क नहीं कर सकें। हे भगवान तो क्या भाई किसी ऑपरेशन में...? किससे पूछें? भाई के अर्दली से पूछा तो उसने अजीब-सा ही सुझाव दिया, 'आजकल' चैनल लगा लीजिए यदि

कोई ब्लास्ट या एनकाउंटर हुआ होगा तो पता चल जाएगा।

दम साधे सभी देवी-देवताओं की गुहार करने लगा वह। हे भगवान भाई को सकुशल देखकर जाऊँ। आठ बजे के क़रीब वह बाहर निकला कि पूछताछ करें, आसपास के अफ़सरों से कि तभी उसने देखा कि कर्नल आप्टे अपने चै बर की ओर बढ़ रहे हैं। लपककर वह उनके पीछे हो लिया।

''गुड मार्निंग सर।''

''गुड मार्निंग! क्या आप मेज़र सन्दीप के भाई हैं?''

उसे ताज्जुब हुआ तो कर्नल साहब को ख़बर है, उसके यहाँ आने की। (शायद बिना कर्नल की इजाज़त के उसे रखा भी नहीं जा सकता हो।) उसने छूटते ही पूछा, ''सर, सन्दीप कल सुबह से जो गया कि अ ी तक नहीं लौटा है। मुझे शाम की लाइट से जाना है। क्या जाने से पहले हो सकती है उससे मुलाक़ात?''

अचरच के साथ देखा कर्नल ने उसे और कहा, ''क्या आपको पता नहीं, मेज़र सन्दीप ऑपरेशन पर गये हैं। दो रात से पहले तो आने का सवाल ही नहीं, ज़्यादा वक़्त भी लग सकता है।''

''क्या?''

''क्या बहुत ख़तरा है? मुँह से हठात् निकल पड़ा।''

''ख़तरा तो नो डाउट ज़रूर है। और सबसे अधिक उसे ही है, क्योंकि मैं तो तब जाऊँगा जब ऑपरेशन पूरा हो चुका होगा। इस बीच जो कुछ होगा, उसे ही झेलना होगा।''

वे बोलते जा रहे थे और सिद्धार्थ की यातना का स्वाद भी लेते जा रहे थे। डर की ठंडी उफ़नती लहर उसके भीतर उतरती जा रही थी। आये दिन की मुठभेड़ और एनकाउंटर से संवेदनहीन हुए कर्नल को शायद यह भी . याल नहीं रहा कि उनका जवाब सिद्धार्थ के सामने तोप के गोले की तरह फटा। वे आगे बढ़ गये, सुन्न सिद्धार्थ वहीं सीढ़ियों पर अधमरे से बैठ गये। भीतर बहने लगी प्रार्थनाएँ... हे भगवान, भाई को सकुशल देख निकलूँ यहाँ से। भगवान, आगे और कुछ न सुनना पड़े।

सीढ़ियों पर बैठे-बैठे सिद्धार्थ बुशन कै प की गतिविधियों को देखते रहे। यूनिफार्म से लकदक ऑफ़िसर चुस्त चाल से आ-जा रहे थे। फ़ौजी कुत्ते बाहर लॉन में घूम रहे थे। चिकने, काले, सुडौल, उसे ध्यान आया, भाई ने बताया था कि बड़ी कठोर ट्रेनिंग होती है। इन फ़ौजी कुत्तों की भी बाकायदा क्लास लगती है। इन्हें ब्रह्मचारी ही रखा जाता है, जिससे उनकी स पूर्ण उर्जा का उपयोग हो सके। एकाएक उसकी नज़र अहाते के भीतर घुसती ए बुलेंस पर पड़ी। कहीं सन्दीप तो नहीं? दूर खड़ी ए बुलेंस नुकीली चोंच मार उसका मांस नोचने लगी। वह लहूलुहान हुआ। वहीं जम गया... उसे लगा जैसे सदियों से वह वहीं बैठा हुआ देख रहा है

ए बुलेंस को आते हुए। सन्दीप को स्ट्रेचर पर लेटे हुए। सामने से कोई फ़ौजी गुज़रा। उसने उसे रोककर पूछा, भाई, यह ए बुलेंस क्यों आयी है? विनम्रता से जवाब दिया फ़ौजी ने, साहबजी, पास के ही गाँव में हमलोगों ने आज फ्री मेडिकल कै प खोला है। मु. त दवाइयाँ बाँटी हैं। वहीं से आ रही है यह ए बुलेंस।

उसके हाथ जुड़े... लाख-लाख शुक्रिया परवरदिगार। तू सचमुच है। उससे थोड़ी ही दूर पर कुछ फ़ौजी बतिया रहे थे। वह सुनने लगा, उसी दिन ज मू में कोई एनकाउंटर हुआ था। उसमें बीएसएफ का कोई जवान शहीद हो गया था। अब कितनी भी चौकसी रखो, गेंद बराबर हैंड ग्रिनेड तो कोई भी कहीं भी छुपाकर कहीं भी फेंक ही सकता है। उससे और सुना नहीं गया। लगा ख़ून सिर चढ़कर बोलने लगा है। ख़ुद को सँ ाालने और अपने भीतर के डर से उबरने के लिए वह पीछे की तरफ़ निकल गया और पीछे लगी सीमेंट की पट्टी पर बैठ गया। अभी तक उसने जाने कितनी बार ऐसी मुठभेड़ों और ऑपरेशन के बारे में पढ़ा था, पर वे उसके 'मैं' का हिस्सा नहीं बनी थीं। वे उसकी निजी ज़िन्दगी की सरहदों के बाहर थी। लेकिन आज पहली बार फ़ौजी कै प, कश्मीर का दहशत भरा वातावरण, मृत फोन और भाई से संवादहीनता के मिलेजुले कॉकटेल ने उसके होश उड़ा दिये थे। विचलित, अस्थिर और तनावग्रस्त वह वहीं बैठा रहा जाने कबतक। खाने और नाश्ते का समय भी निकल गया पर वह बैठा रहा। बीच में एक बार उठा वह, और भाई के दिये मोबाइल से फोन पर अपनी आज शाम की लाइट कैंसिल करवाई।

शाम छह बजे के क़रीब अपने सर्च अभियान कम ऑपरेशन को समाप्त घोषित कर हेडक्वार्टर बूशन की ओर निकले सन्दीप। इस बेमतलब के ऑपरेशन और व्यर्थ की भागदौड़ और कभी ऊपर तो कभी नीचे की दो दिनों और दो रातों की कवायद ने मन में खरोंचे डाल दी थीं। पहले भी ऐसा कई बार हो चुका था। आधी परती ख़बरों पर ही दौड़ा दिया पूरी टीम को। दरअसल सी.ओ. चाहते ही यही हैं कि सदैव दौड़ते रहें उनके मातहत। सन्दीप अब मुरझाने लगा था। वर्दी का नशा भी अब धीरे-धीरे हल्का पड़ने लगा था। भाई के साथ जी भर रह नहीं सका, इसका मलाल अलग था। एक समय था कि सिद्धार्थ परछाईं की तरह चिपका रहता था उनसे। उफ़! बड़े क्या हुए कि ज़िन्दगी ही जैसे हाथों से छूट गयी। विचारों के सैलाब में फिर बहने लगे सन्दीप, इतना बॉसिज़्म नहीं होता तो सबसे आदर्श संस्था होती भारतीय फ़ौज। चाहे पीस पोस्टिंग हो या फिल्ड पोस्टिंग हर जगह बॉसिज़्म। अपनी तरह का। किसने बनाया आर्मी का यह सामन्ती चरित्र! अँग्रेजों के जमाने के बने सामन्ती नियम कायदे, चले आ रहे हैं आज भी धड़ल्ले से।

वक़्त की धुन्ध को चीरते हुए फिर उन्हीं राहों पर चल पड़े सन्दीप, जहाँ से कभी निकले थे। याद आने लगी, राँची पोस्टिंग के दौरान हुई वह घटना वह अपमान, अपने बॉस के हाथों, जिसे आज तक भूल नहीं सके वे। उन दिनों इस नयी दुनिया के नये-नये खिड़की झरोखे खुल रहे थे। उन्हीं ताज़ा तरोजा दिनों में जाना था उसने कि हर फ़ौजी के लिए एक वार्षिक गोपनीय रिपोर्ट (एनुएल कांफिडेंशिएल रिपोर्ट) बनायी जानी है जिसके आधार पर अफ़सर की भविष्य में पदोन्नति होती है। इस एनुएल कांफिडेंशियल रिपोर्ट यानी ए.सी.आर. में उसके कार्य, चरित्र व्यवहार सब पर टिप्पणी लिखी रहती है, जो उसके यूनिट के कमांडिंग अफ़सर द्वारा लिखी जाती है। यानी उसका पूरा भविष्य माँ-बाप, भाग्य विधाता सभी वह कमांडिंग अफ़सर। वह ख़ुश तो दुनिया ख़ुश। इसीलिए हर अफ़सर अपने वरिष्ठ के ज़बर्दस्त दबाब में रहता है। इसलिए सन्तुलन बनाए रखने के लिए हर वरिष्ठ अपने कनिष्ठ को भी उतने ही दबाव में रखता है।

उन दिनों उसका सी.ओ. था मणिपुर का आई.एस.चनम। नुकीला, रोबदार, घमंडी और अपनी ओर खींचता चेहरा। इतना दबदबा, आतंक और इस क़दर धँसा हुआ था वह उसकी चेतना में कि रात स्वप्न में भी उसे प्रेयसी की बजाय कर्नल चनम का चेहरा दिखता था। उन्हीं दिनों उसके संवेदनशील मन ने इस सत्य का उद्‌घाटन किया था कि अपने श्रेष्ठ कायदे-क़ानून, टेबल मैनर्स डिगनिटी और महिलाओं के साथ बेइन्तहा इज़्ज़त से पेश आनेवाली आर्मी अपने मातहत अफ़सर और जवानों के साथ कितनी सामन्त और कठोर है।

छोटी-सी एक घटना पर इतनी मारक और हैरान कर देने वाली कि उनके प्रभाव से आज तक उबर नहीं पाया है वह।

आँखें फिर पीछे घूम गयीं। कैसे लांसनायक जयदेव सिंह गिड़गिड़ाया था उसने समक्ष, छुट्टियों के लिए। पिता बेहद बीमार थे उसके। और पाशविक प्रवृत्ति के कर्नल सी.ओ. ने ख़ारिज कर दी थी उसकी छुट्टी की अपील को।

उसने आश्वस्त किया जयदेव सिंह को जैसे भी हो मैं तु हें छुट्टी दिलवा कर रहूँगा और मन बनाया, कर्नल चनम से सामना करने का।

पर इसी बीच फिर घट गयी एक घटना, जिसने सी.ओ. के पाशविक व्यक्तित्व की कई परतों को एक साथ उजागर कर दिया।

सी.ओ. को हेड ऑफ़िस से आर्डर मिला था कि इस बात का अध्ययन किया जाए कि नये बने अफ़सर आर्मी के नेतृत्व के बारे में क्या सोचते हैं? किस प्रकार सोचते हैं? सन्दीप को भी अपने कमेंट लिखने के लिए कहा गया।

आज भी याद कर सकता है सन्दीप क्या लिखा था उसने अपने आलेख में। नेता के रूप में उसे जो सी.ओ. मिला था और उससे उसे जो अनुभव मिले थे उसी

आधार पर उसने सच-सच लिख दिया था। उसने स्पष्ट लिखा था कि आर्मी के नेता अफ़सर के भीतर जो भी सुन्दर, शिव और मानवीय है, उसे उजागर करने की बजाय उसे कुचलने में ही अपना योगदान दे रहे हैं। जबकि नेता क़ो एक अच्छे माली की तरह होना चाहिए जो दे सके अपना योगदान मनुष्यत्व के पौधे को सींचने में। उसने लिखा था नेता अपनी टीम का वैचारिक कप्तान होता है। नये विचारों, नयी सृजनात्मकता और नये प्रयोगों को जन्म देना उसका नैतिक कर्तव्य होना चाहिए पर दुर्भाग्य से आर्मी के हर सीनियर को तेजस्वी अफ़सर नहीं, लद्धड़-लक्कड़ ढीकरा चाहिए, जो टनटनाता रहे नेता की ताल पर, जो प्रश्न न करे, सिर्फ़ अनुकरण करे, जबकि गीता के इस देश में प्रश्नों और संवादों की एक स्वस्थ पर परा रही है। स्वयं गीता भी क्या है? कुछ प्रश्न, कुछ जिज्ञासाएँ। आर्मी के नेता को यदि किन्हीं तीन शब्दों से चिढ़ है तो वे हैं 'क्यों', 'क्या' और 'कैसे'।

और अन्त में उसने भावुक होकर लिखा था मैं आया था आर्मी में, उच्च उद्देश्यों के लिए, बेहतर जीवन की तलाश के लिए, पर यहाँ आकर तो लगता है मैंने ख़ुद को ही खो दिया है। न मेरी आत ाा मेरे पास है और न ही मेरी आवाज़। मुझे डर है कि अन्त तक शायद ही बचे मेरा सपना और बचे इतना हौसला कि मैं बुन सकूँ नयी दुनिया और नये सपनों को।

आज भी याद आ रहा था सन्दीप को, कर्नल चनम का तिलमिलाता चेहरा और फड़कते मूँछ के कोने। जैसे ही वह घुसा उसके चे बर में, कैसे बाज की तरह झपट पड़ा था वह उसपर और कैसे गलियों से स पन्न आवाज़ में आग उगल रहा था— बास्टर्ड, किस पर लिखा है तुमने यह निबन्ध? सी.ओ. की आँखों की हिंस्र जलन देख सहम गया था वह। भीतर कीड़ा कुलबुलाया, कह दे जनाब आप पर। पिकासों की सुप्रसिद्ध पेंटिंग 'गुएर्निका' को देख जार ने पूछा था किसने बनायी यह पेंटिंग। बेधड़क हो जवाब दिया था पिकासो ने— जनाब आपने। पर वह ऐसा नहीं कह सका। शब्द गले की दहलीज पर आकर छूट गये। वह कलाकार था, वह फ़ौजी है। अपने को भरसक संयत कर जवाब दिया उसने— सर, मैंने किसी व्यक्ति विशेष पर नहीं लिखा, मैंने तो सिर्फ़ यह कहना चाहा था कि नेतृत्व कैसा होना चाहिए। सी.ओ. चनम सिगरेट के धुएँ छोड़ता रहा, उसे घूरता रहा, जैसे पंजे में फँसी बिल्ली घूरती है चूहे को। पूरे पन्द्रह मिनट बाद अपनी घूमनेवाली कुर्सी को फिर उसकी तरफ़ घुमाते हुए फिर पूछा उसने— तू सोच, शायद तुझे याद आ जाए कि किस पर लिखा है तूने? उसकी आँखों से फूटती हिंसक चिंगारियों और मक्कारी को अनदेखा कर फिर विनम्र शब्दों में जबाब दिया उसने— सर, जब मैंने किसी पर लिखा ही नहीं तो याद कैसे आएगा? अपनी गोल-गोल गुलटी आँखों से वह उसे घूरता रहा, उसकी यातना का स्वाद लेता रहा, अपना काम करता रहा। बस

हर पन्द्रह मिनट बाद लहरा लहरा कर उससे पूछता रहा, ''आया याद?''

डेढ़ घंटे तक उसके चे बर में हाज़िरी देने के बाद ही निकल पाया वह बाहर।

दूसरे दिन उसने अपनी हैसियत से लांस नायक जयदेव सिंह की दस दिनों की छुट्टी मंजूर कर दी थी। तब कितना समझाया था उसे उसके मित्र कैप्टन प्रवीण शर्मा ने— जयदेव का तो भला होने से रहा, उल्टा सी.ओ. तेरे पर चढ़ जाएगा। लगा देगा तेरी छुट्टियों पर क. यूँ।

'कूल-कूल' उसने आपसे कहा। फिर आश्वस्त किया था उसने ख़ुद को। — यू आर नॉट इनफिरियर टू एनी बडी एल्स इन दि वर्ल्ड इकसेप्ट गॉड (तुम दुनिया में सिवाय ईश्वर के किसी से कम नहीं हो।)

कितना आदर्शवादी था वह उन दिनों, सन्दीप मन-ही-मन मुस्कराया, और उतना ही ज़िद्दी भी। पीछा नहीं छोड़ा था उसने भी सी.ओ. चनम का। फिर सामना किया उसने सी.ओ. का। खड़ा रहा उसके चे बर में। पूरे पन्द्रह मिनट बाद गर्दन उठायी सी.ओ. ने और बेरुखी से कहा अ ी मैं फ्री नहीं हूँ, दो घंटे बाद आना। दो घंटे वह घूमता रहा बाहर, निरर्थक, निरुद्देश्य। जैसे ही बीते दो घंटे, उसने फिर ख़ुद को ठकठकाया, बच्चू होशियार कच्चा नहीं बनने का। भीतर के सारे साहस को इकट्टा कर वह फिर तैयार सी.ओ. का सामना करने के लिए। एक उड़ती नज़र डाली सी.ओ. ने उस पर। उसकी बदहवासी और परेशानी का स्वाद लिया और च्यूंगम चुभलाते हुए कहा, रात दस बजे बाद आना। वह ग्यारह बजे पहुँचा, फिर पन्द्रह मिनट तक खिड़की से दिखते टुकड़े भर आसमान में छितरे तारों को गिनता रहा। पन्द्रह मिनट बाद सी.ओ. ने मुंडी उठायी और कहा कल सुबह आना।''

ढीठ की तरह वह सुबह पहुँचा तो उसने छूटते ही कहा, ''तुमने जयदेव को दस दिनों की छुट्टियाँ क्यों दी?''

''सर ज मू जाएगा तो आने-जाने में ही लग जाएँगे चार दिन।'' भरसक विनम्र हो जवाब दिया उसने।''

सी.ओ. ने खाजाने वाली नज़र उस पर फेंकी। सन्दीप को लगा कि कमरे की दीवारें एकाएक इतनी गरम हो उठी हैं कि वह झुलस जाएगा। आज भी याद कर सकता है सन्दीप कि कितने आत्मबल से तब सन्दीप ने स्वयं को उस घृणित तिलचट्टे के सामने सिकुड़ने, बिखरने और कच्चा पड़ जाने से रोका था।

और तभी सी.ओ. ने ग़ुस्से में फुँकारते हुए रजिस्टर उछाल कर उसके सामने फेंक दिया था।

सन्दीप को लगा कि रजिस्टर नहीं उसके होने को, उसके वजूद को उछालकर फेंक दिया है उसके सामने।

क्या उठाए वह रजिस्टर?

नहीं, सन्दीप ने रजिस्टर नहीं उठाया और बिना एक ी शब्द बोले निकल गये कमरे से बाहर।

बाद में सी.ओ. ने जयदेव को सात दिनों की छुट्टी दी।

विचारों की आँधियाँ फिर चलने लगीं। पीस पोस्टिंग हो या फ़िल्ड पोस्टिंग। मथुरा हो, राँची हो या कश्मीर हो, हुक्म बजाने और बजवाने का कारोबार चलता रहता है। हर सीनियर अपने सीनियर से दबता और जूनियर को दबाता है। उसे याद आया एक चुटकुला। एक बार इंटरनेशनल प्रतियोगिता थी कि कौन कम-से-कम मूल्य पर कबूतरों को निर्यात कर पाता है। इस प्रतियोगिता में भारत बाजी मार गया। इंग्लैंड, अमेरिका, जापान जैसे सभी विकसित देश हैरान। इस मूल्य पर तो लागत ही नहीं निकलती कैसे कर पाएगा भारत इन मूल्यों पर निर्यात। बाद में निर्यात अधिकारी ने राज खोला, "भाई, ये भारतीय कबूतर हैं, दुनिया के किसी भी देश में ऐसे कबूतर नहीं हैं। हमें पैकिंग की ज़रूरत ही नहीं है। हम इन्हें बड़ी-सी खुली टोकरी में बस बैठा देंगे। तो क्या ये उड़ेंगे नहीं? नहीं भाई, जब ऊपरवाला उड़ता है तो नीचेवाला इसकी टाँग पकड़े रहता है। इस कारण न कोई उड़ता है, न उड़ पाता है।"

एकाएक वह रास्ते में ही ठहाका मारकर हँस पड़ा, यही हाल मेरी फ़ौज का। मेरे देश का। न उड़ो न उड़ने दो।

आसपास के लोग उसे देखने लगे, तो वह झेंप गया।

उफ़! वह भी कहाँ खो गया उसने फिर गर्दन को झटका दिया और सोचने लगा सिद्धार्थ के बारे में। उसने मोबाइल से उससे स पर्क करना चाहा, पर वीक टॉवर, या मौसम की गड़बड़, स पर्क होते-होते टूट रहा था।

सिद्धार्थ

रात अर्दली खाना लाया तो फिर पूछा उसने, "क्या मिलिटेंट के साथ कहीं कोई मुठभेड़ हुई है, क्या कोई ऑपरेशन चल रहा है? अर्दली ने ग भीर हो बताया, सरजी, यहाँ तो चौबीसों घंटे ही यह सब होता रहता है। अगले सप्ताह से अमरनाथ की यात्रा शुरू होनेवाली है। इस कारण इस सप्ताह वारदातों की और बाहर से आनेवाले मिलिटेंटों की सं या बढ़ रही है। हर दिन ख़बर आ रही है। आतंकी कहीं नीचे उतर वारदात करने की तैयारी में हैं तो कहीं सीमापार से विदेशी आतंकियों के घुसने की ख़बर आ रही है। ये नये सी.ओ. साहब बहुत ज़्यादा कर्मठ हैं, न ख़ुद चैन से बैठते हैं न औरों को बैठने देते हैं। जाने कितने ख़बरिया घुसा रखे हैं, गाँव-गाँव में। आधी से ज़्यादा ख़बरें तो झूठी निकलती हैं, पर इन्हीं ख़बरों में से एकाध

ख़बर सच्ची भी निकल आती है, इतनी ज़बर्दस्त कि ऑपरेशन ल बा खिंचता जाता है। नहीं सरजी, एक बार ऑपरेशन चालू हो गया तो फिर कोई भी नहीं निकल सकता। फिर तो मरकर या मारकर ही बाहर निकला जा सकता है। मन में फिर हूक उठी, कहाँ फँस गया भाई। लगा जैसे किसी अज्ञात भय ने गर्दन मरोड़ कर रख दी है उसकी। कहीं ऑपरेशन ल बा खिंच गया तो? क्या दुबारा देख पाऊँगा भाई को? अकेला बन्द कमरा। ठंडा रेंगता अँधेरा। सांय-सांय करता सन्नाटा। और डरावनी ख़बरें। कश्मीर इतना भयानक हो सकता है, सोचा भी नहीं था उसने।

पल-पल मिलाता रहा वह फोन। कभी लैंड लाइन तो कभी मोबाइल। सब बन्द। ज़रूर कहीं भयानक एनकाउंटर चल रहा है। इसीलिए सारे संचार सूत्रों को बन्द कर दिया गया है। नहीं, अब तो सन्देह भी नहीं रहा। फिर मिलाया फोन उसने कंट्रोल रूम में। जय हो क़िस्मत! मिल गयी लाइन। पता चला मेज़र सन्दीप वापस आ गये हैं। कब आएँगे बूशन कै प में? नहीं बता सकते, थोड़ी देर बाद फिर फोन कर लें, पूछकर बता दिया जाएगा। आपको।

फिर मिलाया उसने मोबाइल। मिल गया। बस सुबह आठ बजे तक पहुँच रहा हूँ अभी आर्मी की जीप नहीं निकल सकती नहीं तो तुरन्त आ जाता।

हे प्रभु... उसके हाथ फिर जुड़े। लगा छाती पर घटी कोई भारी भरकम चट्टान हट गयी है।

बुशन कै प लौटा सन्दीप तो आकुल-व्याकुल सिद्धार्थ लिपट गया उससे। भाई, तुमने तो जान ही निकाल दी मेरी। मैं नहीं जानता था। इतना ख़तरा है?

हँस दिया सन्दीप, एक उदास हँसी— ख़तरा कहाँ नहीं है, भाई। कहीं बाहर तो कहीं भीतर। अच्छा पहले यह बता, तूने जाना क्यों स्थगित कर दिया... ओह, सोचा होगा कि भाई मिलेगा या नहीं?

''भाई कितने कठोर हो गये हो तुम।'' सिद्धार्थ का गला भर आया था।

''क्या करूँ आजकल ख़बरें ही कुछ ऐसी मिल रही हैं कि मेरी मानसिकता बदल रही है। ज़िन्दगी पर, मैं अपनी राय बदलने को बाध्य हूँ।''

''ऐसी कौन-सी ख़बर मिल गयी है तु हें?''

''पहले खाते-पीते हैं, फिर बात करेंगे।''

सन्दीप ने इंटरकोम पर ही अपने आने की सूचना दी, अपने अर्दली को और चाय नाश्ता लाने को कहा।

कहवा की गरम-गरम चुस्कियों के बीच फिर बात छेड़ी सिद्धार्थ ने। सन्दीप ने फिर टालना चाहा पर जो घटना घटी थी पिछले दिनों, वह घाटियों की धुन्ध की

तरह छायी हुई थी, उसके दिलो-दिमाग़ पर और उसके कुछ सूत्र सिद्धार्थ से भी जुड़े थे, इसलिए वह चाहता था कि सिद्धार्थ भी जान ले उस घटना को।

सैंडविच को कुतरते हुए कहा उसने, ''तू जानता है मेरे दोस्त अभिषेक को।''

''हाँ-हाँ, वही जिसने तेरे साथ ही स्कूल फाइनल किया था, क्या हुआ उसे?''

''उसे कुछ नहीं हुआ पर उसके छोटे भाई ने आत्महत्या कर ली।''

''अरे क्यों, वह तो बड़ा ब्रिलिएंट था, आई.आई.टी. कानपुर में था।''

इतने होनहार लड़के से आत्महत्या का स बन्ध जोड़ नहीं पा रहा था सिद्धार्थ।

''हाँ तो मैंने कहा था न तु हें कि ख़तरा कहाँ नहीं है। कहीं बाहरी तो कहीं भीतरी। अब ....वह तो आर.आर. पोस्टिंग में नहीं था, सबसे सुरक्षित जगह में था, कानपुर के आई.आई.टी. कै पस में पर अपना ही उत्पाती मन शत्रु बन बैठा, कर ली ख़ुदकुशी।''

''कुछ तो कारण ज़रूर रहा होगा। कोई प्रेम-व्रेम का चक्कर तो नहीं था।''

''नहीं यार, कारण तो नो डाउट था। क्रीमीलेयर था, सफलता का अ यस्त। इस कारण जीवन में पहली बार मिली असफलता के झटके को झेल नहीं पाया।''

रूमाल से मुँह पोंछते हुए बात ज़ारी रखी सन्दीप ने। ''कई बार भाई, मुझे लगता है कि आज के जीवन का जो पैटर्न है, कहीं गहरी गड़बड़ी उसी में है। आज लोग अतिरेक में जीते हैं। जीवन को युद्ध की तरह लेते हैं। पूरा दम लगा देते हैं, सफलता हासिल करने में, कैरियर बनाने में। अब देखो, जीवन में न कोई महापुरुष का आदर्श है, न प्रकृति है, न परिन्दे हैं, न संगीत है न खेलकूद है, न समाज सेवा है। बस ले देकर एक ही खिड़की है, कैरियर की। वह बन्द हुई कि ज़िन्दगी की गर्दन ही मरोड़ दी।''

सिद्धार्थ मरा जा रहा था, यह जानने को कि क्या हुआ था अभिषेक के भाई के साथ। भाई की बात को बीच में ही काटकर झल्लाया वह। ''भाई अब दर्शन मत बघारो। मुझे बताओ क्यों की अनूप ने ख़ुदकुशी?'' सन्दीप को लगा, यही अवसर है कि वह समझाए सिद्धार्थ को क्या है जीवन, क्या हैं जीवन के अर्थ और क्यों ज़रूरी है कि इसे हर हालत में स्वीकार किया जाए, इसलिए उसे समझाते हुए कहने लगा वह।

''धैर्य रखो भाई। मैं दर्शन नहीं बघार रहा, शायद तुमको समझाते-समझाते मैं स्वयं को भी समझा रहा हूँ कि क्यों व्यक्ति जीवन से इतना हताश हो जाए कि टुच्ची सफलता की ख़ातिर जीवन जैसी विराट और दुर्लभ नियामत को ही ख़त्म कर डाले। अब तुम यहीं देखो कि अनूप के अन्दर यदि जीवन की जड़ें गहरी होतीं तो क्या

महज़ परीक्षा की असफलता उसे जीने के प्रति अविश्वास से भर देती? अरे भाई, वह तो अन्तिम वर्ष में था, वह सिर्फ़ एक विषय में अटक गया था। पिछले दो तीन सिमेस्टर से वह उसी विषय में बराबर अटक रहा था। उसे पूरी उ मीद थी कि उसे डिग्री मिल ही जाएगी, इसलिए उसने घरवालों को भी कुछ नहीं बताया। बल्कि घरवालों को आमन्त्रित भी कर डाला कन्वोकेशन में आने के लिए। उत्साहित उमंगित घरवाले आये। दिन भर वह उनके साथ रहा। शाम को सबको रेस्त्राँ ले गया उनसे कहा, आप थोड़ी देर प्रतीक्षा करें, मैं आता हूँ। घंटे-दो घंटे तक जब वह नहीं आया तो घरवाले उसके हॉस्टल भागे। वहाँ जब पहुँचे तो देखा वह झूल रहा था पंखे से। टेबिल पर था एक सूसाइड नोट जिस पर लिखे थे सिर्फ़ चार शब्द, 'आपका अयोग्य पुत्र, माफ़ी।' तो भाई मेरा तो सिर्फ़ यही कहना है कि जीवन सफलता-असफलता से बहुत ऊपर की चीज़ है। उसे योगी की-सी निस्संगता से स्वीकार करना चाहिए। ख़ुद जब मैं नया-नया आया था आर्मी में तो यहाँ की कठोर दिनचर्या और ज़बर्दस्त अनुशासन से घबराकर अक्सर भाग जाने की सोचता पर तभी भीतर से एक आवाज़ आती कि मैं एक सैनिक हूँ और सैनिक कभी पीठ नहीं दिखाता, बस यही आवाज़ मुझे स बल देती रहती और मैं डटा रहता। उन दिनों मैंने अपनी टेबिल पर अब्राहम लिंकन की तस्वीर चिपका रखी थी, जिसका इतिहास ही असफलताओं का इतिहास था। सत्रह बार वह चुनाव हारा था, अठाहरवीं बार वह जीता... पर उसने आत्महत्या नहीं की। क्योंकि वह जीवन जीता था, सफलता नहीं।

लयताल में बहते दोनों भाई जमकर जीवन जगत् की, घर-परिवार की भावी योजनाओं की बातों में मशगूल थे कि फिर सुनाई देने लगी उन्हें अर्दली के आत्मालाप की आवाज़ें। दो दिनों तक अर्दली के साथ रहते-रहते सिद्धार्थ थोड़ा-बहुत अ यस्त हो गया था— उसके बड़बड़ाने का। लेकिन वह जानना चाहता था कि यह बड़बड़ाना क्या उसके किसी मानसिक रोग की उपज है या यूँ ही उसकी आदत? इसलिए भाई के तैयार होकर निकलने से पहले ही फिर पूछ डाला उसने। भाई, तु हारा यह अर्दली क्या नाम है उसका, हाँ मैथ्यू जार्ज, जब देखो, अपने आप ही बड़बड़ाता रहता है, जाने किस-किस को कोसता रहता है, इसे क्यों नहीं समझाते तुम जीवन के अर्थ?

खुलकर हँस पड़ा सन्दीप, एक मुद्दत बाद और तभी लगा उसे कि कितना ज़रूरी है उसके लिए इस प्रकार हँसना। कुछ देर तक वह मैथ्यू जार्ज को निहारता रहा, सहानुभूति के साथ, फिर एक ल बी साँस खींचकर कहा उसने— "क्या-क्या सुनोगे भाई, हरेक की ज़िन्दगी यातनाओं की एक ल बी सुरंग है, एक महागाथा है। यह जो जार्ज है न मेरे आने से पहले वह जिस मेज़र के घर में था, उसकी पत्नी उससे न सिर्फ़ सारे घरेलू काम करवाती, वरन् अपने अन्त:वस्त्र तक उसे दे देती, जा

धोकर ले आ। उसकी ब्रा और पैंटी धोते-धोते बेचारा विक्षिप्त हो गया। और तो कुछ कर नहीं सकता था वह, इस कारण उसने मेज़र की पत्नी के लिए बाथरूम में अश्लील बातें लिखनी शुरू कर दी। मेज़र की पत्नी का तो कुछ नहीं बिगड़ा, इस बेचारे पर अनुशासनात्मक कार्यवाही हो गयी, तबसे विक्षिप्त-सा हो गया है और जब तब उसे कोसता रहता है। ध्यान से सुनो उसका बड़बड़ाना, एक नाम बार-बार आएगा कविता, वह उसी मेज़र की पत्नी का नाम है।''

एकाएक सिद्धार्थ ने भावुक होकर पूछा, ''भाई, सच-सच बताओ क्या तुम ख़ुश हो अपनी ज़िन्दगी से, फ़ौज की नौकरी से? पिछले 24 घंटों में मेरी तो नसें यहाँ इतनी फूल गयी हैं कि लगता है अब तड़की कि अब फटी? कैसे झेलते हो तुम इतना तनाव? इतनी मारक हैरानियाँ?'' सन्दीप ने पटरी बदलते हुए कहा, ''यार, जब से तू आया है, चारदीवारी में ही क़ैद है, इसलिए फट रही हैं तेरी नसें, चल तु हें घुमवाने की व्यवस्था करता हूँ और नहीं तो कम-से-कम नारायण नाग, डल झील और मुग़लबाग़ तो तुम देख ही लो।''

पाँखुरी-पाँखुरी खिल गया सिद्धार्थ।

भाई हो तो ऐसा! वाह! बहुत अच्छा!

सिद्धार्थ को ोजने की व्यवस्था कर अपनी यूनिट में पहुँचे मेज़र सन्दीप तो वहाँ की हवा ही बदली हुई थी। वह उत्तेजना, ख़ुशी, विजय और रोमांच से भरपूर एक शाम थी जिसे इतना स्मरणीय बनाया था अल्फा क पनी के क पनी कमांडर मेज़र भूपेश सिंह ने। हर यूनिट से आ रहे थे बधाई के सन्देश। राष्ट्रीय राइफल्स में यह अपनी तरह की इकलौती पहली घटना थी, जिसमें बिना किसी ऑपरेशन या मुठभेड़ या बन्दूक चलाए ही दुश्मन को ढेर कर दिया गया था और इस सुखद घटना को अंजाम दिया था मेज़र भूपेश सिंह ने अपनी अद्‌भुत सूझबूझ से।

क़िस्सा कोताह यूँ था।

इंसानी रिश्तों की आन्तरिक ताक़त और कमज़ोरी में विश्वास करनेवाले मेज़र भूपेश सिंह अकसर एक आतंकी हसन राकी को मोबाइल पर फोन कर उससे संवाद किया करते थे। कई बार यूँ ही टाइम पास मार्का गप्प, बातचीत। दोनों जानते थे कि दोनों दोनों के ख़ून के प्यासे हैं, फिर भी ख़ाली समय में गपियाने से किसी को भी परहेज नहीं था।

दोनों दो अलग-अलग दुनियाओं के बाशिन्दे इसलिए दोनों से सावधान रहते हुए सतर्कतापूर्वक बातें करते रहते। यद्यपि बीच-बीच में हसन राकी का दिमाग़ उसे ख़बरदार, होशियार करता रहता पर वह सोचता कि हरामी हिन्दुस्तानी फ़ौजी क्या

बिगाड़ लेगा मेरा। कौन जाने मैं ही उसका कुछ नुकसान कर पाऊँ। भूपेश सिंह सोचते, क्या हर्ज़ है बात करने में। कौन जाने इसी प्रकार बतियाते-बतियाते एक दिन वे उससे आत्मसमर्पण करवा लें और नहीं तो कम-से-कम उसे मानसिक रूप से तो तोड़ने का मौक़ा खोजते ही रहेंगे।

फिर इतने दिनों तक राष्ट्रीय राइफल्स में रहते-रहते मेज़र भूपेश सिंह मिलिटेंट की भीतरी दुनिया, उनकी केमिस्ट्री और उनके मनोविज्ञान को भी बहुत कुछ समझ गये थे। वे समझ गये थे कि कोई भी मिलिटेंट अपने साथी मिलिटेंट पर कभी भी सौ फ़ीसदी विश्वास नहीं करता। कब कौन बदल जाए? किस दबाव में आ जाए? सब कुछ एक अन्दाज़, कुहासा और धुन्ध में ही चलता रहता है, क्योंकि आर्मी की तरफ़ से आत्मसमर्पण ख़बरिया बनाने एवं मिलिटेंट के रूप में आम कश्मीरी को मिलिटेंट के गढ़ में खुफ़ियागिरी के लिए घुसाने की सारी कवायद भी साथ-साथ चलती रहती है।

बहरहाल, मेज़र भूपेश सिंह ने एक शाम यूँ ही टाइम पास फोन किया हसन राकी को। जनाब बाथरूम में थे। जैसे ही बजा मोबाइल, उसके मिलिटेंट दोस्त अहमद रशीद ने मोबाइल उठाया... जैसे ही नाम चमका, वह चौंक गया... हिन्दुस्तानी आर्मी के यहाँ से फोन! आदिम जिज्ञासा। दुश्मनों के यहाँ से फोन! उसने झट से लपक लिया... हैलो!

रेज़र शार्प बुद्धिवाले मेज़र भूपेश सिंह। जैसे ही हैलो गया कान में, समझ गये, आवाज़ बदली हुई है। आनन-फानन में बड़ी स्वा ाविकता से कहा, ''यार कब मरवा रहे हो उसे?''

कान खड़े हो गये अहमद रशीद के। भक से जल उठी दिमाग़ की बती। दोस्त के पास फोन, वह भी आर्मी अफ़सर का और कह रहा है, यार कब मरवा रहे हो उसे। निश्चय ही हसन राकी मिल गया है आर्मीवालों से और उसे ही मरवाने की योजना बना रहा है। और इसीलिए बुलाया गया है उसे इतने आग्रह और मनुहार से।

आहत और आशंकित दोस्त ने पिस्तौल की नोक बाथरूम के दरवाज़े की ओर कर दी और जैसे ही बाहर निकला हसन राकी— ब्लडी बास्टर्ड। धाँय। धाँय।

हसन राकी छटपटाया। आँखों में अविश्वास, और आश्चर्य। आर्मी ने नहीं, अपने ही दोस्त ने मार डाला उसे। वह छटपटाया। फड़फड़ाया और मर गया।

हींग लगी न फटकरी और एक आतंकी ढेर। मेज़र भूपेश के साथ पूरी यूनिट बल्ले-बल्ले कर रही थी। बस एक मेज़र सन्दीप ही थे जो पूरी तरह इस ख़ुशी और उल्लास में डूब नहीं पा रहे थे, बस ऊपर-ही-ऊपर तैर रहे थे। यद्यपि क पनी कमांडर मेज़र भूपेश के लिए उन्हें ख़ुशी ज़रूर थी, पर जाने क्यों इस घटना के बाद

से ही एक गहरी उदासी पीछा करती रही उनका। रह-रहकर विचारों की झील में कंकड़ फेंक वृत्त पैदा करती रही— कितना सस्ता जीवन! क्षणों की धारा पर उछलता, मात्र संयोगों पर जीता जीवन। यह तो मात्र संयोग ही था कि फोन हसन राकी नहीं उठा पाया। कई बार उनके और उनके साथियों के साथ यह हुआ कि वे मरते-मरते बचे, पर कब तक साथ देगा यह संयोग। यूनिट में शै पेन खुल रहे हैं, जश्न मन रहा है और मेज़र सन्दीप हैं कि ख़ुद से ही पूछ रहे हैं— माना यह घटना मेज़र भूपेश के प्रजेंस ऑफ माइंड की अद्‌भुत मिसाल है पर क्या यह छीजते मानवीय विश्वास और टूटते भरोसे की त्रासदी नहीं? विश्वास तोड़ने की एक हल्की-सी चेष्टा और सीधी मौत!

आर्मी के लिए यह भले ही उपलब्धि हो पर मानव स यता के लिए क्या यह हादसा नहीं? दोस्त को कपट से दोस्त के हाथों मरवा डालना। पर पूरी यूनिट तो उस प्रकार नहीं सोचती जिस प्रकार वे सोच रहे हैं। पर पूरी यूनिट तो ग़लत हो नहीं सकती तो क्या वे ही ग़लत हैं अपने सोच में? या वे ही नहीं सोख पा रहे हैं आर्मी के सत्य को? आर्मी को।

विचारों की झील में गहरे उतर जाते हैं सन्दीप। मन की उदासी उतरती शाम की उदासी के साथ मिलकर और घनीभूत हो जाती है। जाने क्यों उन्हें लगने लगा है आजकल कि हिंसा की इस बाढ़ में वे शव की तरह बह जाएँगे। वे ही नहीं, पूरी मानवता। क्या इसीलिए कश्मीर की नदियाँ नहीं सूख रहीं? धूप नहीं पड़ रही काली?

जब-जब होती है कोई वारदात, कई प्रश्न कीड़े की तरह रेंगने लगते हैं, उनकी देह के पोर-पोर में। विड बना यह कि किसी से खुलकर कुछ कह भी नहीं सकते। अपने वरिष्ठ अफ़सर के समक्ष तो बिलकुल भी नहीं, क्योंकि यहाँ सिर्फ़ ऑर्डर चलता है, बहस के लिए कोई गुंजाइश नहीं। हाँ, अपने इकलौते और आत्मीय मित्र मेज़र राठौर जब-तब सँभाल लेते हैं उन्हें। सुन लेते हैं उनकी। समझने की चेष्टा भी करते हैं उनके विचारों को। आज भी मेज़र राठौर ने ही झेला उनको। देख तेरे साथ दिक़्क़त यह है कि तू सोचता बहुत है, और यहाँ आर्मी में बहुत अधिक सोचना न सिर्फ़ शिष्टाचार वरन् अनुशासन के भी ख़िलाफ़ है।

हाँ, सोचा, इसीलिए तो आर्मी में चला आया, वरन् पिता का व्यापार ही क्या कम था मेरे लिए उसने फिर सोचा पर प्रत्यक्षत: यही कहा, ''हाँ मैं विचारों और मूल्यों को अहमियत देता हूँ, क्योंकि मैं मानता हूँ कि स यता की इस सुदीर्घ यात्रा में इंसान ने जो सबसे बेशक़ीमती इकट्‌ठा किया है वे विचार और मूल्य ही हैं।

''तो फिर यह जान ले मेरे हीरो कि तेरे जैसे लोग जो बेहतर भारत और उच्चतर स यता की स्थापना के लिए यहाँ घुसे हैं, उनका कोई भविष्य नहीं है। हमें

यहाँ इसके लिए भेजा भी नहीं गया है। दूसरों का बोझ हम क्यों उठाएँ? सीधी-सी बात है, हमें यहाँ भेजा गया है मिलिटेंट का सफ़ाया करने के लिए और उसे हमें पूरी ईमानदारी से करना है। कैसे करना है, कपट से या धोखे से, नैतिकता से या अनैतिकता से, धर्म से या अधर्म से, यह सोचना हमारा काम नहीं है। हम कर भी क्या सकते हैं? हम तो सामूहिक भविष्य और नियति से बँधे हुए हैं। पूरे सिस्टम के नट और बोल्ट। आर्मी में सिस्टम महत्त्वपूर्ण है, व्यक्ति नहीं। बस सिस्टम चलता रहे।''

''तो इस जमीर नाम की चिड़िया का क्या करूँ मैं, जो हर वारदात के बाद अपनी नुकीली चोंच से लहूलुहान कर डालती है मुझे।''

दुखी होते हुए पूछा सन्दीप ने।

''देख मेरे भाई, तेरी यह पहली पोस्टिंग है न, इस कारण ज़मीर नाम का लबादा तेरे गुदगुदे शरीर से लटका है अभी तक। साल-डेढ़ साल बाद देखना, ये सब घटनाएँ तेरी ज़िन्दगी की रूटीन बन जाएँगी और तू इनका अ यस्त बन जाएगा। एक घटना बताता हूँ... मेरी पिछली पोस्टिंग सीमा के पास की चौकी पर थी। रात के अँधेरे में मैंने कोई आवाज़ सुनी, लगा सीमा पार से कोई घुस रहा है। हमने तीन बार वार्निंग दी। कहा, रुको। वह डर के मारे रुका नहीं। घुप्प अँधेरा। आतंकी समझ हमने उसे गोली मार दी। सुबह देखा, जिसे आतंकी समझ हमने मार डाला था, वह एक चोर था, ग़रीब चोर। उसकी गठरी में तीन-चार किलो चावल था जो उसकी पीठ पर लदी थी और जिसे वह सीमापार ले जाकर ज़्यादा पैसों में बेचनेवाला था। मारे डर के वह कुछ नहीं बोला और हमारी बन्दूक बोल उठी। ऐसे ही एक बार हमने एक बच्चे को पकड़ा। ग़नीमत थी कि दिन का समय था यदि रात का समय होता तो उसकी जान भी जा सकती थी। उस बच्चे के पास से निकला एक करोड़ का चरस, पर उसे पता नहीं था। उसे तो सिर्फ़ मिलने थे 100 रुपये, इस पार से उस पार जाने के। तो बाबू, सच कहूँ उस दिन उस ग़रीब चोर की लाश देख मैं भी रो दिया था। मन किया, भाग खड़ा होऊँ यहाँ से। पर भागकर भी जाऊँ कहाँ। भगोड़ा घोषित कर दिया जाऊँगा और मान लो, मैं गोली नहीं चलाता और कोई आतंकी घुस आता तो फिर क्या वह हमें छोड़ता? तो मेरे दोस्त यहाँ हम अस्तित्व की लड़ाई लड़ रहे हैं, व्यक्तित्व की नहीं और एक बात याद रखो, दुनिया भागने से नहीं, बदलती, बदलती है इसका सामना करने से।''

भीगे-भीगे शब्दों में जवाब देते हैं मेज़र सन्दीप मैं क्या करूँ, मैं अपने को यहाँ हर पल मिसफिट पाता हूँ। छोड़ना चाहूँ तो इसकी इजाज़त नहीं और रहना चाहूँ तो जिस पाशविकता की मुझसे उ मीद की जाती है, वह मुझमें है ही नहीं। जिस मानसिक पवित्रता और मिशन के साथ मैं यहाँ आया था, उसकी यहाँ कोई क़द्र

ही नहीं, कद्र तो दूर की बात उसे कोई समझने तक को तैयार नहीं। और तो और मेरी छटपटाहट तक को खुलकर बोलने का मौक़ा नहीं। हर सीनियर अफ़सर पेपरवेट की तरह मेरी छटपटाहट के पन्ने को परिधि में बाँधने को तैनात है। दम घुटता है मेरा यहाँ।

सन्दीप का दुख भीतर से हिला देता है मेज़र राठौर को। पैर अनायास अतीत के तहख़ाने की ओर चल पड़ते हैं। सच क्या आज वे भी वह रह गये हैं जो फ़ौज ज्वाइन करने के पूर्व थे। भरे-भरे बादलों-सा भारी हो जाता है मन। बरसने को आकुल-व्याकुल। घूम जाती है आँखें पीछे...। मुलायम-मुलायम शब्दों में समझाते हैं सन्दीप को— देखो, तु हारे जैसे जाने कितने जवान और अफ़सर हैं फ़ौज में, जिन्होंने उतनी ही पवित्रता और संकल्प के साथ फ़ौज में दाख़िला लिया था और जो अन्तिम साँस तक बहादुरी के साथ, ख़ून के अन्तिम कतरे तक वीरता के साथ अपना काम करते रहे, पर आज देश में कोई उनका नामलेवा तक नहीं। वाक़या 18 नव बर 1962 का। उस दिन तापमान शून्य और माइनस पन्द्रह डिग्री के बीच घूम रहा था। मेज़र शैतान सिंह और उनकी तेरहवीं कुमाऊँ पलटन त्रिशूल पहाड़ियों की ओट में सत्रह हज़ार आठ सौ फीट ऊँचे रज्टांगला दर्रे पर डटी हुई थी। ठंडी बर्फ़ीली हवाएँ चाबुक-सी बदन पर पड़ रही थीं और उस सुबह चार बजकर पैंतीस मिनट पर चीनी आक्रमण। तब हमारी जैकेट भी आज की तरह कोल्ड प्रूफ़ नहीं होती थी, बस कामचलाऊ होती थी। और ठंड ऐसी मारक कि हाथ बाहर रह जाए तो सुन्न हो जाए। लेकिन जा बाजी देखो हमारे जवानों कि आख़िरी साँस और आख़िरी गोली तक सब लड़ते रहे, कोई भी लौटकर नहीं आया। एक शहीद जवान के हाथ में हथगोला फँसा था, कइयों के हाथ ट्रिगर पर थे। यानी सब लड़ते-लड़ते शहीद हुए। पर एक भी फ़ौजी को हमने पहाड़ी पर कब्जा नहीं करने दिया।

हमारे एक सौ चौदह जा बाज सैनिक शहीद हुए पर दुश्मनों के एक हज़ार शव मिले। पर किस पाठ्य पुस्तक में है हमारे इन जा बाज वीरों की कहानियाँ। देश ने शैतानसिंह को श्रद्धांजलि तक नहीं दी, जिसने त्रिशूल में जान दे दी पर देश का झंडा नहीं झुकने दिया। एक समय था जब मैं भी तु हारी तरह बहुत सोचता था, पर आज नहीं सोचता। क्यों सोचूँ! एक ज़माना था जब देश के लिए लड़ना और मरना सबसे अधिक आदरणीय माना जाता था। आज आलम यह है कि देश के लिए सैनिक भले ही अपनी जान तक दाँव पर लगा दे पर वेतन वृद्धि के लिए उन्हें भी आन्दोलन करना पड़ता है। वेतन आयोग तक कई बार सबको देता है पर सैनिकों को सूखा ही छोड़ देता है। इसीलिए तुम देखो अब नेशनल डिफेंस अकादेमी तक में सीटें ख़ाली ही पड़ी रहती हैं जबकि हमारे समय में एनडीए में चांस पाना बहुत मुश्किल था।

मेज़र राठौर कभी अपने प्रवाह में बहते तो कभी सन्दीप को बहाते चले जा रहे थे। बहुत इच्छा हुई सन्दीप की कि वह पूछे उनसे, कौन लगते ये मेज़र शैतान सिंह उनके? पिता? बड़े भाई? उसने सुन रखा था कि मेज़र राठौर का परिवार कई पीढ़ियों से अपने एक पुत्र को सेवा में भर्ती करवाता आ रहा था। पर मेज़र राठौर के आवेग को देख उसकी इच्छा नहीं हुई इस प्रवाह में व्यवधान पहुँचाने की।

अगली सुबह।
सिद्धार्थ को दिल्ली के लिए विमान पकड़ना था। सुबह दस बजे थे। सन्दीप ने प्राइवेट गाड़ी मँगवा ली थी, पर चलाचली की बेला में जाने क्या मन में आया कि वह भी साथ हो लिया। कौन जाने फिर कब मिलना हो, हो भी या न हो। जाने कैसे-कैसे भाव आने लगे मन में। पिछले तीन दिनों में ही जाने कितनी बार खोया और पाया था उसने भाई को।

गर्दन को झटका दिया उसने। तीन दिन के लिए यहाँ आकर सिद्धार्थ ने भाई के शान्त ठहरे पानी में मोह ममता के जाने कितने कंकड़ फेंक दिये थे। उसकी आँखें भर आयीं— कितना दुख देती है ज़िन्दगी।

गाड़ी में बैठते ही ड्राइवर ने सिद्धार्थ की तरफ़ इशारा कर जिज्ञासा की मिसाइल फेंकी— ये कौन हैं मेज़र अजहर साहब?

सन्दीप ने फुर्ती से जवाब दिया— ये हमारे मकान मालिक हैं। अजमेर शरीफ़ में हम इन्हीं के वालिद के घर में किराये पर रहते हैं।

चिहुँक गया सिद्धार्थ— बेवजह ऐसे माहौल में फिर ख़तरा मोल लिया। अकेला भाई, बिना अंगरक्षकों के और वह भी प्राइवेट गाड़ी में। लेकिन चाहकर भी वह कुछ बोल नहीं पाया भाई को, कहीं ड्राइवर को सन्देह नहीं हो जाए। कहीं उसकी बोली से ड्राइवर को मेज़र सन्दीप के हिन्दू होने का शक न हो जाए। रास्ते भर सन्दीप ही बतियाता रहा। सिद्धार्थ गाड़ी की खिड़की से चीड़ और देवदार को देखता रहा। और भाई की बातों का हूँ हाँ में जवाब देता रहा।

श्रीनगर एयरपोर्ट पर आम हवाई अड्डे की तुलना में डबल चेकिंग होती है। पहली चेकिंग हवाई अड्डे में घुसने के भी पहले होती है। पहली चेकिंग के बाद ही तेज़ बारिश होने लगी थी। इस कारण सिद्धार्थ ने दूसरी चेकिंग के पहले ही भाई को ज़बर्दस्ती लौटा दिया।

घुमावदार सड़कें। संवेदनशील इलाके। सन्नाटे और बारिश। निस्तब्ध सड़कें। कहीं फँस न जाएँ। आशंकित सन्दीप कभी देवदार के नीचे पड़े ढेरों पीले पत्तों को देखते

तो कभी पहाड़ और बारिश से दिल बहलाने की कोशिश करते। कभी ख़ुद को आश्वस्त करते, सुबह का समय है कोई चिन्ता नहीं, तो कभी भाई के . यालों से खेलते, आगे बढ़ रहे थे कि एकाएक उनकी नज़र पड़ी— घने पेड़ के नीचे, काले बुर्के में लिपटी, तरबतर ठिठुरती एक काया। गाड़ी के पास आते ही, काले बुर्के ने लि ट माँगी। ड्राइवर थोड़ा आगे बढ़ गया था, सन्दीप ने गाड़ी पीछे करने को कहा और काले बुर्केवाली को गाड़ी में बैठने दिया। युवती बुरी तरह काँप रही थी। उन्होंने ड्राइवर से हीटर जलाने को कहा। मन-ही-मन आश्वस्त हुए मेज़र सन्दीप, गाड़ी में बुर्केवाली की उपस्थिति। कम-से-कम संवेदनशील इलाक़ों में तो उन्हें बचा ही ले जाएगी।

क़रीब पाँच-छह किलामीटर आगे बढ़े होंगे वे कि बुर्केवाली ने गाड़ी रोकने का अनुरोध किया। ठिठुरती संकुचाती वह उतर गयी। गाड़ी फिर बढ़ने लगी और अभी मुश्किल से एक किलोमीटर भी आगे नहीं बढ़े होंगे वे कि बी.एस.एफ. के जवानों ने उनकी गाड़ी रोक दी और कड़काते हुए गोली दागी कहाँ है, तु हारा साथी पैसेंजर।

—कैसा साथी? कैसा पैसेंजर? अकबका गये सन्दीप।

—वही बुर्केवाली जो आपके साथ गाड़ी में थी।

भिंचे हुए जबड़े से कहा अफसर ने।

—अरे, वो साथी पैसेंजर नहीं थी, रास्ते में खड़ी कोई बेबस महिला थी, ठिठुर रही थी बारिश से बचने के लिए उसने मुझसे लि ट माँगी, मैंने दे दी।

अविश्वास से सन्दीप की ओर ताक़ते हुए बी.एस.एफ. वालों ने कहा

—आपको हमारे साथ हेडक्वार्टर चलना होगा। जिस महिला को आपने लि ट दी, जानते हैं वह कौन थी? वह हरामजादी जे.के.एल.एफ. की एरिया कमांडर, खूँखार, मिलिटेंट नताशा थी।

—क्या? भरोसा एक बार फिर रेत की तरह बिखर गया।

जहें किस्मत! सन्दीप ने अपना आइडेंटिटी कार्ड दिखलाया तो बी.एस.एफ. का अफ़सर भी चौंक गया। खुदा का शुक्र है, साहब अच्छे का मुँह देखकर घर से निकले थे, यदि उस शैतान की औलाद को पता चल जाता कि साथ में भारतीय फ़ौज का मेज़र बैठा है तो क्या छोड़ देती वह आपको?

उफ़। ज़िन्दगी भी क्या-क्या रंग दिखाती है। यह संयोग ही था कि युवती की उपस्थिति में ड्राइवर ने एक बार भी उसे मेज़र साहब कहकर नहीं पुकारा था, नहीं तो वे भी कल के अख़बारों के लिए एक ख़बर बन जाते। उन्होंने जीभ काटी फिर भाई को याद किया जो यहाँ से जाने के बाद भी थोड़ा-थोड़ा उनके साथ लौट आया था कि आइन्दा सुरक्षा नियमों को तोड़ इस प्रकार आम आदमियों की तरह वे

बाहर नहीं निकलेंगे।

बूशन कै प लौटे तो फिर सुखद समाचार मिला उन्हें, आज क़िस्मत सचमुच मेहरबान थी उनपर। पहले मरते-मरते बचे और अब पूरे पचीस दिनों के लिए घर जाने की छुट्टी। आनन-फानन में सन्दीप ने कई पैकेट्स अखरोट के खरीदे, माँ के लिए कीमती कश्मीरी शॉल खरीदा। दोस्तों के लिए चेरी क़े पैकेट्स लिये।

स्मृतियों के सहारे स्पन्दित होती यात्रा।

घर पहुँचने के पहले ही घर पहुँच गया सन्दीप।

कश्मीर पोस्टिंग के बाद पहली बार आ रहा है घर। उफ़! कितने मायूस थे शेखर बाबू जब पता चला कि बेटे की पोस्टिंग भारत के सबसे ख़तरनाक और संवेदनशील इलाक़े श्रीनगर के पास कहीं हुई है। गनीमत थी कि उन्हें नहीं पता था कि बेटे की राष्ट्रीय राइफल्स में पोस्टिंग हुई है, कि यहाँ हर फ़ौजी को गन उठाकर सिर पर क.फ़न बाँधकर ऑपरेशन में हिस्सा लेना ही पड़ता है। सन्दीप ने जब उन्हें समझाया, मैं तो इंजीनियर हूँ, मुझे क्या ख़तरा... फिर चारों तरफ़ सिक्योरिटी। मैं वहाँ ज़्यादा सुरक्षित हूँ। भोला मन तब कहीं जाकर थोड़ा बहुत आश्वस्त हो पाया था। पर कहीं सिद्धार्थ ने इस बीच कच्चा चिट्ठा न खोल दिया हो, आशंका ने फिर फन उठाया। पर क्या सिद्धार्थ करेगा ऐसी बेवकूफ़ी? काश, उन्होंने संकेत दे दिया होता सिद्धार्थ को। पर इतनी परेशानियों, मारक हैरानियों और व्यस्तताओं के बीच बीते थे वे दिन कि याद ही कहाँ रहा था उन्हें। उफ़! क्या करें वे भी! अकेली जान, कहाँ-कहाँ साधे सन्तुलन। किस-किस को सँभाले! बहरहाल स्मृतियों, . यालों और खवाबों की लहरों पर डूबते उतराते पूरा हुआ सफ़र।

घर।

घर जैसा घर।

माँ लिपट गयी सन्दीप से। कितने दिनों बाद आया बेटा घर। टी.वी. और अखबारों की ख़बरों ने उसे भी कश्मीर पोस्टिंग के ख़तरों से अनभिज्ञ नहीं रहने दिया था।

ख़ुशी से थिरक रही थी माँ, पर जैसे ही नज़र पड़ी सन्दीप की गंजी होती खोपड़ी पर मायूस हो गयी वह। यह क्या हुआ? चेहरा भी थोड़ा साँवला पड़ गया था। उफ़! फूलों से लदी स्वस्थ और कद्दावर शाख कैसे ठूँह बनती जा रही है। कहाँ गयी वह हँसी, वे ठहाके। वह चुलबुलापन।

उन्हें लगा जैसे इस बीच सन्दीप एकाएक बहुत बड़ा हो गया है। भीतर हूक उठी बेटे के चेहरे की ग भीरता देख। लगा, बेटा थोड़ा और दूर चला गया है माँ से। आँखें डबडबा गयीं। पर कहा उन्होंने कुछ नहीं। कुछ भी नहीं।

जतन से बनायी एक-एक चीज़ परोसी उन्होंने सन्दीप को। बूँदी का रायता, लहसून की चटनी, मलाई-को ते की सब्ज़ी, मटर की कचौड़ी, गट्टे के पुलाव। भरे बादलों-सा आत्मीयता से भरा-भरा घर। भूल चुके थे सन्दीप ऐसी आत्मीयता, चैन और सुकून का स्वाद फिर महसूस हुआ, कश्मीर पोस्टिंग ने किस प्रकार छीन ली थी उनसे जीवन की स्वाभाविकता, सुख, शान्ति और सुकून। सच जीवन यही है। न अकेले चलने का ख़ौफ़, न क्रॉस फायरिंग का डर। न चौबीसों घंटों का चौकन्नापन। न बुलेट प्रूफ जैकेट और कैप का झंझट। एक लयताल में बहता जीवन। नदी की मद्धिम धार-सा। भीतर सब कुछ शान्त। एक हिलोर तक नहीं। मुद्दतों बाद नसीब हुई थी ऐसी मन:स्थिति।

दो दिनों तक निरुद्देश्य घूमता-सा रहा, उन गलियों में, रास्तों में, बागों में, बाजारों में जहाँ बचपन के जाने कितने चित्र बिखरे पड़े थे। हर शै और हर श. स वैसा ही नज़र आ रहा था। पर अलीपुर, पार्क स्ट्रीट और थियेटर रोडवाले इलाक़े बदल रहे थे। जगह-जगह बनते लाईओवर, चौड़ी होती सड़कें। सफा होती झुग्गी झोपड़ियाँ। उसे ताज्जुब हुआ, हाथ रिक्शेवाले ज्यों के त्यों थे। कब से सुन रहा था वह कि कोलकाता से हटा दिए जाएँगे हाथ रिक्शेवाले। फिर एक बार गया वह कोलकाता की प्रसिद्ध साइन्स सिटी। इस बीच और विस्तार हो गया था उसका। अँधेरी अंडरग्राउंड गुफ़ा में नौका से सवारी करते हुए बहुत आनन्द आया था उसे... कहीं डायनासोर तो कहीं स यता के आदिम चरण में रहता आदिमानव।

एक शाम अच्छे मूड में देख फिर घेरा माँ ने सन्दीप को। बेटा अब कुछ अपनी भी सुध ले, कुछ मेरी भी सोच। तेरे पीछे सिद्धार्थ भी बड़ा हो रहा है। उसके भी रिश्ते आ रहे हैं, पर तू हाँ करें तो उसके लिए भी देखना शुरू कर दूँ।

बात को टालते हुए कहा सन्दीप ने— माँ, कौन देगा अपनी लड़की हम फ़ौजियों को। मेरी चिन्ता छोड़ तू सिद्धार्थ की सोच।

माँ के सीने पर जैसे किसी ने मुक्का मार दिया। ऐसा क्यों कहा इसने? कितना नाज़ है उसे अपने इस बेटे पर। माना सिद्धार्थ की मोटी तन. वाह और रुतबे के सामने कहीं नहीं टिकता सन्दीप, पर पता नहीं क्यों उसे हमेशा लगता है कि उसका असली अंश सन्दीप है, सिद्धार्थ पर ज़माने और रुतबा का रंग ख़ूब गाढ़ा चढ़ चुका है। जबकि सन्दीप आज भी वैसा ही है, खाँटी-सोना, चौबीस कैरेट सोना। भीतर-बाहर एक जैसा

पास ही बैठे शेखर बाबू दिनभर का रोकड़ा मिला रहे थे। सन्दीप की बात

सुनी तो लगा मौक़ा हाथ लग गया है, झट से उसे लपकते हुए कहने लगे— जब तू ख़ुद समझता है कि फ़ौज की नौकरीवालों को लड़कियाँ आसानी से नहीं मिलती हैं तो भी किस सुख से चिपका हुआ है तू फ़ौज से। गिनी चुनी तन. वाह। न ढंग का जीवन। न ढंग की सुख-सुविधा। देख, सिद्धार्थ को, दिन भर उड़ता रहता है, पाँव ही नहीं पड़ते ज़मीन पर। दोनों हाथों लड्डू हैं। सन्दीप ने कहना चाहा— पापा, ईश्वर साफ़ हाथों को देखता है, भरे हुए हाथों को नहीं, पर चुप मार गया। शेखर बाबू कहीं यह न समझ लें कि सिद्धार्थ की बढ़ोतरी उसे सुहाती नहीं।

उसे चुप देख शेखर बाबू का हौसला फिर बुलन्द हुआ। कहना जारी रखा, बारह वर्ष हो गए फ़ौज में गये। अठारह साल का गया था, बत्तीस का हो गया, अब तो मन की भी निकल गयी। क्यों नहीं निकल जाता फ़ौज से। आख़िर इतने वर्षों की चाकरी के बाद भी क्या दे रही है फ़ौज— ख़ून, हिंसा, हर पल का तनाव, ख़ौफ़ और दहशत। बोलते-बोलते खाँसी का इतना जबर्दस्त दौरा पड़ा उन्हें कि आगे की बात उसी में गुम हो गयी।

संजीदा सन्दीप। ध्यान से देखा पिता को एक बार फिर। पिछले कई वर्षों में पिता पर उम्र का असर साफ़ दिखाई देने लगा था। पिता की पहलेवाली कड़क जाने कहाँ बिला गयी थी। बढ़े चश्मे के पॉवर, तेज़ी से सफ़ेद होते बाल, हाथों की फूलती नसों और हाँफते दम के चलते वे किसी ध्वस्त खँडहर की तरह नज़र आ रहे थे। पिता को फिर समझाने की कोशिश की सन्दीप ने— अपने-अपने सोचने का ढंग है पापा। फ़ौज के चलते ही मैं जीवन को उसके पूरे विस्तार और विभिन्न आयामों में देख पाया हूँ। कश्मीर पोस्टिंग के दौरान मैंने जाना कि हिन्दुस्तानी होना क्या होता है तो राँची पोस्टिंग के दौरान मैंने जाना कि एक मैदानी के लिए आदिवासी होना क्या होता है कि किन हालातों में वे गन उठाते हैं और बनते हैं माओवादी। पापा, मैं विश्वास के साथ कह सकता हूँ कि पृथ्वी से आप भूख मिटा दीजिए, सबको उनके हिस्से के श्रम का प्रतिफल दे दीजिए, तो न कश्मीर में आतंकवाद पनपेगा और न झाड़खंड, उड़ीसा और आन्ध्र प्रदेश में माओवाद। मऊ में मेरा सहपाठी एक आदिवासी था लालदेव असुर। मैंने पूछा उससे तू आर्मी में क्यों आया। उसने कहा कि मैं आर्मी में इसलिये आया कि अपने गाँव के हरेक घर से हरेक युवक को सेना में भरती करवा सकूँ। मैंने पूछा— क्यों? जानते हैं उसने क्या जवाब दिया? उसने कहा, इसलिए कि हम अपनी शक्ति बढ़ा सकें और अपने जल और जंगल वापस पा सकें क्योंकि आज हमारे ही जंगल में हम ही पेड़ की जड़ें चूसकर और पत्तों को उबाल कर खा रहे हैं। हमारा ही घड़ा और हम ही प्यासे। सोचिए पापा, कितनी बड़ी बात कह डाली उसने। सोचिए पापा, कितना अल्युमिनियम और बॉक्साइट उस धरती के नीचे से निकलता है, जिसकी रखवाली वे आदिम काल से कर रहे

हैं। पर उनके घरों में हैं मिट्टी के बर्तन। इतना अभाव, इतना हाहाकार है वहाँ।

पापा, आप कल्पना भी नहीं कर सकते हैं कि किन हालातों में वे आगे बढ़ते हैं। मेरा दोस्त स्कूल में छुट्टियों में भी अपने घर नहीं जाता था। इस डर से कि कहीं खुले दरवाज़ों से आकर गाय उसकी किताबें और कॉपियाँ न खा जाए। उसके लिए दाल और सब्ज़ी भी विलासिता थी। अपने गाँव में वह सिर्फ़ साग के उबले पत्तों के साथ भात खाया करता था। मऊ आने से पूर्व तक उसने कोई मन्दिर तक नहीं देखा था। मिठाई तक नहीं चखी थी। दही तक नहीं खाया था। हाँ, चाय ज़रूर छह-सात महीने में एकाध बार पी लेता था।

आप सोच सकते हैं पापा कि मऊ आने से पहले न वह साबुन से नहाता था और न टूथपेस्ट करता था। और तो और पापा लालदेव जब सुन्दरी गाँव में था तो उसके गाँव में बत्ती तक नहीं थी। उसके लिए सूर्यास्त का मतलब था, रात। यहाँ मथुरा में आकर उसने बत्ती देखी। बत्ती देखते ही उसे नींद आने लगती थी। एक बार मैंने शाम पड़ते ही बत्ती जला दी तो वह सोने चला गया। ऐसा था वह। इतने नारकीय जीवन के बावजूद भी जब उसकी माँ ने सुना कि वह सेना में भर्ती होने जा रहा है, तो वह रोने लगी। उसकी माँ ने अपने गाँव सुन्दरी के अलावा सिर्फ़ पाकिस्तान और विलायत का नाम सुना था। वह समझी कि उसका बेटा पाकिस्तान चला जाएगा। उसकी माँ ने उसको रोकने के लिए कई जादू-टोने चलाए। ओझा-गुनी को बुलवाकर जादू टोना करवाया और उसके लिए अपने सारी संचित पूँजी, जो भी थी उसके पास, बर्तन भांडे और धान वगैरह, सब उसे दे डाले। अतीत में डूबा सन्दीप संजीदा हो कहने लगा— पापा लालदेव के काका को कोई बिचौलिया भट्टी से ईंट निकालने के काम के लिए भूटान ले गया था गाँव के कई दूसरे आदिवासियों के साथ। उसके काका आने के बाद भी नहीं बता पाए कि वे कितने साल रहे वहाँ और कितना वेतन उन्हें मिलता रहा वहाँ। जो कुछ भी एक मुश्त राशि बिचौलिया दे देता वे ख़ुश होकर ले लेते। राँची पोस्टिंग के दौरान मैंने आदिवासियों की जो अँधेरी दुनिया देखी, बिना आँखों से देखे उसपर विश्वास करना नामुमकिन था। मानव द्वारा मानव के शोषण और जीवन के अन्तहीन संघर्ष को मैंने वहीं समझा। आर्मी में आने से पहले लालदेव जब लकड़ी बेचने के लिए बिशुनपुर या बनाली जाता तो होटल वाला औने-पौने दाम में सारी लकड़ियाँ ले लेता और आते वक़्त उसे चाय पिला देता। वह ख़ुश हो जाता।

उत्साहित हो कहने लगा सन्दीप, ''पापा लालदेव तो हर दिन कहता है कि मेरे मनुष्य होने की शुरुआत ही फ़ौज से हुई।''

''और तुम क्या कहते हो?'' व्यंग्य से पिनपिनाए शेखर बाबू।

शेखर बाबू के व्यंग्य को नज़रअन्दाज करते हुए अपनी रौ में बहते सन्दीप

कहने लगा, ''पापा, फ़ौज में नहीं जाता तो मैं भी शायद ही समझ पाता मनुष्य और ज़िन्दगी को। जीवन और संघर्ष की रिश्तेदारी को। मेरी सामाजिक चेतना का बपतिस्मा वहीं हुआ पापा। लालदेव के जरिये पहली बार मैंने झाँका आदिवासी की दुनिया में। हमारी मैदानी स यता से कितनी अलग कठोर और संघर्षपूर्ण है उनकी पहाड़ी स यता, जहाँ एक घड़े मीठे पानी के लिए उसकी माँ को हर दिन नीचे उतरकर पाँच-छह कोस पैदल चलना पड़ता है। पापा लालदेव से मिलकर मैंने क़सम खायी कि मैं आइन्दा से जल की एक बूँद भी नष्ट नहीं करूँगा। पहले नहाने से पहले मैं नल को खुला छोड़, बाल्टी लगाकर चला जाता था। जाने कितना पानी बह जाता था। फिर काम सलटा कर मैं आता, नल बन्द करता और फिर नहाता। पहाड़ों पर मैंने देखा, वहाँ बिना ज़रूरत लोग हाथ भी नहीं धोते हैं कि पानी बर्बाद होगा। पापा, हमलोग सोचते हैं कि वे अस य हैं, जाहिल हैं, गँवार हैं, स यता से कोसों दूर हैं। पर सचाई ये है पापा कि वहीं रहकर हमने जाना कि गाँव कमाता और शहर खाता है कि हम उनके कितने ऋणी हैं। मैं नहीं जानता था कि देश के स्वाधीनता संग्राम की लौ भी सबसे पहले उन्हीं इलाकों में जली थी। एक दिन लालदेव कपड़े सुखाते हुए एक गाना गा रहा था,

''हो हरि गाँधी बाबा, हरे गुलितेम रू लेना।
सिन्धु कान्धु, बुद्धु जतरा, बिरसा भगवान, शहीद लेना गाँधी बाबा।
हरे गुलितेम रू लेना गाँधी बाबा।''

इतने मीठे स्वर में और इतनी तड़प के साथ गा रहा था वह कि मैं अपने काम में मन नहीं लगा सका। अपनी पूरी चेतना के साथ मैं सुनने लगा उसके गाने को। मन्त्रमुग्ध हो मैंने पूछा, इस गाने का मतलब क्या है? इसका मतलब सुन मैं चौंक गया। इस गाने का मतलब था कि जंगलों में रहनेवाला एक आदिवासी गाँधी बाबा से अनुरोध कर रहा है कि आपकी शहादत के पूर्व भी इस इलाक़े में कई शूरवीर, सिन्धु कान्हु, बुद्धु, जतरा और बिरसा मुंडा आदि शहीद हो चुके हैं, तो हे गाँधी बाबा! उनकी शहादत को भी याद कर तुम कभी रो लेना। पापा, इस गीत की कड़ी ने जैसे मेरी चेतना को जगा दिया और फिर मैं डूब गया यहाँ के इतिहास में और पहली बार मैंने जाना कि इतिहास भी कितना अन्याय करता है कि गाँधी की शहादत के पूर्व भी इस देश में सिन्धु, कांहा जतरा और बिरसा जैसे आकाशदीप जन्म ले चुके हैं जिनके साथ इतिहास ने न्याय नहीं किया। पापा, फिर तो अलीबाबा के दबे खजाने की तरह मैं लग गया उस खँडहर में दबे जनजातियों के इतिहास और उनकी सांस्कृतिक विरासत को जानने में। ताज्जुब पापा, मैंने जाना कि स यता की विकास यात्रा के शुरुआती बिन्दु ये ही इलाक़े थे जो आज सबसे अधिक अँधेरे में हैं। कैसे हुआ यह कायाकल्प? कैसे बही उलटी गंगा? जहाँ सबसे अधिक जगमगाहट

होनी चाहिए थी, वहीं इतना सघन अँधेरा?

सन्दीप की बातों ने फिर विचलित कर दिया शेखरबाबू को। जब-जब वे उससे ल बा और सार्थक संवाद करते, उन्हें लगता उसके व्यक्तित्व की नयी परत खुल रही है। अपने इस पुत्र को आजतक समझ नहीं पाये थे वे। माना आदिवासियों के साथ अन्याय हुआ, माना एक उच्च और समृद्ध विरासत एवं संस्कृति के उत्तराधिकारी हैं वे। पर इससे उन्हें क्या? सन्दीप को क्या? दुनिया में हर कहीं अँधेरा बिखरा हुआ है। कहाँ-कहाँ दीप जलाएगा वह? जला भी पाएगा? तीस का हो गया, सिर पर टाँक निकल आयी है, शादी का बाज़ार दिन पर दिन गिर रहा है, पर इसकी कोई चिन्ता नहीं इसे, यह भी नहीं सोचता कि इसके पीछे सिद्धार्थ भी अटका हुआ है। इस उम्र में उनके दोनों लड़के स्कूल जाने लगे थे। क्या करें? कैसे घेरें इसको? देखते-देखते छुट्टियाँ निकल जाएँगी और कोई सार्थक संवाद तक नहीं बन पाएगा।

रात।

खाने की टेबल सबसे सही जगह होती है, आत्मीय संवाद के लिए। विवादास्पद संवाद के लिए भी। उस चमकीली शाम भी माहौल ख़ुशनुमा था। अगरबत्ती की सुगन्ध-सा गमकता हुआ। सच्चा सुख परिवार से... कुछ ऐसा ही सोच रहा था सन्दीप कि पूरी तैयारी के साथ घेरा शेखरबाबू ने सन्दीप को।

"जयपुर वालों का कई बार फोन आ चुका है, कब चलना है?"

सन्दीप भौचक्क। पापा को भी बैठे ठाले जाने किन-किन की याद आने लगती है। वह बौखलाया।

"कौन जयपुर वाले?"

"अरे वे ही बसन्तबाबू। उन्हीं की लड़की है, नीलिमा। सुन्दर है। बी.ए. तक पढ़ी हुई है। सब बातें हो गयी हैं, बस तुम एक बार मिल लो उससे। यह रही तस्वीर उसकी।"

तस्वीर शब्द में ही जाने क्या आकर्षण छिपा था कि शादी के विरुद्ध में होते हुए भी तस्वीर देखने से स्वयं को रोक नहीं सका। सन्दीप।

टेढ़ी कानी आँखों से देखी तस्वीर तो लगा जयपुर की किसी गौरी को नहीं वरन् किसी सिने तारिका या किसी कास्मेटिक की मॉडल को देख रहा है। ताजा खिला सूरजमुखी-सा चेहरा, धुले रेशम से बाल, चॉकलेटी होंठ। ऊपर टॉप। चेहरे का पूरा क्लोज़अप बेहद आकर्षक। . यालों में घूम गया, कैप्टन अनुज। ऑपरेशन शौर्य में जाने से पहले जिसने अपनी मँगनी की अँगूठी कर्नल सक्सेना के पास रखवा

दी थी— मैं नहीं चाहता कि इस पाक अँगूठी पर ख़ून के धब्बे पड़े। अँगूठी धरी रह गयी, पर वह नहीं लौटा। बाट जोहती रह गयी, मंगेतर। क्या वह भी ऐसी ही कोई अँगूठी छोड़कर चला जाए उस पार। नहीं, जहाँ हर दिन, हर पल मौत से भिड़न्त हो, जहाँ बचा रह जाना महज़ एक संयोग हो, वहाँ शादी के लिए सोचना भी बेमानी है।

"कैसी लगी तस्वीर? माँ ने देखा, बेटा बड़े गौर से तस्वीर देख रहा है तो हुलस-हुलस कर पूछने लगी।"

सन्दीप ने तस्वीर को आहिस्ता से परे सरकाया और माँ को देखने लगा, ग़ौर से। कितनी बदल गयी थी माँ इन दिनों! आधे से अधिक बाल सफ़ेद हो गये थे। सामने के दो-दो दाँत गिर गये थे। जिन्हें माँ ने अभी तक बँधवाया भी नहीं था। क्या खाने में तकलीफ़ नहीं होती होगी माँ को? हाँ नहीं बदली थी तो माँ के चौड़े ललाट पर दमकती लाल बिन्दी। आज भी उतनी ही सुर्ख, उतनी ही बड़ी। भीतर फिर ग्लानि की लहर उठी— दो-दो बेटे अफ़सर पर किसी को इतनी भी फ़िक्र नहीं कि माँ के आगे के दाँत बँधवा दे। लाड़ से पगी आवाज़ में कहा उसने, चलो माँ, आज जाकर पहले तु हारे दाँत बँधवा लेते हैं। बेटे की शादी में ऐसे मुँह से कैसे जाओगी? माँ निहाल। बनावटी रोष से बोली, "बात मत टालो, हाँ तो बोल दूँ उनको कि हम आ रहे हैं।"

"क्या?" माँ के अति उत्साह ने ग ीर कर दिया सन्दीप को। धीमे से कहा उसने, "देखो माँ, तु हारी अधीरता-व्याकुलता समझ सकता हूँ मैं, पर तू भी मुझे समझने की कोशिश कर। अ ी मैं ख़ुद अपनी ज़िन्दगी से बाहर हूँ, ऐसे में किसी को अपनी ज़िन्दगी में शामिल करने की सोच भी कैसे सकता हूँ। कश्मीर पोस्टिंग तक शादी का सवाल ही नहीं उठता।"

"बेटा, साल भर निकल गया, देखते-देखते डेढ़ साल और निकल जाएगा, फिर तो अगले छह वर्षों तक पीस पोस्टिंग ही होनी है, बस सगाई करके रख लेते हैं, तू नहीं चाहता तो शादी डेढ़ साल बाद कर ली जाएगी। वसन्तू बाबू तो यही चाहते हैं कि बात पक्की कर ली जाए। फिर यह तो सोच कि तेरे पीछे सिद्धार्थ भी अटक रहा है।"

सन्दीप को फिर मौक़ा मिल गया। माँ को समझाते हुए बोला, "माँ मेरी मानो तो तुम पहले सिद्धार्थ की कर दो। मैं बाद में इत्मीनान से कर लूँगा।"

यद्यपि सन्दीप ने अपनी बातें, अपना तर्क बड़े साधारण और सामान्य ढंग से ही रखा था, पर इसमें इतना ज़बर्दस्त और इतना नकारात्मक भाव छिपा था कि माँ को लगा जैसे घर की छत आकर उस पर गिर गयी है। कैसा है यह लड़का! समझता क्यों नहीं कि यह आर्मी नहीं कि उम्र बढ़ने के साथ प्रमोशन और रुतबा

बढ़ता जाए। यह शादी का बाज़ार है जहाँ एक उम्र के बाद हर आनेवाले दिन घटता जाता है बाज़ार भाव। कैसे समझाये बेटे को। कल जब नहाकर निकला था बेटा तो पीछे निकली गंज को देख कलेजा मुँह को आ गया था उसका। कहीं झड़ते बाल लूट न ले मज़ा ज़िन्दगी का। उसे तो यह भी आशंका थी कि कहीं बसन्त बाबू की बेटी मना न कर दे उसे। एक तो फ़ौजी फिर थोड़ी बढ़ी उम्र और उसपर तेज़ी से झड़ते बाल। हे भगवान जाने क्या-क्या देखना लिखा है उसके भाग्य में! उसकी उम्र की कभी की दादी बन चुकी हैं और उसका घोंसला अभी तक ख़ाली है। अपनी जेठानी की बहू से सुन रखा था उसने कि पच्चीस-छब्बीस की उम्र के बाद डिलीवरी में बड़ी समस्याएँ आती हैं। पहली डिलीवरी छब्बीस-सत्ताईस तक अवश्य हो जानी चाहिए। पर कैसे समझाये वह बेटे को कि वह सिर्फ़ शादी को लेकर ही चिन्तित नहीं है। शादी तो महज़ एक दरवाज़ा है, आगे के संसार में प्रवेश करने के लिए।

माँ की आँखों में फिर अँधेरा उग आया। कैसे पार पाये इस समस्या से। सन्दीप के भीतर भी कील ठुकने लगी, कैसे समझाए माँ को।

सब अपने-अपने द्वीप में तैरने लगे। पागल जिप्सी की तरह भटकता मन फिर अतीत में डूबने लगा।

आसमान में तैरते बादलों की तरह जाने किससे सुनी एक घटना सन्दीप के दिमाग़ में तैरने लगी। आज भी याद है वह आवेग, वह थरथराहट, वह क पन, वे उच्छवास वह दुख जो उसने उस घटना को सुनते वक़्त महसूस किया था और तब एक बार फिर उसने जाना कि तमाम उपलब्धियों और प्रगतियों के बावजूद अन्तत: मनुष्य क्या है और कितना कठिन है, मनुष्य बने रहना।

घटना इस प्रकार थी।

दो पक्के दोस्त थे। बचपन के साथी। दोनों की दोस्ती उतनी ही वास्तविक थी जितनी समुद्र की हवाएँ और लहरों के थपेड़े। दोनों ही एक ही गाँव के। एक फ़ौजी बना तो दूसरा भी उसी के नक्शे क़दम पर। पहले दोस्त लांसनायक राजेन्द्र नेगी की एकाएक शादी तय हो गयी। जब जब वह मिलता अपने दोस्त सुमन केसरी से, अपने वैवाहिक जीवन के अनुभवों को उसे चटकारे ले-लेकर सुनाता। पहले स्पर्श के अनुभव, सुहाग सेज के तूफ़ानी अनुभव। स्त्री-संसर्ग का अद्‌भुत सुख। राजेन्द्र चाहता था कि सुमन भी फटाफट शादी कर ले जिससे उनकी दोस्ती का रंग उनकी पत्नियों तक फैल जाए। उसने सुमन के लिए इधर-उधर कई जगह रिश्तों की बात भी चलायी, कि तभी हिन्दुस्तान-पाकिस्तान का युद्ध छिड़ गया। दोनों को एकाएक राजस्थान बॉर्डर पर जाने का ऑर्डर मिला। पोस्टिंग पर जाने के ठीक एक दिन पहले सुमन ने अपने दिल का गूढ़ रहस्य अपने परम मित्र राजेन्द्र के सामने खोला। ''दोस्त

मैं नहीं जानता कि इस युद्ध से मैं जीवित लौट पाऊँगा या नहीं, पर जाने से पूर्व अपना एक राज मैं तु हें बता देना चाहता हूँ और वह राज यह है कि मेरे भीतर लपटें उठ रही हैं। बेहद जतन और तीव्रता से पाली इच्छा के एक टुकड़े को पूरा कर लेना चाहता हूँ मैं। मैं एक बार ज़िन्दगी के उस विरल, अद्भुत और परम शक्तिशाली अनुभव से गुज़र जाना चाहता हूँ, जिसका शब्दिक आस्वादन हर दिन कराते रहे हो तुम मुझे। दोस्त, तु हीं ने मुझे कहा था कि युवा स्त्री की देह देह नहीं, बिजली होती है, बारूद से भरी बोरी होती है, छूओ तो करंट मारती है। तो मेरे परम मित्र, देश के लिए शहीद होने के पूर्व मैं अपनी इस आख़िरी इच्छा का क्या करूँ, तु हीं बताओ! कहाँ जाऊँ? कहाँ डुबोऊँ। कामना की इस ज्वाला को। नारी संसर्ग की इस चाह को?''

जैसे बिजली गिर गयी हो दोस्त पर। काटो तो ख़ून नहीं। अनजाने ही कैसी भयानक भूल कर बैठा वह। आजतक अपना सबकुछ उसने अपने दोस्त के साथ शेयर किया था, पर क्या पत्नी भी? उफ़! पाकिस्तान के साथ युद्ध से भी भयंकर है यह युद्ध अपने आप से। क्या करे वह? कैसे करे युद्ध में जाने के पूर्व अपने दोस्त की इस आख़िरी इच्छा की पूर्ति? क्या कर दे पत्नी उसके हवाले। शायद विधाता भी मुँह छिपा रहे होंगे इन सवालों के जवाब देते हुए। क्या दुनिया का कोई मन्दिर, मस्जिद और गिरजाघर जवाब दे सकता है कि वह मौत के मुँह में जानेवाले अपने दोस्त की यह तीव्र इच्छा कैसे पूरी करे? जवाब दें वे इस सवाल का? और यदि वे जवाब नहीं दे सकते तो क्यों उठाते हैं सवाल नैतिकता और अनैतिकता के?

पहली बार दिमाग़ में एक प्रश्न कीड़े की तरह कुलबुलाया था सन्दीप के भीतर— जीवन बड़ा या नैतिकता? अस्तित्व बड़ा कि व्यक्तित्व। और सन्दीप को लग रहा है कि आज तक भी वह इन्हीं प्रश्नों से जूझ रहा है।

एक गहरी उच्छवास उसके भीतर से निकली— ओह गॉड! ओह लाइफ़! और आँखें मूँद अपने ही भीतर के समुद्र में जाने कब तक तैरता रहा था वह।

माँ ने फिर कुरेदा, ''देखो बेटा, इस लड़की को मत ठुकराओ।'' फिर जैसे हृदय की सारी वेदना उँड़ेलते हुए कहा उससे। अब बड़ी लड़कियाँ मिलनी भी बन्द हो गयी हैं। चौबीस-पचीस तक आते-आते सब ठिकाने लग जाती हैं।''

''उफ़! अब बस भी करो।'' झल्ला गया वह माँ पर, इतने ज़ोर से भरपूर हाथ से मारा उसने खाने की टेबिल पर कि माँ सहम गयी। माँ के शब्द खंजर की तरह गड़ते रहे देर रात तक। बाद में बहुत रात तक ख़ुद से ही पूछता रहा था वह कि वह झल्लाया किस पर था, माँ पर कि ख़ुद पर कि ख़ुद की इस अनिश्चित जीवन शैली पर।

उसे लगा कि कश्मीर पोस्टिंग बड़ी सूक्ष्मता से मार रही है उसे, उसके

व्यक्तित्व को, उसके स्वभाव को।

रात!

एक बेचैनी ारी रात रही। सारी रात अँधेरा, बिस्तर और चादर की सिलवटों में दुबक रहा वह। सारी रात विचित्र-विचित्र स्वप्न पीछा करते रहे उसका।

उसने देखा, उसके सारे बाल झड़ गये हैं। वह गंजा हो गया है। एकदम खल्वाट। उजड़ा चमन। उसने देखा कि परिवार के साथ जब लड़की देखने के लिए गया वह तो उसे देखते ही सब हँस पड़े, पीछे से सुना उसने, कोई कह रहा था, क्या लड़का दूजवर है?

ओह! नो! घबराहट में नींद में ही उसने अपनी खोपड़ी पर हाथ फेरा। कैसा सपना! यह पहली बार हुआ कि इस बार घर आकर भी नींद उस पर उतनी मेहरबान नहीं रही। आधी रात में ही उठकर उसने खोपड़ी के पीछेवाले हिस्से पर दर्पण लगाकर देखा, ड्रेसिंग टेबिल के दर्पण ने ी मुँह चिढ़ाया। खोपड़ी के पीछेवाला खल्वाट साफ़ चमक रहा था। गोल-गोल वर्तुलाकर हिस्सा, क़रीब दो इंच रेडियस का। सच ही चिन्ता करती है उसकी माँ। इसीलिए विवाह उसी उम्र में कर दिया जाता है, जब शारीरिक सौन्दर्य पराकाष्ठा पर हो। लेकिन यदि उसके बाल झड़ रहे हैं तो इसमें उसका क्या दोष? आर्मी के डॉक्टर डॉ. विक्रमकुटी ने उससे साफ़ कहा था क्या बताएँ आज के युवा जीवन से ज़्यादा जीवन स्टाइल को अहमियत देते हैं। इसलिए जीवन के तनाव और तेज़ गति की आधुनिक जीवन शैली के चलते युवा युवावस्था में ही न सिर्फ़ गंजेपन वरन नपुंसकता के भी शिकार हो रहे हैं।

सुबह ही सुबह चौड़ी मुस्कान के साथ शेखरबाबू हाज़िर हुए उसके कमरे में।

"उठो, एयरपोर्ट चलना है।"

"एयरपोर्ट! पर अभी! क्यों? आँखें मलते-मलते झल्लाया सन्दीप।

चेहरे पर जैसे अबीर पुत गया। वे चहके— सिद्धार्थ आ रहा है।

"सिद्धार्थ! यूँ अचानक!"

"नहीं अचानक नहीं। चार सप्ताह के लिए उसकी फॉरेन पोस्टिंग हुई है जापान में। इसलिए वह कोलकाता होकर जाएगा। पाँच-छह घंटे घर पर ठहरेगा और वापस रात की लाइट से उड़नछूँ।"

गद्‌गद हो बताने लगे शेखरबाबू। फिर एक मौक़ा लगा था हाथ में, सन्दीप

को फ़ौज से विरक्त करने का इसलिए फिर छोड़ी एक हल्की-सी मिसाइल। देखो, इन तीन-चार सालों में ही कितनी तरक्की कर ली है सिद्धार्थ ने।

''हाँ, पापा, इतनी तरक्की तो कर ही ली है आपके लाडले ने कि क पनी राज की वापसी को पु ता करने में भरसक योगदान दे रहा है।''

शेखर बाबू समझ नहीं पाये सन्दीप के व्यंग्य को। व्यस्तता दिखाते हुए फिर ठेला उन्होंने सन्दीप को। अब लटर-लटर मत करो। जाओ, जल्दी से तैयार हो जाओ।

आते-आते सिद्धार्थ का कार्यक्रम थोड़ा बदल गया था। उसका जापान जाना सप्ताह भर के लिए स्थगित हो गया था। और इस बीच उसे इंडिया लीवर की प्रतिद्वन्द्वी क पनी रॉकेट ऐंड गे बर ने किसी कोर्ट केस में फँसा दिया था। उसी केस के सिलसिले में उसे कोलकाता आना पड़ा था।

''मामला क्या है? सन्दीप ने हैरान होकर पूछा।''

सिद्धार्थ हँस पड़ा। एक मक्कार हँसी— मामला यह है कि हमने एक विज्ञापन दिया था टीवी पर। नियम के अनुसार आप दूसरों के प्रोडक्ट को अपने प्रोडक्ट के साथ नहीं दिखा सकते हैं। वह शनिवार की शाम थी। टीवी पर हमारे रिम साबुन का नया विज्ञापन आया। हमारे विज्ञापन से पहले टाइप साबुन का विज्ञापन था जिसमें एक स्त्री कह रही है, 'टाइप से धोइये, इसमें सुगन्ध भी है और सफ़ेदी भी। हमने दिखाया कि एक स्त्री के पास टाइप का पैकेट है लेकिन उसका कपड़ा गन्दा है। तभी दूसरी स्त्री आती है और कहती है रिम से धोइये इसमें न सुगन्ध है, न नरमी है, है सिर्फ़ सफ़ेदी और इसके तुरन्त बाद रिम से धुला झकझक कपड़ा पर्दे पर लहराता है। अपने विज्ञापन द्वारा हम टाइप साबुन को जो रॉकेट ऐंड गे बर का साबुन है, नीचा दिखा रहे थे। शनिवार को हमारा नया विज्ञापन निकला। शनिवार बन्द था और सोमवार को होली का त्योहार था। तीन दिनों तक हमने करोड़ों की बिक्री की। मंगलवार को आर ऐंड जी ने हम पर केस ठोंक दिया जिसकी पूरी स ावना थी ही। कल कोर्ट जाकर हम माफ़ी माँग लेंगे लेकिन मुनाफ़ा तो हमने पीट ही लिया।

हँस पड़ा सिद्धार्थ। एक सफल हँसी। कॉर्पोरेट जगत् में आगे बढ़ने के लिए सिर्फ़ प्रतिभा और हुनर ही नहीं, साम, दाम, दंड, भेद, छल-कपट सभी आजमाना पड़ता है। अब सिर्फ़ यह ही ज़रूरी नहीं कि हम मेहनत और प्रतिभा से आगे बढ़ते रहें अब यह भी ज़रूरी है कि हम ज़रूरत पड़ने पर रेड़ भी मारते रहे जिससे कोई हमसे आगे नहीं बढ़ सके।

—तभी तो तु हारे इंडिया लीवर के एशियन हेड के सी.ओ. से जब इंटरव्यू में पूछा गया कि इतनी दौलत, इतनी शोहरत और कामयाबी के बाद भी वह क्या चीज़ है जो आपकी नींद उड़ा देती है तो जानते हो उस बन्दे ने क्या जवाब दिया? उसने जवाब दिया कि आज ाी जब मैं किसी दूसरी क पनी के प्रोडक्ट को देखता हूँ तो मेरी नींद उड़ जाती है तो बच्चू तुम कॉर्पोरेट वाले सह अस्तित्व में नहीं सिर्फ़ अपनी ही सत्ता और अपने ही वर्चस्व में विश्वास करते हो। और इसके लिए आज तुम लोगों ने सारे विश्वास और मूल्य उल्टा दिये हैं। लेकिन यही प्रवृत्ति दुनिया का सुख चैन छीनकर उसे एक कुरुक्षेत्र में बदल देगी क्योंकि सभी क़दम-से-क़दम मिलाकर आगे बढ़ने में नहीं वरन् एक दूसरे को पछाड़कर गिराकर लहूलुहान कर सबसे आगे पहुँचने की अमानवीय दौड़ में शामिल हो जाएँगे। काश! ज़िन्दगी को हम प्रेम और मनुष्यता के साथ बरतते तो दुनिया उतनी बुरी नहीं होती!

शेखर बाबू को रास नहीं आ रही थी यह बहस। वे सबकुछ सह सकते थे, पर सिद्धार्थ की क़ामयाबी पर कोई उँगली उठाए यह उन्हें नागवार गुज़रता। उन्हें लगता सन्दीप नहीं सिद्धार्थ ही उनका असली अंश है, जो ज़िन्दगी को आगे बढ़ने को और सबसे बढ़कर पैसे के महत्त्व को समझता है। इसलिए दोनों की गरम होती बहस पर ठंडे पानी के छींटे डालते हुए कहने लगे वे, ''नाश्ता लग गया है, चाय ठंडी होकर शर्बत हो गयी है और तुम दोनों को बहस से ही फ़ुर्सत नहीं है। चलो, डाइनिंग टेबल पर।''

डाइनिंग टेबल पर फिर प्रसंग छिड़ा शादी का। अब जिस घर में दो-दो शादी की उम्र के युवा लड़के हों, वहाँ उससे ज़्यादा महत्त्वपूर्ण और प्रिय विषय हो भी क्या सकता है? माँ ने फिर ढेर सारी तस्वीरें बिछा दीं दोनों के आगे, किसी का क्लोज अप तो कोई फुल लेंथ में। प्राय: हर कन्या की दो-दो तस्वीरें, किसी-किसी की तीन-तीन भी भिन्न-भिन्न भंगिमाओं में। सिद्धार्थ ने मज़ाक में सारी तस्वीरें सन्दीप के आगे सरका दी, ''भइया फर्स्ट।''

जाने क्या कुलबुलाया भीतर कि शेखर बाबू फिर बादलों से फट पड़े— ये तस्वीरें सिद्धार्थ के स बन्ध के लिए आयी हैं, सन्दीप के लिए नहीं। भई मैं क्या करूँ, मैंने तो कई जगह कहा भी कि पहले बड़े बेटे की, लेकिन साफ़ कह दिया लड़कीवालों ने कि हम फ़ौजी को नहीं दे सकते लड़की।

सन्दीप का चेहरा कातर-कातर हुआ जैसे बात नहीं बात का घूँसा पड़ा हो। पर सिद्धार्थ पर तो जैसे घर की छत ही गिर पड़ी थी। छटपटाता रहा वह कुछ पल। बोलना चाहा तो जैसे गूँगा हो गया हो, सारे शब्द फ्रीज़ हो गये हों।

सन्त जैसे भाई का यह अपमान!

और वह भी उसके चलते। वह कसमसाया।

पर बहुत देर तक जब कोई भी शब्द सामने नहीं आया जिसे वह फेंक पाता परिवार के मुँह पर और बचा पाता भाई को तो झल्ला कर टेबिल पर ज़ोर-ज़ोर से मुक्के मारते चिल्ला पड़ा—बन्द करो शादी की यह बकवास। जबसे घुसा हूँ घर में, शादी, तस्वीर और लड़कियों के अलावा कोई बात ही नहीं। नहीं करनी मुझे शादी-वादी। और बिना चाय नाश्ते के ही उठ गया वह।

''चलो थोड़ी देर के लिए देशबन्धु पार्क घूम आते हैं।''

सन्दीप ने सिद्धार्थ के बिगड़े मूड को सँवारना चाहा।

''चलो।''

देशबन्धु पार्क वह जगह थी जहाँ दोनों ने जाने कितनी शामें साथ-साथ गुज़ारी थीं। देशबन्धु चित्तरंजन दास के नाम पर बना यह पार्क दोनों को इसलिए भी प्रिय था कि मध्य कोलकाता का यह सर्वाधिक गुंजायमान पार्क था। यहाँ चिड़ियाँ सबसे अधिक बोलती थीं।

दोनों साथ-साथ चलते रहे, पर सन्दीप को लगा, सिद्धार्थ अभी भी गुमसुम है।

लड़ियाते स्वर में पूछा सन्दीप ने, क्या बात है, घर से मुक्ति पाने के लिए तू यहाँ आया पर लगता है घर अभी भी तेरे साथ ही चल रहा है।

बात बहुत हद तक सही थी। पर सिद्धार्थ के दिमाग़ में घर के साथ-साथ क पनी भी घूम रही थी। कल ही उसने सर्वे में पाया था कि उन्हीं का एक प्रोडक्ट 'अक्स' उनके दूसरे प्रोडक्ट 'अक्स सैंडल' को खा रहा है। यानी जो उपभोक्ता पहले अक्स व्यवहार करते थे वे अब नये विज्ञापन से प्रभावित होकर अक्स की जगह अक्स सैंडल का व्यवहार कर रहे हैं। क पनी के लिए यह कैनिबेलाइजेशन सुखद स्थिति नहीं थी क्योंकि इससे नया सेल नहीं बढ़ रहा था। सिद्धार्थ ने भाई को इस नये सर्वे की जानकारी से अवगत कराया। सन्दीप ने ध्यान से सुनी उसकी समस्या और मन-ही-मन पसीज गया। इतना होनहार भाई! पर चिन्ता और सरोकार कैसे टुच्चे? वह मरा जा रहा है इस चिन्ता को लेकर कि क पनी का एक प्रोडक्ट दूसरे प्रोडक्ट को खा रहा है, पर क्या उसे अहसास है कि इसी देश के कई भागों में आदमी-आदमी को खा रहा है। क्या कभी सोचता है वह उन आदमखोरों के बारे में?

वाह! क्या सोच! कितनी .....चिन्ता! हठात् उसके मुँह से फिर निकल गया।

''क्या कहा?''

''नहीं कुछ नहीं।'' पर सिद्धार्थ ने सुन लिया था। उसका मन थोड़ा खिन्न

हुआ और घूमने की औपचारिकता भर पूरी कर वह वापस घर लौट आया।

घर में सन्दीप ने इस बार स्वयं को बेगाना-सा महसूस किया। उष्ण आत्मीयता से गमकते घर को जाने क्या हो गया था। शेखर बाबू बात-बात पर अपना आपा खो बैठते। सन्दीप की गिनी चुनी तन. वाह, जीवन के ख़तरे, झड़ते बालों और चेहरे की उदासी ने उनके दिमाग़ी सन्तुलन को गड़बड़ा दिया था। जब तब उसके 'फ़ौजी' को कुतरते रहते। सांसारिक दौड़ में पिछड़ी माँ जब तब आँसू बहाती रहती। व्यस्तता का मारा सिद्धार्थ चाहकर भी भाई का साथ नहीं निभा पाया। बीस दिन की छुट्टियों में बूँद-बूँद उदासी झड़ती रही। बोरियत जमा होती रही। और एक चमकती सुबह सन्दीप वापस बूशन कै प में।

हैरान सन्दीप। इस बीच उसका कमांडिंग अफ़सर बदल गया था। नये कमांडिंग अफ़सर थे कर्नल आर्य। जिसे सूँघा सन्दीप ने और सूँघते ही उसका जायका बिगड़ गया था। उनके शरीर से किसी हिंसक बनैले पशु की गन्ध आ रही थी।

इस बीच श्रीनगर और आसपास के संवेदनशील इलाक़ों में आतंकवादी गतिविधियाँ और वारदातें एकाएक बढ़ गयी थीं इस कारण नया सी.ओ. ज़रूरत से ज़्यादा चाक-चौबन्द था। हर वक़्त एक टाँग पर खड़ा रहता और अपने अधीनस्थ स्टॉफ को भी रखता।

एक चमाचम दोपहर कर्नल आर्य ने एकाएक बुलाया सन्दीप को। सन्दीप ने देखा कर्नल का चेहरा उस दिन बदला हुआ था। उन्होंने अपनी आँखों पर बड़ा सा काला चश्मा पहना हुआ था। सन्दीप ने सोचा शायद कर्नल साहब को आँखों का इन्फैक्शन हुआ होगा... वे पूछने ही वाले थे कि कर्नल ने एक काला चश्मा सन्दीप की ओर बढ़ाया, ''लो इसे पहन लो।''

''पर क्यों? मेरी आँखें स्वस्थ हैं।''

''जिससे कि तुम उस ज़िन्दगी के बारे में नहीं सोचो जो तुम जी रहे हो। क्योंकि तुम भटकते-भटकते संवेदनाओं के जिन इलाक़ों में घुस जाते हो, फिर चाहकर भी नहीं निकल पाते हो, इस चश्में के बाद ऐसी भटकनों का ख़तरा ख़त्म हो जाएगा। क्योंकि इस चश्में को पहनने के बाद आपकी संवेदनाएँ और आपकी आत्मा सुन्न हो जाएगी। आप तो जानते ही हैं कि कई बार आतंकी हत्या के पूर्व लोगों के चेहरे पर काला कपड़ा डाल देते हैं, इसलिए नहीं कि वे अपनी पहचान छिपाना चाहते हैं वरन इसलिए कि वे उस इंसान से स्वयं को भावनात्मक रूप से अलग कर लेते हैं।''

"नहीं, मैं इसे नहीं पहनूँगा क्योंकि मैं कहीं नहीं भटकता। मैं तो सिर्फ़ एक सत्य स्वाभाविक मानवीय और सुन्दर जीवन की तलाश में रहता हूँ।"

चश्मे के लेंस के पीछे से कर्नल आर्य ने उसकी आँखों में झाँका। सन्दीप की पीठ में क पन हुआ। तल्ख़ शब्दों में फिर जवाब दिया कर्नल ने "सुन्दर, सत्य और मानवीय? मेरे जा बाज फ़ौजी, सत्ता को इन्हीं शब्दों से सबसे अधिक ख़तरा है। और हम सत्ता के हाथों की कठपुतली हैं। इसीलिए हमें आदेश मिला है इन चश्मों को पहनने का। हाँ, इससे सबसे ज़्यादा फ़ायदा तु हारे जैसे फ़ौजियों को ही होगा जो हमेशा पश्चाताप और ग्लानि की टोकरी सिर पर लादे रहते हैं। नहीं, मेरे हीरो, इसमें अटपटा लगने का कुछ भी नहीं है। तु हारी तो राँची पोस्टिंग हो चुकी है तुमने आदिवासी जीवन को क़रीब से भी देखा है। तब तो तुम ख़ूब जानते होगे कि कुछ आदिम जनजाति यह मानती है कि आत्मा शरीर से बाहर रखी जा सकती है इसलिए उनके वीर जब युद्धभूमि पर जाते हैं तो अपनी आत्मा को अपने घर में सुरक्षित रख कर जाते हैं। अब यह तो हरेक के लिए स भव नहीं, इसलिए ये चश्मे ईजाद किये गये हैं। इनको पहनते ही आपकी आत्मा, आपका अन्त:करण आपके शरीर से कूच कर जाएगा और चश्मा उतारते ही आपको आपकी आत्मा वापस मिल जाएगी।

"लेकिन अकस्मात् इन चश्मों की ज़रूरत क्यों आ पड़ी?"

"क्योंकि अगले तीन महीने मैं तु हें ऐसे ऐसे ऑपरेशन पर भेजूँगा जहाँ बिना यह चश्मा पहने तुम ऑपरेशन को सफल कर ही नहीं पाओगे। इस चश्मे का काला जादू यह है कि इसको पहनते ही तुम एक प्रकार के हाड़-मांस के रोबोट बन जाओगे। दे ाो, आज के ज़माने में जिसने ये चश्मा-पहना, वही सफल हो पाया। सारे नेता, मन्त्री, कॉर्पोरेट और बिजनेस टाइकून पहनते हैं यही चश्मा।"

निर्णायक और दृढ़ स्वर में कहा सन्दीप ने, "सर, मैं किसी भी ऐसी हिंसा के पक्ष में नहीं हूँ जो अन्तिम रूप से बचे हमारे मानवीय बोध को ही निगल ले।" उसे असहज देख उसके कन्धे थपथपाए कर्नल ने और भावदार शब्दों में फिर समझाया उसे। आख़िरी बार। "देखो, मैं नहीं चाहता कि तुम पर किसी ाी प्रकार की अनुशासनात्मक कार्यवाही हो। फिर कहता हूँ बहस मत करो। धारा के विरुद्ध मत तैरो। हमारा सिर्फ़ एक ही धर्म है, आदेश का पालन करना, उसके औचित्य पर सोचना नहीं। हम कर ही क्या सकते हैं। जो कर सकती है वह सरकार है। पर सरकार को भरोसा ताक़त पर है और ताक़त को बन्दूक़ पर। इंसान किसी का भी कन्सर्न नहीं। इसलिए व्यक्ति मन और व्यक्ति स्वातन्त्र्य के लिए यहाँ फ़ौज में कोई स्पेस नहीं है।

खिन्न सन्दीप लौट आया अपने कै प में। अपने क्रोध, आक्रोश, हताशा और अवसाद को ठिकाने लगाने के लिए जाने कब तक दीवारों पर मुक्के मारता रहा,

तकियों को पीटता रहा, कॉटेज के बाहर लगे गमलों पर भी लात चलायी पर आक्रोश था कि थमने का नाम नहीं। शायद ऐसी ही चरम असहायता में लोग करते होंगे ख़ुदकुशी, उसने सोचा। पर मैं सामना करूँगा परिस्थितियों का। उसने स्वयं को मजबूत करने की चेष्टा की।

रात उसने खाना भी नहीं खाया और बहुत दिनों बाद भीतर के जमा सारे दुख, अवसाद, मजबूरियों और हताशाओं को काग़ज़ पर फैला दिया। पहली चिट्ठी लिखी अपने परम प्रिय भाई सिद्धार्थ को—

प्रिय सिद्धार्थ,

सरकारी आदेश है कि मैं अपनी आत्मा को शरीर से अलग कर दूँ, क्योंकि मैं भावुक हूँ, सोचता बहुत हूँ। तुम तो जानते ही हो कि किस प्रकार मैं पविार से विद्रोह कर फ़ौज में आया... क्या इसीलिए कि मैं अपने मनुष्य होने की पहचान, सोच और एहसास से भी वंचित कर दिया जाऊँ?

मैं यह सोचकर काँप जाता हूँ कि आनेवाले समय में फ़ौज जाने क्या-क्या अमानवीय कार्य मुझसे करवाएगी? आनेवाला समय बहुत भारी पड़ने वाला है मुझ पर शायद इसीलिए अब मेरी संवेदनाओं को अफीम खिलाकर सुला दिया जाएगा और मेरी रूहानी ज़िन्दगी को ख़त्म कर दिया जाएगा।

देखते-देखते दुनिया कितनी कुरूप होती जा रही है और हम कुछ नहीं कर पा रहे हैं। पिछले महीने एक अँग्रेजी फ़िल्म देखी थी, जिसने मुझे विचलित कर दिया था, पर विचलित होते हुए ी मैं निश्चिन्त था कि यह सिर्फ़ कहानी है, हक़ीक़त नहीं। लेकिन आज सोचने पर विवश हूँ कि कहानियाँ कितनी जल्दी हक़ीक़त बन जाती हैं। उस अँग्रेजी फ़िल्म में एक कॉर्पोरेट क पनी एक इंजीनियर से एक अनुबन्ध साइन करवाती है। इस अनुबन्ध के अनुसार, इंजीनियर कॉर्पोरेट क पनी के लिए एक ऐसी मशीन ईजाद करेगा जिससे क पनी को बेइन्तहा मुनाफ़ा होगा। इसके बदले क पनी इंजीनियर को मुँहमाँगी क़ीमत भी देने को तैयार है पर क पनी एक शर्त रखती है इंजीनियर के सामने। और वह शर्त यह है कि मशीन तैयार हो जाने के बाद क पनी इंजीनियर के दिमाग़ का ऑपरेशन करवाएगी और उस ऑपरेशन में क पनी इंजीनियर के दिमाग़ से उन तीन महीने का मेमोरी चिप बाहर निकाल लेगी जिन तीन महीनों में वह मशीन बनाएगा जिससे कि वह इंजीनियर किसी और क पनी के लिए वैसी मशीन नहीं बना सके। इंजीनियर कुछ पलों के लिए सोचता है कि अनुबन्ध पर साइन करे न करे, पर आँखों के सामने छा जाता है नौ अंकों की राशि का भारी भरकम चेक़। इतना बड़ा फ़ायदा! इंजीनियर अनुबन्ध पर हस्ताक्षर कर देता है। तो यही है आज का युग सत्य। सत्ता अपना फ़ायदा देखती है, क पनियाँ अपना। आम इंसानों के लिए कोई नहीं सोचता। मैं जिस मकड़जाल में

फँस गया हूँ, इस जन्म में तो शायद ही इससे छूट पाऊँ। मैं अभी फ़ौज के अनुबन्ध से बँधा हूँ। बीस वर्षों के सेवाकाल के पूर्व फ़ौज से मुक्ति नहीं पा सकता और यहाँ रहता हूँ तो स भव है आनेवाले समय में मुझे बेईमानी करनी पड़े अपनी संवेदनाओं एवं अपनी इंसानियत से भी।

चिट्ठी लिखते-लिखते अचानक उन्हें लगा कि भीतर जो उफ़नता आवेग और आवेश था, वह ठहर गया है। लहरें थोड़ी सम पर आयी हैं। थोड़ी देर के लिए ही सही अपने डार्करूम से निकले सन्दीप। पत्र को अधूरा ही ई-मेल किया और दोपहर घटी घटना की स भावना पर विचार करते-करते सो गये।

युद्ध और बुद्ध

पिछले कई दिनों से सन्दीप बशीर अहमद नामक एक बीस वर्षीय युवक की खोज में था। इत्तफ़ाक़ से उस युवक का पता चल गया था। वह किसी पुराने आतंकवादी के चचेरे भाई का दोस्त था। सन्दीप उससे पूछताछ करना चाहता था और उसे आर्मी द्वारा खोले गये वर्कशाप से भी जोड़ना चाहता था, जिससे गाँव में आर्मी के प्रति सद्भावना फैले, साथ ही ग़रीबी के चलते जो आतंकवाद की तरफ़ आकर्षित होते हैं उसकी स भावना भी शेष हो। सन्दीप का यह विश्वास था कि आतंकवाद से लड़ने के लिए ज़रूरी है कि पहले अन्धविश्वास, अशिक्षा, भूखमरी और बेकारी से लड़ा जाए। बहरहाल कई बार ख़बर भिजवाने के बाद भी जब बशीर अहमद मेज़र सन्दीप से मिलने नहीं आया तो सन्दीप ने धमकी दी यदि अब भी वह उससे मिलने नहीं आया तो वह उसे जवान भेजकर उठवा लेगा अपने घर से।

अन्ततः आया वह। बेहद डरा। सहमा और सिकुड़ा हुआ। तुम क्यों नहीं आये? क्यों तु हें बुलवाना पड़ा इतनी बार, नरम आवाज़ में पूछा सन्दीप ने, पर जो जवाब आया उसे सुनकर सन्न रह गया मेज़र। उन्हें लगा, दुनिया को, लोगों को, कश्मीर की समस्या को शायद फिर से समझना होगा उन्हें। बशीर अहमद ने जवाब दिया, "साहबजी मैं बहुत डर गया था। मुझे गाँववालों ने कहा, मत जाओ वहाँ सारे हिन्दू मिलकर पीटेंगे तु हें।"

"क्या?" सनाका खा गये सन्दीप। तो यह है मेरी पहचान? मैं भारतीय नहीं, इंसान भी नहीं, मेज़र भी नहीं, मैं हूँ सिर्फ़ एक हिन्दू! क्या ये वही कश्मीरी हैं जिनका मिजाज़ सूफ़ियाना था। काश! यह शहर अपने उस इतिहास को याद रख पाता जो सुदीर्घ समय तक समन्वय, भाईचारे और सह अस्तित्व का इतिहास रहा था।

बहरहाल इस घटना के मानसिक आघात से उबर भी नहीं पाया था सन्दीप।

कैंसरग्रस्त रोगी के से दिन बीत ही रहे थे कि एक मटमैली शाम एक मुखबिर ने उसे गुंड गाँव के ही एक ऐसे परिवार के बारे में जानकारी दी जिसका बड़ा लड़का ज़मील सिर्फ़ छह महीने पूर्व ही ताज़ा टटका आतंकवादी बना था।

"ताज्जुब, इतनी स. ती, चौकसी, दहशत और हिदायतों के बावजूद ख़ुद उसके एरिया में कोई जेहादी कैसे बन गया? ऐन उसकी नाक के नीचे।" आश्चर्य से पूछा सन्दीप ने ख़बरिये से।

"साहबजी, एक तो यहाँ इस्लाम का चाबुक हर घर में लटका रहता है। लोग यहाँ ज़िन्दगी से ज़्यादा अल्लाह, कुरान, नमाज़ और दाढ़ी-टोपी में दिलचस्पी रखते हैं। दूसरा जेहादी बनते ही सारा गाँव उसे और उसके परिवार को डर और इज़्ज़त से देखने लगते हैं। क्योंकि जेहादी बनते ही उनके घर की ताक़त और रईसी दोनों बढ़ जाती है। सुना है कि ज़मील ने भी जानलेवा भूखमरी और ज़िन्दगी की जिल्लत से तंग आकर उठा ली गन और अब वह भी थिरक रहा है आतंकवाद की ताल पर।"

मुखबिर बोलता जा रहा था पर सन्दीप के दिमाग़ में दो विरोधी विचार एक साथ कौंधने लगे। बन्द करना होगा केंचुए की तरह रात के अँधेरों में रेंगते इस आतंकवाद को। पर दूसरे ही क्षण उसने चश्मा उतारा और अफ़सोस के साथ एक उच्छवास ली। काश, यहाँ की ख़ूबसूरती, ये हवाएँ, पहाड़ियाँ, घाटियाँ, वादियाँ बादल और पत्तियों की ख़ूबसूरती दे पाती यहाँ के युवाओं को कुछ सुकून! कुछ चैन!

दूर रख पाती उन्हें इस ख़ून-खच्चर से।

मेज़र सन्दीप ने अपनी निगाहें टिका दीं उस घर पर। उस परिवार का इतिहास, भूगोल, वर्तमान यहाँ तक कि उसके हर सदस्य की जन्म कुंडली तक हाजिर थी सन्दीप की टेबल पर। एक ग़रीब बीपीएल (ग़रीबी रेखा के नीचे का) परिवार। एक छोटा भाई ज़मील का, हमीद। एक युवा बहन, रूबीना। माँ, रुक्साना। जीविका के लिए मात्र दो घोड़े जो गुलमर्ग और नारायण नाग में सैलानियों की सवारी के लिए सीजन में निकलते और परिवार को भूखमरी से बचाते। घर के आगे थोड़ी-सी ख़ाली ज़मीन, जहाँ कभी सब्ज़ियाँ लहरातीं तो कभी मुर्गे कुड़कुड़ाते रहते। ज़मील के जेहादी बनने के बाद से परिवार की खस्ता हालत में थोड़ी तब्दीली हुई घर की टूटी छत की मर मत हुई।

क्या स भव है आत्मसमर्पण। मेज़र सन्दीप चाहता था कि ऐसी कच्ची कोपलों को समझा-बुझाकर उनसे आत्मसमर्पण करवाया जाए... उन्हें एक बार कम-से-कम मौक़ा अवश्य दिया जाए, ज़िन्दगी पर पुनर्विचार करने का। इसी बिन्दु पर एक बार फिर वे भिड़ गये कर्नल आर्य से। कर्नल आर्य ने चश्मा उतार उसे

ऐसे देखा जैसे पहाड़ी चोटी पर खड़ा इंसान नीचे खड़े इंसान को देखता है। उनकी मूँछ के कोने फड़फड़ाए, आँखों में सर्प रेंगने लगे। फिर भी अपने को संयत रखते हुए समझाया उन्होंने सन्दीप को, ''पागल मत बनो। सफ़ाया करना हमारी पहली प्राथमिकता होनी चाहिए। बिना जड़ से उखाड़े बात नहीं बनती। आत्मसमर्पण की तो तभी सोचनी चाहिए जब किसी कारण से हम ऐसा नहीं कर पाएँ। देखो हमें यहाँ सामाजिक कल्याण के लिए नहीं भेजा गया है। तुम पता लगाओ, क्या है परिवार की वीकलिंक और फिर अपनी स्ट्रैटेजी बनाओ। ओ.के.।''

गुंड जैसे उजड़े और वीरान गाँव में सन्दीप के लिए ऐसी किसी भी वीकलिंक का पता लगाना सचमुच टेढ़ी खीर था क्योंकि उस गाँव के अधिकतर युवा या तो मारे जा चुके थे या ए.के.47 उठाये गाँव के बाहर थे। बची रह गयी थीं बेवाएँ या सिर्फ़ बूढ़े-बूढ़ियाँ।

कड़कती आवाज़ में मेज़र सन्दीप ने ज़मील के अब्बू से पूछा, ''वन से कछी, छुई नेहू (बता, तेरा बेटा कहाँ है?) वह थर-थर काँपा। सारा घर काँपा। घर की छत झुक गयी। हिचकी लेते हकलाते हुए ज़मील के अब्बू ने जवाब दिया, मैं छुन पता। (मुझे नहीं पता!)''

ए.के.47 को उसकी पसलियों से छुआ, उसकी आँख में आँख डाल उसे घूरते हुए जब फिर पूछा वही सवाल तो थरथर काँपते, जार-जार रोते ज़मील के अब्बू ने आयं-सायं जाने क्या क्या कहा कि कुछ भी पल्ले नहीं पड़ा ज़मील के। अनुवादक ने समझाया सन्दीप को, ''सरजी, यह कह रहा है कि क़सम ले लो, जो छह महीने से नन्हें मियाँ की शक्ल भी देखी हो।''

''तो फिर घर में पैसे कहाँ से आये? दिखा मनीऑर्डर की रसीद!'' बोलते-बोलते सन्दीप की आवाज़ के कोने इतने नुकीले हो गये कि ज़मील के अब्बू के डर का रंग और भी गाढ़ा हो गया। अपने मटमैले फिरन से आँसू पोंछते और सामने के दो टूटे दाँतों को दिखाते हुए वह फिर कलपा, ''साहबजी, पैसे तो बेटे ने अपने किसी आदमी के मार्फ़त भिजवाए थे। बोलते-बोलते किसी अनिष्ट की आशंका से वह फिर काँपने लगा। उसके काँपते होंठ, लड़खड़ाते क़दम और झर-झर झड़ती आँखों से दुख की महागाथा फूट रही थी। वह सदी का सबसे अभिशप्त पिता लग रहा था। सन्दीप के भीतर से आवाज़ उठी, दुखी मत हो बाबा। तेरा बेटा सकुशल लौट आएगा तेरे पास पर उसकी वर्दी कह रही थी, सच-सच बता, कब मिला था तू उससे आख़िरी बार... कहाँ मिला था? वह फिर कलपा और अपने छोटे बेटे के सिर पर हाथ रख रोया— साहब जी, क़सम ले लो, छह महीने हो गये जो उसकी

शक्ल भी देखी हो।''

ठीक ही कह रहा था ज़मील का अब्बू कि छह महीने से उसने ज़मील का चेहरा भी नहीं देखा। मिलिटेंसी के अपने स. त नियम कायदे, जिसके अनुसार कभी भी मिलिटेंट का एरिया ऑफ ऑपरेशन (कार्य क्षेत्र) उसके घर के पास नहीं रखा जाता कि कहीं उसमें भावनात्मक कमज़ोरी न जाग जाए। ममता को ढेले मार-मार कर दूर किया जाता है और उसकी जड़ें काटी जाती हैं। इसी प्रकार चाबुक-सा स. त बनाया जाता है उन्हें। पर अभी वह कहाँ है, इसका थोड़ा बहुत अन्दाज़ा ज़मील के अब्बू को ज़रूर होगा...सोचते हुए सन्दीप का दिमागी बल्व एकाएक फक से जल उठा। छह महीने से ज़मील यदि अभी तक घर नहीं आया है तो निश्चित ही आनेवाले दिनों में वह घर आने की योजना बना रहा होगा। आख़िर आदमी कितना भी कठोर क्यों न हो जाए एकदम कंकड़ पत्थर तो बन नहीं सकता है और यदि बनता भी है तो बनते-बनते बनता है। ज़मील तो अभी महज़ बाईस साल का है। कोमल पत्ता है।

अब्बू से बतियाकर सन्दीप उसकी अ मी की तरफ़ मुखातिब हुआ। वह मरते हुए कबूतर की तरह फड़फड़ा उठी। उसकी आँखें डर से फटी पड़ रही थीं।

एक बार तो वह समझ ही नहीं पायी कि माजरा क्या है। न किसी से दुश्मनी, न झगड़ा-टंटा। न ज़मीन जायदाद। किसी से 'धत् तेरी की' तक नहीं। फिर क्यों आर्मी उसके यहाँ? क्या काम यहाँ? क्या घर में जवान लड़के का होना मतलब ही आर्मी का आना-जाना? उसने उन घरों में देखा था आर्मी और पुलिस को अक्सर आते-जाते जहाँ लड़के जवान थे या जेहाद के रास्ते पर थे।

तो क्या उसके घर में भी कोई जेहादी... ख़ुदा रहम करे। क्या ज़मील? उसका सर्वांग काँप उठा। रीढ़ की हड्डी में कुछ रेंगने लगा। और जब उसकी अठारह वर्षीया बेटी रूबीना ने उससे कश्मीरी में कहा, ''भाईजान जिहादी हो गये हैं'' तो वह इस क़दर चीख़ी कि आसमान शामियाने की तरह हिल उठा। उसे विश्वास ही नहीं हुआ कि कल तक जिसे उँगली से पकड़ते-पकड़ते वह मदरसे छोड़कर आती थी जाने कब उसने उठा ली गन और बन गया जेहादी।

और उसके बाद यातना की अन्धी सुरंग में लुढ़के उस परिवार का जीना मौत से बदतर हो गया। ख़ुशियाँ तो उस परिवार में शायद ही कभी उगी हों पर थोड़ी बहुत सुकून शान्ति जो थी वह भी बसेरा छोड़ टहलने निकल चुकी थी। और अब वहाँ था एक ठंडा, गहरा और अन्तहीन अँधेरा जिसमें ज़िन्दगी से ख़ौफ़ खाए चार जीव थे। आन्तरे-पान्तरे सन्दीप अपनी टीम के साथ पहुँच जाता उस घर। उसके जवान उन्हें धमकाते। उसके छोटे भाई को अपने फौलादी हाथों के झन्नाटेदार थप्पड़ का स्वाद चखाते और पूछते, ''वनछे कैटि छुई ज़मील? (बता तेरा ज़मील

कहाँ है)'' उसका छोटा भाई थप्पड़ खा बिलबिलाता, ज़मीन पर गिर पड़ता। चीखता चिल्लाता पर मुँह नहीं खोलता। उसकी अ मी कफ़न की तरह ओढ़े अपने फटे बुरके से थोड़ी देर के लिए बाहर निकलती। छाती माथा पीटती। बच्चों को खींचती फिर उसी कफन को वापस ओढ़ लेती। उसका बस चलता तो कंगारू की तरह अपने दोनों बच्चों को अपनी थैली में रख लेती और बचा लेती उन्हें फ़ौज और जेहादियों से।

यहाँ तक तो फिर भी ग़नीमत थी क्योंकि मामला आर्मीवालों के अधीन था। वे कलफ़ लगी चमचम लकदक वर्दीवाले थे। शरीफ़ थे। वे मारते तो भी स यता से। शराफ़त से लेकिन बहुत शीघ्र ही इस मामले में पुलिस भी आ गयी और अब यह केस आर्मी और पुलिस का ज्वाइंट वेंचर था। यूँ भी आर्मीवाले पुलिस को साथ ही लेकर चलते थे जिससे उनकी किसी भी कार्यवाही पर पुलिस एक्शन नहीं ले सके। कोई उन्हें कोर्ट में घसीट नहीं सके।

पुलिस के अपने तौर तरीक़े। अपनी भाषा और अपना शिल्प। पुलिसवालों ने बहुत जल्दी ही उस परिवार की वीक लिंक यानी कमजोर कड़ी खोज निकाली—रूबीना की जवानी और वय:सन्धि की ओर बढ़ते ज़मील के छोटे भाई हमीद का कच्चा मन।

अब पुलिस ने अपने टार्चर, हिंसा, ख़ौफ़ और जिल्लत का वह चन्दोबा ताना कि घर की ईंट-ईंट खिसक गयी। वह हर सप्ताह हमीद को थाने पर बुलाती, उसे पीट-पीट नीला कर देती। उसके बदन पर पिटाई के निशान न उभरें इसलिए पुलिस उसे गीले क बल में लपेट कर पीटती, जिससे किसी भी सूरत में मानवाधिकार हस्तक्षेप नहीं कर सके। यूँ भी वह बेहद ग़रीब परिवार से था, विरोध और सामर्थ्य से कोसों दूर। हमीद मार खाता रहता पर मुँह नहीं खोलता। पुलिस का ग़ुस्सा और बढ़ जाता। वह उसके घर आ धमकती। वहाँ अड्डा मारती। सिगरेट के छल्ले उड़ाती। उसकी जवान बहन रूबीना को घूरती। उससे गन्दे-गन्दे मज़ाक करती। भद्दे इशारे करती। उसके सामने माँ-बहन की ऐसी अश्लील और भद्दी गालियाँ निकालती कि ज़मील के अब्बू रो पड़ते। सिर पीटने लगते।

पुलिस के जवान उसकी माँ को समझाते कि यदि वह अपने परिवार अपनी बेटी और बाक़ी बच्चों की ख़ैरियत चाहती है तो बता दे कि ज़मील कहाँ है या कब आनेवाला है। ज़मील की माँ माटी के लोंदे-सी घर के कोने में पड़ी रहती और पथरायी आँखों से देखती रहती दीवारों को।

सिलसिला चलता रहा। परिवार स्वप्नविहीन और भविष्यविहीन होता रहा।

यातना और उत्पीड़न का अँधेरा अमावस्या की रात की तरह बढ़ता रहा। हर नये दिन के साथ घना होता रहा।

एकाएक उन दिनों आतंकवादी वारदातों में इजाफ़ा हो गया। राजौरी में हुए एनकाउंटर में दो मेज़र शहीद हो गये। एक कैप्टन बुरी तरह से ज. मी हो गया। इस घटना से सन्दीप पर उसके वरिष्ठ अफ़सरों का दबाब एकाएक बढ़ गया था।

वरिष्ठ अफ़सरों का ग़ुस्सा बढ़ता जा रहा था। उस पर परिवार की चुप्पी ने सन्दीप की टीम के भीतर दुबके बैठे पशु को हिंसक कर डाला। उनका टार्चर इतना बढ़ा कि परिवार मुर्दा हो गया। जीवन के चिह्न दिन पर दिन मिटते गये।

झेलम-सी इठलाती रूबीना सूखती चली गयी। उसके चेहरे पर बदसूरत रेखाएँ खिंचने लगी। अत्यधिक पुलिसिया मार से हमीद सुन्न और विक्षिप्त रहने लगा। उसकी पढ़ाई छूट गयी।

दोनों बूढ़े घोड़े सैलानियों को घुमाने की बजाय बाहर बँधे मिलते। उसके अब्बू घर के कोने में क बल ओढ़े अपने आप से बतियाते मिलते।

मेज़र सन्दीप जब भी घुसता उस घर में उसे मरी हुई स यता की बदबू आती। उसका दम घुटने लगता क्योंकि वहाँ हवाएँ रुकी हुई थीं और ज़िन्दगी किसी कोने में मुँह छिपाये सुबक रही थी।

एक बार तो इन्तिहा ही हो गयी।

जैसे ही सन्दीप और उसके साथी जवान पुलिस के साथ उस घर में घुसे, उन्हें देखते ही डर के मारे हमीद का पेशाब निकल गया। ऊपर से चट्टान की तरह दृढ़ रहते हुए भी मेज़र सन्दीप ने उन क्षणों स्वयं को धिक्कारा कि उसका पेशाब नहीं वरन् आदमी होने की जो शुरुआत कभी की थी मैंने उसकी डोर पूरी तरह से निकल चुकी है मेरे हाथों से...।

उस रात नींद उससे परहेज करती रही। उसे लानत भेजती रही। गरियाती रही। गहन रात के सन्नाटे में उसके भीतर से प्रार्थना उठने लगी, ईश्वर मुझे सत्य कहने की शक्ति दे।

दूसरी शाम अपने कमांडिंग अफ़सर से पिनपिनाते हुए कहा उसने, ''सर, मुझे लग रहा है कि हम उस परिवार पर कुछ ज़्यादा ही जुल्म ढा रहे हैं। सवाल सिर्फ़ यह नहीं कि ज़मील आतंकवादी है। हमें यह भी सोचना चाहिए कि वह आतंकवादी क्यों बना? आतंकवाद से लड़ने के लिए क्या ज़रूरी नहीं कि हम भूख, ग़रीबी, अन्धविश्वास और अशिक्षा से भी लड़ें।''

''बस... बस...'' कर्नल आर्य ने शायद पहली बार सन्दीप के साथ संवाद करने में अपना आपा खोया। उनकी आँखों का कोण तिरछा हुआ, मूँछ के कोने फड़फड़ाये, चेहरा एकाएक कठोर हुआ। कमरे का तापमान अचानक बढ़ा। कर्नल

आर्य एकाएक गरजे, "जेंटलमैंन, तुमने वह आग उगलता कश्मीर नहीं देखा। वह बारूदी विस्फोट। उड़ते मांस के टुकड़े और बदबू नहीं देखी जो हमने देखी। हमने बहाया है इस धरती पर अपना ख़ून, इतना ख़ून बहाया है तब जाकर यह स्थिति आयी है कि आज कश्मीर में चहल पहल है, सैलानी आ जा रहे हैं, बच्चे स्कूल जा रहे हैं। शाम सात-आठ बजे के बाद भी श्रीनगर इठला रहा है। राष्ट्रीय राइफल्स में मेरी चौथी पोस्टिंग है। आज भी भूल नहीं सकता, पहली पोस्टिंग का वह मंजर। हम जीप में बैठे जा रहे थे, हमारे आगे भी हमारी ही एक जीप थी, मेरा एक साथी भी था उस जीप में, कैप्टन अभिषेक। एकाएक पहलेवाली जीप आग की लपटों में घिर गयी। हरामज़ादों ने ज़मीन पर डायनामाइट की छड़ें बिछा दी थीं और तब हमारे पास Rop यानी road opening party जैसी सुविधाएँ भी नहीं थीं (आज आर्मी के कन्वॉय को जाने से पहले ROP क्लियरेंस दे देती है कि ज़मीन के अन्दर विस्फोट नहीं है, तभी कन्वॉय आगे बढ़ते हैं) हमारे सारे साथी शहीद हो गये। ख़ैर वे तो पुरानी बात हुई, पर भूल गये कारगिल में शहीद हुए कैप्टन अनुज को। दरिन्दों ने कितनी नृशंसता से मार डाला था उन्हें। कैसे निकाल डाली थी उनकी आँखें और कैसे काट डाला था सलाद की तरह उसके अंग-अंग को। याद रखो हमें यहाँ स यता और उच्चकोटि के समाज निर्माण के लिए नहीं वरन् मिलिटेंसी का सफ़ाया करने के लिए भेजा गया है। हम अगर एक मिलिटेंट को भी ब. श देंगे तो वह हमें न केवल मार गिराएगा वरन भविष्य में भी न जाने कितनी हिंसक वारदातों को अंजाम देगा। इसलिए सोचो मत और सोचना ही है तो यही सोचो कि हमारा काम है राष्ट्र को एक उज्ज्वल भविष्य देना।"

"पर सर हम किसका दंड किसको दे रहे हैं?" नहीं चाहते हुए भी मेज़र सन्दीप के मुँह से हठात् निकल गया था। यद्यपि आर.आर. पोस्टिंग में इस प्रकार अपने कमांडिंग अफ़सर से तर्क करना भी अनुशासन के ख़िलाफ़ था पर शायद कर्नल आर्य ने मेज़र सन्दीप के भीतर उठनेवाले तूफ़ान को भाँप लिया था। इस कारण उसे शान्त करने की फिर एक कोशिश की— देखो, मेज़र, हम यहाँ करुणा, दया, मानवता और सह-अस्तित्व का पाठ पढ़ने और पढ़ाने नहीं आये हैं। देखो, हमें इस गाँव में एक मिसाल क़ायम करनी है। इतना डर इस धरती पर बो देना है कि आनेवाले सालों में यहाँ इंसान तो क्या परिन्दा भी मिलिटेंट बनने की न सोचे। मेरी बात याद रखना, तभी तुम एक क़ामयाब फ़ौजी अफ़सर बन पाओगे और वह बात यह है कि युद्ध और बुद्ध एक साथ नहीं चल सकते।"

बेहद हताशा में एक सवाल फिर मेज़र के मुँह से फूट पड़ा— सर, कब तक चलेगी यह मिलिटेंसी? दरअसल आज सुबह ही उसने एक बैनर देखा था जिसमें लश्कर तैबा का खंजर हिन्दुस्तान, अमेरिका, इंगलैंड, रूस और इज़राइल के झंडे में

गड़ा हुआ था। इस बैनर ने बहुत ही उदास और हताश कर डाला था उसे।

कर्नल आर्य अवाक् रह गये। इस सवाल ने शायद उन्हें भी परेशान कर डाला था। और कितनी आर.आर. पोस्टिंग लेंगे वे? वैवाहिक जीवन के पिछले 19 सालों में 19 महीने भी चैन और सुकून के साथ पत्नी के साथ नहीं रह पाये थे। बच्चों को बड़ा होते नहीं देख पाये थे। उनकी आँखों में बादल घिर गये। मन भारी हुआ फिर भी बड़े ही सन्तुलित, संयमित और निर्णायक स्वरों में जवाब दिया उन्होंने, "देखो, आर्मी और मिलिटेंट दोनों लड़ रहे हैं। जो पहले थक गया वही तो हटेगा मैदान से। अब आर्मी तो असीमित है, वह तो थक नहीं सकती। कुछ देर रुककर सिगरेट के धुएँ के छल्ले बनाते हुए फिर बात जारी रखी उन्होंने— देखो, हमारी मिलिटेंसी तो फिर भी साठ वर्ष ही पुरानी है, पैलेस्टियन को देखो, अभी तक लड़ रहे हैं।

'युद्ध और बुद्ध एक साथ नहीं चल सकते' यही उन दिनों सन्दीप का मूलमन्त्र था जिसे जाप-जापकर उन घायल दिनों पर अपनी घायल आत्मा और लहूलुहान विश्वचेतना की मलहम पट्टी किया करता था वह। मेज़र सन्दीप अभी तक एक भी मिलिटेंट को ढेर नहीं कर पाया था, अ ी तक एक भी ऑपरेशन को सफल अंजाम तक नहीं पहुँचा पाया था जबकि उसके ही कुलिग मेज़र विक्रम पालीवाल को चौदह आतंकवादियों को अकेले मार गिराने के पराक्रम के लिए शौर्यचक्र मिल चुका था।

बहरहाल... दिन पर दिन सन्दीप पर यूनिट का दबाब बढ़ता जा रहा था। हिन्दुस्तान की सुरक्षा उसका पहला कर्तव्य था और कश्मीर के गुंड, सोपोर, राजौरी और अनन्तनाग जैसे संवेदनशील इलाक़े उसे पलभर के लिए भी भूलने नहीं देते थे वह सबसे पहले एक अच्छा इंसान नहीं वरन् एक हिन्दुस्तानी है कि उसका अपना न कोई वजूद है और न ही कोई आत्मा। कि वह एक सामूहिक नियति और भविष्य से बँधा है, कि व्यक्ति स्वातन्त्र्य और व्यक्ति मन के लिए यहाँ कोई स्पेस नहीं है। उसे हर दिन लगता कि वह ग़लत जगह पर आ गया है, कि यह दुनिया उसकी नहीं पर जिस शपथ-पत्र पर वह 20 वर्ष की उम्र में जीवन के सीमित अनुभवों के आधार पर हस्ताक्षर कर चुका था, उसे लौटाया नहीं जा सकता था और उसके अनुसार बीस वर्ष की सेवाओं के पूर्व वह यहाँ से निकल भी नहीं सकता था।

बहरहाल... उसका तत्काल लक्ष्य था ज़मील का सफ़ाया। इस कारण उस परिवार पर आर्मी शिकंजा कसता गया। ज़्यादतियाँ, उत्पीड़न, यातनाएँ, पूछताछ, मारपीट और बदसलूकियाँ बढ़ती गयीं। ये सब उसकी रणनीति के तहत अदृश्य गोलाबारियाँ थी जो हर दिन परिवार का कन्धा जरा-जरा कर तोड़ रही थीं। उस घर की ईंट-ईंट पर एक ही इबारत साफ़-साफ़ लिख रही थी कि उस परिवार के पास अब एक ही विकल्प बचा है या ज़मील की मौत या पूरे परिवार की तबाही।

ठंडी क्रूरता और अस य शालीनता के साथ मेज़र सन्दीप ने एक धूल भरी दोपहर ज़मील की अ मी को समझाया भी— देखो, ज़मील को तो देर-सबेर मरना ही है, पर तुम चाहो तो अपने बाक़ी दोनों बच्चों को तबाही से बचा सकती हो। देखो हमीद को उसकी छाती की हड्डियाँ निकल चुकी हैं, लगभग पागल ही हो चुका है वह, देखकर लगता है जैसे सालों से बीमार हो। कहीं ऐसा न हो कि ज़मील भी न बचे और बाक़ी बच्चे भी जीवन के क़ाबिल न रहे।

"नहीं, ख़ुदा रहम करे..." ज़मील की माँ ने अपने कानों को हथेलियों से ढाँप लिया था। कमज़ोर जड़ोंवाले पौधे की तरह वह काँपने लगी थी। और यदि पास ही खड़ी रूबीना ने उसे सहारा न दिया होता तो वह शायद गिर ही पड़ती।

बहरहाल मेज़र का निशाना ठिकाने पर लगा था। परिवार हर घड़ी टूट रहा था। बुद्ध हर क्षण ढह रहे थे। मानवीय हलचलें हर क्षण क्षीण होती जा रही थीं। बच्चे तेज़ी से ज़िन्दगी से डरे हुए चूहों में तब्दील होने जा रहे थे। जमील की माँ टुकड़े-टुकड़े हो रही थी। एक टुकड़ा जमील के लिए सोचता तो दूसरा बचे-खुचे परिवार के लिए।

और एक दोपहर कमाल हो गया। साल बीतते-न-बीतते सरोवर का सारा पानी सूख गया। हवाएँ रुक गयीं। सारे अहसास मर गये। जिल्लत, डर, उत्पीड़न और यातना की नोक पर टँगा वह परिवार पूरी तरह ढह गया।

शायद धरती भी अपनी धुरी पर घूमती हुई उन क्षणों कुछ देर आहत अचं भित हो ठिठकी होगी, शायद कु हार का चाक भी उन पलों घूमते-घूमते रुक गया होगा जब जीने की चरम विवशता में जीने की अन्तिम चेष्टा के रूप में एक रचनाकार को अपनी ममता के कण-कण से सँवारी हुई अपनी ही रचना का गला घोंट देने का निर्णय लेना पड़ा होगा। जब एक क़ामयाब शाम ख़ुद ज़मील की अ मा ने आँखों में जल और हृदय में असह्य ज्वाला लिये उन्हें बताया— वह आ रहा है... कल... हमसे मिलने। क्या? कौन? ज़मील???

अविश्वसनीय!

मेज़र हैरान! गद्गद! मेज़र के साथ आये चारों लांसनायकों और नायकों की आँखें सर्चलाईट-सी चमकी। चेहरे पर कमल खिले। महीन हँसी चिड़िया-सी फुदकी।

समझ नहीं पाया मेज़र कि इस सूचना पर वह क्या कहें। उसे अहसास था कि वह इंसानियत के सबसे निचले पायदान पर खड़ा था और ज़मील की माँ बेबसी और यातना की पराकाष्ठा पर खड़ी अपने बाक़ी दोनों बच्चों को बचा पाने की नसतोड़ मुहिम में अपने ही हाथों अपनी ममता का गला घोंट रही थी।

"तो ज़मील कल आ रहा है तुमसे मिलने?" वह जैसे पूरी तरह आश्वस्त

हो जाना चाहता था।

उसने गर्दन हिलायी और घुटने में सिर दबाए रोने लगी। उसके दोनों बच्चे उससे चिपक सुबकने लगे। दुख के आवेग को सह न पाने के कारण उसके अब्बू हाँफते हुए अपनी छाती मलने लगे थे।

घर में हवाएँ रुक गयी थीं।

मौत की बदबू भर गयी थी।

पर मेज़र और उसकी टीम चहक रही थी।

पूरे साल भर की मशक्कत के बाद सफलता मिली थी मेज़र को।

एक सफल ऑपरेशन आनेवाला था मेज़र के खाते में।

22 घंटे। पूरे बाईस घंटे थे मेज़र के पास। मौत के इन्तज़ाम के लिए। काली रात के सर्पिले सन्नाटे में मेज़र ने उसके आसपास पूरी घेराबन्दी की। वे जानते थे कि ज़मील रात के अँधेरे में ही घुसेगा। दो सौ किलोमीटर की दूरी पर एच.एच.टी.आई., पी.एन.एन.जी. (अँधेरी रात में दूर तक देखनेवाला चश्मा) हैंड, ग्रेनेड, रॉकेट लांचर, ए.के.47 आदि सामानों के साथ पूरी टीम अपनी पोजिशन लिये अँधेरे में दुबकी रही। और ज़मील के घर पर नज़र गड़ाये रही।

ठीक आधी रात के ठंडे ठिठुरते अँधेरे में घर का शहजादा रेंगते छुपते घर में घुसा।

उन्होंने उसे घुसने दिया।

फिर पूरी रात घेरा डाले बैठे रहे वे। एच.एच.टी.आई. से उसके घर में निगाहें गड़ाए रहे। वे चाहते थे कि कोलेटलर डैमेज कम-से-कम हो, यानी सिर्फ़ ज़मील ही आर्मी की गोली का निशाना बने, एक भी सिविलियन उनकी चपेट में न आये और जहाँ तक स भव हो उसके घर को न ढहाया जाए। पिछले एक ऑपरेशन में उन्होंने थोड़ी-सी जल्दबाज़ी कर डाली थी। उन्होंने आसपास के घरों को तो ख़ाली करवा डाला था, पर जिस घर में छुपा था मिलिटैंट उसे रॉकेट लांचर से आर्मी ने ढहा दिया था। बाद में मानवाधिकार आयोग ने उन पर केस ठोक दिया था कि जब वे उस घर को ढहाने से बचा सकते थे तो उसे बचाया क्यों नहीं गया?

इस बार कोई जल्दबाज़ी नहीं करना चाहते थे वे।

धैर्य और ठंडे दिमाग़ से काम लिया गया।

दूसरे दिन भी डेरा डाले बैठे रहे वे।

निगाहें जड़ी रहीं घर पर।

दूसरी रात भी बीती।

तीसरे दिन दोपहरी को उनकी आशा के अनुरूप ही ज़मील ने भूल की। मस्त कलन्दर की तरह ख़तरे को सूँघने के लिए क्षण भर के लिए बाहर निकला वह। आर्मी ने पहला फायर किया।

तुरन्त भीतर दुबक गया वह।

फिर शुरू हुआ, 'डुएल कांटेक्ट' यानी अब वह और आर्मी आमने-सामने थे। ज़मील को मालूम पड़ गया था कि घेरा जा चुका है वह।

अब मौत का इन्तज़ाम बड़े शान्त और व्यवस्थित ढंग से हुआ। लाउड स्पीकर पर घोषणा हुई और आसपास के घरों को खाली करवा लिया गया। एक-एक कर गाँव के लोगों की शिना. त करवा कर उन्हें घेरे से बाहर किया गया। ज़मील की तस्वीर मेज़र के पास थी। काला नकाब ओढ़े मुखबिर भी साथ में था। इस कारण इसकी स भावना न्यूनतम थी कि वह अपने हथियार कहीं और छिपाकर लोगों के साथ बाहर निकल भागे।

अब आसपास सबकुछ ख़ाली था।

स्वप्नविहीन था।

तिकुने झोपड़ीनुमा घर में अकेला ज़मील था और उससे महज 200 मी. की दूरी पर मेज़र सन्दीप और उसकी टीम तैनात थी।

वह घर में दुबका रहा।

वे बाहर डटे रहे।

वह अकेला था।

वे पूरी यूनिट के साथ थे।

फिर गुज़री एक रात!

सफ़ेद रात!

और पूरे चौदह घंटे और चौबीस मिनट के बाद वह फिर बाहर झाँका। वह सँभला-सँभला कि घात में बैठे जवानों ने फायर किया। गोली माथे पर लगी और देखते-देखते छलाँग मारता समुद्र ज़मीन पर लोट गया।

कुलदीपक बुझ गया।

एक दुस्साहसिक जीवन का दुखद असामयिक अवसान!

मेज़र की यूनिट सन्तुष्ट थी कि बिना, 'कोलेटरल डैमेज' के वे अपने मिशन में क़ामयाब हुए।

बड़ी शराफ़त और शिष्टता के साथ आर्मी ने ज़मील की मृत देह को नौ फीट ल बे लोहे की हुक लगी छड़ी से खींचा। कई बार मिलिटेंट की मृत देह में भी ग्रेनाइड छिपा मिलता है और जैसे ही फ़ौजी मृत देह की तलाशी शुरू करता है, मृत देह जवान को उड़ा देती है। ज़िन्दगी ख़त्म हो जाती है पर मिलिट्री और मिलिटेंट

की नफ़रत ज़िन्दा रहती है।

बासी चावल से सफ़ेद उसके चेहरे पर जगह-जगह ताज़े ख़ून की धारियाँ पड़ी हुई थीं। कार्यक्रम स पन्न हो चुकने पर बड़ी शराफ़त और नफ़ासत के साथ उसके शव को चादर में लपेट कर पुलिस के हवाले किया गया जिसे बाद में क़ानूनी खानापूर्ति कर पुलिस द्वारा उसके परिवार को सौंप दिया गया।

सोचते हो कि ये नहीं होगा
आस्माँ एक दिन ज़मीं होगा
आँख देखेगी, पर न देखेगी
दिल के होगा, मगर नहीं होगा
कोई मरने से मर नहीं जाता
देखना वो यहीं कहीं होगा।

—इजलाह मशीद

ठिठुरती ठंड में भी न फिरन, न क बल न काँगडी बस अपनी उदासियों को ही ओढ़ा रहा मेज़र। इन उदासियों की तपिश ही काफ़ी है उसे गर्म रखने के लिए।

पर जब उदासी का यह बोझ भी असह्य हो गया तो आन्तरिक दबाव के चलते फिर खुली डायरी। टप-टप गिरने लगे शब्द... रिसते घाव से टप-टप गिरते ख़ून की तरह, ''जाने किस काली रात में रचा था ईश्वर ने धरती के इस टुकड़े को कि जितना ख़ून बह रहा है उतनी ही ख़ूनी प्यास बढ़ती जा रही है इसकी।''

उफ़! पहले गुंड गाँव की पोस्टिंग और अब यह ज़मील ऑपरेशन!

ज़िन्दगी-ज़िन्दगी से दूर।

बस ख़ाली बुर्का। न आत्मा का अहसास। न मन की शान्ति। इस पर विड बना यह कि ज़मील को ढेर कर मुझे अपनी यूनिट का हीरो बना दिया है। शायद मैंने भारत के भविष्य को सुरक्षित करने की दिशा में एक क़दम बढ़ाया है। आज मेरे सभी वरिष्ठ अधिकारी एवं कुलिग बधाइयों से नवाज रहे हैं मुझे, पर मैं सोच रहा हूँ कि समय के इस कालखंड के बाद मैं नेपथ्य में चला जाऊँगा पर बची रह जाएगी एक बेबस माँ की सिसकियाँ और मेरे मन में बढ़ती अशान्ति। दिन तो मेरा भागदौड़ और आपाधापी में किसी प्रकार निकल जाता है पर गहराती रात के सन्नाटे में उदासियाँ मुझे दबोच लेती हैं और मेरा मन एक अशान्त समुद्र बन जाता है। जहाँ रह-रहकर मेरी मानसिक शान्ति और सुकून को लीलनेवाली सुनामियाँ उठती हैं और मुझे अतीत और स्मृतियों के घाट पर ला पटकती हैं। मुझे याद आता

है कि जब मैंने पहली बार कश्मीर की सरहद में पाँव रखा था तो धरती का यह टुकड़ा मुझे इतना सुन्दर, कोमल और स्वप्निल लगा था कि मेरी सारी इन्द्रियाँ सौन्दर्य से भर गयी थीं। मुझे लगा था जैसे कि यही वह जगह है जहाँ रहकर मैं सजा सकता हूँ अपनी ज़िन्दगी को। पर अढ़ाई साल में ही इस शहर ने मुझे हत्यारा बना मेरी अन्तरात्मा मुझसे छीन मुझे कंगाल बना डाला है। अब मेरी इन्द्रियों में सौन्दर्य नहीं वरन् कुरूपता भर गयी है। मेरी श्रवणेन्द्रियाँ अब पत्तों और हवा की सरसराहट, बादलों की गड़गड़ाहट और मेरी अन्तरात्मा की आवाज़ नहीं सुनतीं, वे सुनती हैं गोलियों की, गलियों की, चीख़ों की, बमों की, विस्फोटों की, दिलों के टूटने की, भरोसों के मरने की और माँओं की कोख उजड़ने की आवाज़ें। मेरी आँखें अब पहाड़ियों, पानियों, कश्मीर के गुलाबों, सुन्दरियों और दुधिया बादलों के सौन्दर्य को नहीं देख पातीं क्योंकि उन आँखों में रह-रहकर कुछ और ही दृश्य कौंधते हैं— बलगम थूकता और छाती मसलता ज़मील का अब्बा, ख़ून से सना ज़मील का चेहरा, मरी छिपकली की तरह डर से बाहर निकली ज़मील की माँ की आँखें, हमें देख पैंट में ही पेशाब करता हमीद और घरों के पीछे बनी क़ब्रें।

मेरी घ्राणेन्द्रियों को अब गुलाबों और केसर के सुगन्ध की नहीं वरन् गन्धक, बारूद और जलते हुए इंसानी मांस के गन्ध की आदत पड़ गयी है। जो शहर कभी मुझे लुभाता था, स्वप्न जगाता था, वही शहर अब मुझे डराने लगा है। मेरी सामान्य मन:स्थिति दिन पर दिन मुझसे छिनती जा रही है। दिन तो फिर भी बीत जाते हैं पर रात होते ही आराम करने की मंशा से जैसे ही मैं अपना काला चश्मा उतार फेंकता हूँ, संवेदनाओं का ज़बर्दस्त हमला शुरू हो जाता है मुझ पर। ज़मील की मौत मुझे अपनी उँगलियों के पोर-पोर से छूने लगती हैं। मेरी नींद उचट जाती है। ज़बर्दस्ती नींद को रिझाने और सोने की चेष्टा करता है तो दु:स्वप्न पीछा नहीं छोड़ते। एक रात स्वप्न में देखा ज़मील की माँ मुझसे कह रही थी— घर आये और गोद में बैठे मेरे बेटे को मारकर तुमने कैसा पराक्रम किया? बोलो। सच, हमने ज़मील को पराक्रम से नहीं वरन् उस परिवार पर अमानुषिक बर्बरता ढहाकर मारा था। हमारा पराक्रम सिर्फ़ इतना भर था कि हमने एक माँ से उसकी ममता छीन ली थी।

बहरहाल सप्ताह भर बाद ही गुंड गाँव में गश्त लगाते-लगाते मैं फिर उनके घर गया था, शायद यह देखने के लिए कि जीवन उठकर खड़ा हुआ या नहीं या शायद यह जानने के लिए कि उस घर में अब घर कितना बचा हुआ था।

उस दिन भी अकेली थीं वे। मन से, देह से, आत्मा से। आसपास जैसे पछतावा, आत्मग्लानि, हताशा, दुख और बेचैनियाँ बंजारों की तरह भटक रही थीं। मुझे देख शायद उनका चेहरा क्षणभर के लिए तमतमा गया था पर मैंने अपनी आँखें झुका ली थीं। थोड़ी देर बाद मुझे लगा जैसे वे कुछ बुदबुदा रही हैं। मैंने ध्यान से

सुना। वे शायद मुझसे ही पूछ रही थीं 'वारे छुक?' (कैसे हो) मैं चुप रहा। क्या जवाब देता। मैं देखता रहा सांय-सांय करते खँडहर में खँडहर बनी उस बेचैन आत्मा को। तार-तार हुए उसके बुर्के को।

जाने कहाँ-कहाँ के दुख इतिहास से निकलकर मेरे भीतर इकट्ठे होने लगे।

मानव स यता का वह काला पृष्ठ जब सदियों से ग़ुलाम बनी निग्रो माँओं ने स्वयं ही अपने नवजात बच्चों को मार डाला कि उन्हें ग़ुलामी की ज़िन्दगी न जीना पड़े। समय बदला पर मानव नियति, मानव त्रासदी किसी-न-किसी रूप में आज भी वहीं की वहीं है। विचारों के बहाव में बहता जा रहा था मैं कि मुझे फिर भनभनाहट सुनाई पड़ी। लगा जैसे ज़मील की अ मी कुछ बुदबुदा रही हैं। वे कुछ कह रही थी शायद मुझसे ही। हाँफते-हाँफते कश्मीरी में वे जो कुछ बोलीं उसका भाव यही था कि अब तो तुम बहुत अच्छे होगे। कश्मीर भी ख़ुशहाल होगा क्योंकि अब मेरा बेटा ज़मील जो मर गया है। बोलते-बोलते वे फिर बिलखने लगीं। उनका चेहरा काँपने लगा। वे चीख़ने लगीं, "नहीं वह नहीं मरा, मैंने ही मरवा डाला उसे। वह तो अपने घर अपनी अ मी से मिलने आया था और मैंने..." बोलते-बोलते उन्हें फिर ऐसा भयानक दौरा पड़ा कि बेक़ाबू हो वे अपने ही हाथों से अपना माथा पीटने लगीं। कलेजा फाड़ निकला था उनका क्रन्दन। उन्हें शान्त होने में काफ़ी समय लगा।

मैं अन्दर तक हिल उठा। उनके भीतर से जैसे सदियों का दुख बोल रहा था। याद आया, मैंने ही उनसे कई बार कहा था कि कश्मीर की शान्ति के लिए ज़मील बहुत बड़ा ख़तरा है।

काफ़ी देर तक हताश चुप्पी पसरी रही हमारे बीच। चाहकर भी कुछ बोल नहीं पाया मैं। शब्द घुटते रहे। मरते रहे। अपने समय के यथार्थ से पराजित, खामोशी में लिपटे हम दोनों ही शायद अपने जीने और होने का तर्क ढूँढ़ रहे थे।

एक बात और दर्ज़ करना चाहता हूँ, जिससे कि इस भयावह समय की पटकथा को जब कभी मैं याद करूँ, इसकी स पूर्णता में याद करूँ। ज़मील की माँ के साथ-साथ, दिव्या जैसी अनेक महिलाओं की यातनाओं और आँसूओं का भी हिसाब रखूँ।

दिव्या, मेज़र महेश भट्ट की नवविवाहिता। 20 दिन पूर्व जब आयी थीं यहाँ तो झेलम-सी इठलाती थी वह। पर आज डरी सहमी और ज़बर्दस्त अवसादग्रस्त थी। मुरझाया चेहरा, सूजी आँखें और फूले पपोटे। उसे तुरन्त अपने माँ-बाप के यहाँ भेजना पड़ा। चौबीस घंटे भी यदि उसे पति के संग रहने मिल जाता तो उसकी यह दशा नहीं होती। पर मेज़र महेश भी क्या करते? नयी शादी, अंगड़ाई लेते स्वप्न

और चौबीसों घंटे की ड्यूटी। सी.ओ. हर तीसरे दिन भेज देते किसी-न-किसी ऑपरेशन पर। घाटी में अचानक आतंकी गतिविधियाँ बढ़ गयी थीं। पत्थरबाज़ियाँ, नारेबाज़ियाँ, घेराव, रास्ता जाम और बम विस्फोट। सरकारी दबाव ऊपर से। वह बार-बार फोन करती मेज़र को... आ जाओ, दस मिनट के लिए आ जाओ, मेरा दम घुटता है यहाँ। सिवाय दीवारों के कोई नहीं जिससे बात कर सकूँ, ऊपर से भयावह ख़बरें। मेज़र सी.ओ. को कहता। सी.ओ. एक नहीं सुनता। एक दिन. वह ख़ुद रिस्क लेकर आ गयी मेज़र के क पनी ऑफिस तो भी सी.ओ. ने नहीं दिया उसे मिलने, भेज दिया ऑपरेशन पर। आख़िर हताशा के चरम क्षणों में मेज़र ने आर. आर. चीफ़ को फोन किया मैं शूट कर दूँगा इस बास्टर्ड सी.ओ. को। पागल बना देगा यह हमें। चीफ ने तुरन्त कर्नल आर्य को फोन किया, सँभालो अपने अफ़सर को। परिस्थितियों के मारे कर्नल ने बना दिया बुशन कै प को 'नॉन फैमिली स्टेशन' न रहे बाँस, न बजे बाँसुरी। यानी थोड़ी-बहुत आशा की जो किरण थी पतियों से मिलने की वह भी ख़त्म। भविष्य में अब कोई दिव्या नहीं रह पाएगी बूशन कै प।

सबसे ख़तरनाक वह दिशा होती है
जिसमें आत्मा का सूरज डूब जाए
और जिसकी मुर्दा धूप का कोई टुकड़ा
आपके ज़िस्म के पूरब में चुभ जाए— पाश

शायद ऐसी ही मन:स्थिति में इन पंक्तियों को लिखा गया होगा, सोच रहे हैं मेज़र सन्दीप। ऑपरेशन पराक्रम सीने में चाकू की तरह धँस गया है। फ़ौजी मित्र सलाह देते हैं कि वे वापस काले चश्मे को पहन ले। (ऑपरेशन पराक्रम के बाद आत्मग्लानि के गहन क्षणों में उतार फेंका था उन्होंने उस सर्वनाशी काले चश्मे को) पर नहीं, सुअर जैसी इस तृप्ति से कहीं भली है यह सुकरात जैसी बेचैनी। रह-रहकर दिमाग़ के क्षितिज पर प्रश्न नहीं, प्रश्नों के गुच्छे उग रहे हैं।

एक सोचने वाले व्यक्ति के लिए जीवन हर जगह एक जैसा है, अब सवाल यह है कि जीऊँ या न जीऊँ।

जीवन और मनुष्य की खोज में मैं फ़ौज में आया, ऐसा जीवन जहाँ मनुष्य की मनुष्यता ही सर्वोपरि हो, पर यहाँ आकर ऐसा क्या हुआ कि मुझे अपनी ही मनुष्यता खो देनी पड़ी।

सवाल यह भी कि जो ज़ि मेदार हैं इस विनाश के लिए क्या मिल पाएगी उन्हें सज़ा?

कैसे मिलेगी? क्या लोग समझ पाएँगे सियासत के इस खेल को? मस्जिद

की इस राजनीति को? कश्मीर की पीड़ा का सौदा कर जो आज फल फूल रहे हैं क्या कभी सामने आएगा उनका सच? क्या भटके हुए कश्मीरी फियादिन कभी समझ पाएँगे इस सच को? आज अवाम ख़ून बहाने को तैयार है, पर सत्य जानने को नहीं।

सोचो ज़रा सोचो कि कश्यप के नाम पर बना कश्मीर जो सुदीर्घ समय तक भाईचारे, समन्वय और सहअस्तित्व का इतिहास रहा, कहाँ गये उसके उत्तराधिकारी? जहाँ हवाओं में करुणा बहती थी, किसने घुसायी बारूद की गन्ध?

सोचते-सोचते उदासी और आत्मग्लानि में डूबे मेज़र बिस्तर पर ढह जाते हैं, मन के भी दो टुकड़े हो चुके हैं। एक मन कहता, मैंने मनुष्यता का अपमान नहीं किया, न ही एक माँ से उसकी ममता का सौदा किया, मैंने तो सिर्फ़ वही किया जो एक फ़ौजी का धर्म था। पर तभी ख़ामोशी के अनन्त विस्तार से उठती कोई दूसरी आवाज़ रात-दिन पीछा करती उनका— तो अब एक इंसान का भी धर्म तू ही निभा, बन जा ढाल उस ढहते परिवार की। क्या तु हें पता है कि ज़मील की अ मी पर अवसाद के भयंकर दौरे पड़ने लगे हैं, कि धमाकों की आवाज़ सुनते ही उसका पेशाब निकल जाता है, वह काँपने लगती है। गश्त लगाते फ़ौजी हों या घर में दस्तक देते जेहादी, दोनों को देखते ही वह रूबीना और हमीद को जकड़ कर बैठ जाती है। या ख़ुदा! रहम कर!

उसकी आँखों से आँसू नहीं, ख़ून के क़तरे बहने लगते हैं, कि कैसे बचाए इस घिनौनी दुनिया के ख़ूनी पंजों से अपने लाडलों को कि ज़मील को मरवाकर भी इसके लिए अमन नहीं, तबाही और अन्याय का दूसरा दौर शुरू हो गया है।

क्या तु हें पता है कि आतंकवादियों का क़हर भी उस परिवार पर अचानक बढ़ गया है। पहले सेना उस घर में अड्डा जमाए हुए थी अब वह घर गाहे-बगाहे, रात-दिन आतंकवादियों के लिए सुरक्षित अड्डा बन गया है। चूँकि अपने ही लाडले को फ़ौज के हवाले कर वह घर अब पुलिस और सेना की गुड बुक में आ गया है, इसलिए इसका फ़ायदा मिलिटेंट उठाने से नहीं चूक रहे हैं और जब तब आ धमकते हैं, कभी खाने के लिए तो कभी पनाह के लिए? अब यह घर आतंकियों के लिए जन्नत है, सुरक्षित है और निरापद भी कि जिस घर ने आगे बढ़कर अपने लाडले को आर्मी के सुपुर्द किया, क्या खाकर वह आतंकियों को पनाह देगी?

तो जुल्म की दोहरी मार झेल रहे, भुखमरी के कगार पर खड़े जर्रे-जर्रे बिखरते इस परिवार के लिए तुम क्या कर रहे हो?

मेजर सन्दीप का आत्मालाप

—क्या तु हें पता है कि तु हारा इस क़दर बार-बार रूबीना से घुलना मिलना तु हें भी शक के दायरे में ला सकता है। भारतीय फ़ौज के इतने कुशल मेज़र हो तो क्या, तुम पर भी निगरानी रखी जा सकती है (यदि अभी तक नहीं रखी गयी है तो) यू विल बी केप्ट ऑन विजीलेंस। तु हारे सेल्स वग़ैरह भी टेप किये जाएँगे।

—उसे कुछ बातें समझाना बहुत ज़रूरी था।

—क्या सुनी उसने तु हारी बात?

—सुनी पर फिर ी रूबीना सहानुभूति अपने ही लोगों से रखती है, कहती है कि कश्मीर से हिन्दुस्तान फ़ौज वापस बुलवा लेनी चाहिए।

—क्या तुमने उसे यह समझाने की चेष्टा नहीं की कि 1989 से पहले घाटी में फ़ौज थी ही नहीं। यह तो तब आयी जब जेहादियों ने यहाँ से डोगरों और पंडितों को बेरहमी से मार-मारकर अपने घरों से खदेड़ना शुरू कर दिया। उन्हें ज मू में शरण लेने को विवश किया। क्या वे कश्मीर की जनता नहीं थे? क्या अपराध था उनका? क्यों राष्ट्रीयता का प्रश्न मजहब का सवाल बन गया? किसने खेली यह गन्दी राजनीति? 1987-89 में कश्मीर में जो ख़ूनी खेल खेला गया, जो छापामार युद्ध हुआ कौन हुआ उसका सबसे बड़ा शिकार?

—मैंने तो यह भी समझाना चाहा कि इस्लाम में मजहब, समाज, राजनीति और क़ानून सब एक है कि इनके यहाँ देश और राष्ट्रीयता की कोई अहमियत नहीं है, कि इनमें सर्वश्रेष्ठ भाव इस्लाम का ही है और बाक़ी सब कुफ्र है। इसीलिए जहाँ-जहाँ इस्लामिक राज्य है वहाँ वहाँ उदार विचारों की चलती ही नहीं है। इसीलिए आज पाकिस्तान में भी पाकिस्तानी अपने राष्ट्र की जगह इस्लाम के आधार पर तालिबानों से सहानुभूति रखते हैं।

—मैंने तो यह भी कहा कि तुमलोग पत्थरबाजी, ख़ून खराबा सेना और सुरक्षाबलों पर हमले बन्द कर दो तो हम बुला लेंगे अपनी फ़ौज वापस। आख़िर हम क्यों हर दिन तीन करोड़ रुपये कश्मीर पर खर्च कर रहे हैं?

—लेकिन हुआ क्या, न वह हिली न तुम।

—ऐसा नहीं है, सीधी सच्ची बातों का प्रभाव चाहे देर से ही पड़े, पर पड़ता ज़रूर है।

—मैंने उसे कई बार समझाना चाहा कि इस्लाम अपने ही स मोहन में जीता है। न उसे कला से मतलब है, न खेलकूद, संगीत और नृत्य आदि से। इसीलिए इस्लामिक इतने क्रूर होते हैं क्योंकि कलाएँ जीवन को सुन्दर बनाती हैं और आत्मा को सुन्दर विचारों से भर देती हैं।

—तो क्या जवाब दिया उसने?

—उसके जवाब ने मुझे लाजवाब कर दिया। उसने तमक कर पूछा कि हमारे यहाँ तो कलाओं को खुली छूट है, कलाएँ लोगों में सुन्दर विचार भरती हैं, क्रूरता से दूर रखती हैं, तो फिर क्यों दस हज़ार से अधिक कश्मीरी नौजवान ऐसे हैं जिनका कोई अता पता नहीं है। यह भी नहीं पता कि वे जीवित हैं या मृत। जो पुलिस कस्टडी से ग़ायब हो चुके हैं।

—तो तुम चुप रहे, इस आंशिक सत्य पर।

—नहीं मैंने उसे कहा कि ऐसा नहीं है, हमारे ऊपर भी मानवाधिकार आयोग की कटार लटकी हुई है। हमारे जवान और अफ़सर यदि थूकते भी हैं तो मानवाधिकार आयोग द्वारा तुरन्त कटघरे में बन्द कर दिये जाते हैं लेकिन तु हारी तरफ़ से जो ज़्यादतियाँ होती हैं उस पर कोई कुछ नहीं कहता क्योंकि ज़ि मेदारी की उ मीद हमसे ही की जाती है।

—यह भी सोचो कि आज कश्मीर की सारी अर्थव्यवस्था केन्द्र सरकार की सब्सिडी के सहारे चलती है। हमने कश्मीरियों को अपना माना इसीलिए तो कश्मीर पर अरबों रुपये खर्च किये, भारत में किसी राज्य पर सरकार ने इतना खर्च नहीं किया जितना कश्मीर पर खर्च किया। उसे विशेष राज्य का दर्जा दिया। तु हारी अर्थव्यवस्था इतनी मजबूत नहीं कि तुम ख़ुद को सँभाल सको। यदि तु हें आज़ाद कर भी दें तो तु हें पाकिस्तान हड़प लेगा और अब तो कश्मीरी अवाम भी नहीं चाहती है पाक में विलय होना और न अब ऐसे पुराने कट्टरपन्थी ही बचे हैं जो पाकिस्तान छोड़ कश्मीर में बसना चाहे। आज अस्सी प्रतिशत मिलिटेंट विदेशी मिलिटेंट हैं या फिर अफगानिस्तान, चेचन्या, बोस्निया और पाकिस्तान के रास्ते आये भाड़े के मिलिटेंट।

—फिर भी कश्मीर की अवाम को यह अधिकार है कि वह अपना भाग्य स्वयं चुने।

—हाँ है, पर सोचो क्या ज़्यादातर चुनावों में वे अपना नेता स्वयं चुनने को स्वतन्त्र नहीं रहते? क्या उन्हें यह अधिकार नहीं कि वे अपने तरीके से इबादत करें?

—फिर क्या कहा रूबीना ने?

—उसने कहा कि तुम क्यों चाहते हो कि मैं तु हारी तरह सोचूँ।

—मैंने कहा कि मैं क़तई नहीं चाहता कि तुम मेरी तरह सोचो, मैं तो सिर्फ़ यह चाहता हूँ कि तुम सत्य जान लो क्योंकि सत्य सदैव सुन्दर होता है। पर मुश्किल यह है कि अमरनाथ की गुफा के इस शहर में सृष्टि और अमरता के रहस्य को तो जाना जा सकता है, पर कश्मीर, अवाम और आर्मी के सत्य को जानना महामुश्किल है।

भाग दो

बीत गये पाँच साल!

ख़ुशियों ने मुद्दतों बाद आज फिर मेज़र सन्दीप के घर की सुधी ली है। घर मंगल-गीतों से गूँज उठा है।

'ऊँट चढ़ी घर आवे लाड़ो
सागे नहीं भेजूँगी।'

'केसरिया बालम, आओगी, पधारो हारे देश...'

'बाईसारा वीरा हाने पिबरियों ले चालो सा...'

शादी का जश्न। मेहँदी। गीत। संगीत। नृत्य। चुहलबाजी।

मेहमानों से अटे पड़े घर में हँसी ठहाकों का इन्द्रधनुष खिल उठा है। पर शेखरबाबू और उनकी पत्नी के चेहरे की मायूसी नहीं छँट पा रही है। कभी अँधेरा तो कभी उजाला आत्मा के घर में। सीने पर चट्टान रखकर उन्होंने शादी तो रचा दी सिद्धार्थ कि पर जब-जब नज़र पड़ती है सन्दीप के गिरते स्वास्थ्य और बालों के उजड़ते चमन पर, मन चाक-चाक हो जाता है। माँ कलपती है, उफ़! कितनी तेज़ी से जा रहा है जिस्म का हरियालापन, पर वे भी क्या करती, सन्दीप को शादी के लिए मनाते-मनाते सिद्धार्थ भी तीस पार कर चुका था। ढोलकी बज रही है। बधावे गाये जा रहे हैं पर मन है कि उड़ता फिर रहा है बादलों-सा।

रस्म दर रस्म!

हिन्दू विवाह की यह विशेषता कि वह परिवार को एक सूत्र में बाँध देता है। सभी रिश्तेदारों को बारी-बारी से किसी-न-किसी रस्म में स मिलित कर वह सबको न केवल उनकी अहमियत बता देता है वरन् सभी को आत्मीयता के धागे में भी पिरो देता है। विचारों का काफ़िला साथ-साथ बहने लगता है कि तभी स्पीड ब्रेकर की तरह एक और रस्म झटका देती है सन्दीप को। विचारों का ताना बाना टूट जाता है। हुलसित हो देखते हैं सन्दीप। चुहलबाजी चल रही है। जुआ-जुई का खेल चल रहा है, दुल्हा-दुल्हन के बीच। पतले दूध से भरी बड़ी-सी परात में कुछ कौड़ियाँ, कुछ हल्दी आटे से बने सूखे फल। कुछ लोहे के रिंग और इस भीड़ के बीच एक चाँदी का छल्ला। दूल्हे को एक हाथ और दुल्हन को दोनों हाथों की सहायता से खोजना है इस छल्ले को।

सात बार फेंका जाता है छल्ला। अभी तक लगातार जीत रही है दुल्हन।

यह सातवीं बार।

कोई स्त्री कह रही है। यह आख़िरी बार है। इसमें जिताना ज़रूरी है सिद्धार्थ

को। क्यों? मुस्करा कर कहती है चाची, इसमें हार गया तो फिर सारी उम्र हारता ही रहेगा दुल्हन से।

वाह! इन खेलों में भी कितने अर्थ कितनी सोच और कितनी सीख छुपी है।

एक और रस्म। सिद्धार्थ के हाथ में कपड़े से बना चाबुक जिसे वह लहरा रहा है और चला रहा है दुल्हन पर। दुल्हन बचने का नाटक करती भाग रही है, चाबुक से बचने के लिए। लोग हँस रहे हैं, हर बार चाबुक पड़ते-पड़ते रह जाता है दुल्हन के जिस्म पर।

ये रस्म रिवाज़ भी हमारे समाज के दर्पण हैं। किस प्रकार जीवन के प्रभात में ही पुरुष सत्ता के हाथ में थमा दिया जाता है चाबुक जिससे ताउम्र वह अपने अधीन रख सके अर्द्धांगिनी को।

हर रस्म का अपना निहित अर्थ ढूँढ़ रहे हैं सन्दीप कि तभी फिर शुरू हुई, एक और रस्म।

यह रस्म है पग पकड़ाई की रस्म।

जिसमें दुल्हन घर के स ी बुज़ुर्गों के पाँव पकड़ती है और तब तक पकड़ी रहती है जब तक बुज़ुर्ग दुल्हन को आशीर्वाद स्वरूप कुछ-न-कुछ उसे भेंट नहीं कर देते हैं।

शेखरबाबू ने भेंट स्वरूप एक सोने की गिन्नी दी। पत्नी ने सोने का हार दिया।

अब बारी सन्दीप की।

अविवाहित जेठ! जाने कहाँ से शब्द गूँजा। सब हो-हो कर हँस पड़े। झेंप गये सन्दीप। मारवाड़ी समाज में अविवाहित रहना भी जैसे अपराध है। 'अविवाहित' शब्द की नोक भाले की तरह गड़ी सिद्धार्थ के सीने में भी। यहाँ जमा इतने लोगों में है कोई ऐसा जो बराबरी कर सके भैया के नाखूनों की भी? फिर चिन्ता के बादल मँडराये, सिद्धार्थ के मानसिक क्षितिज पर। कुछ-कुछ अन्देशा उसे भी था कि भैया किसी के इन्तज़ार में ही लुटा रहे हैं ज़िन्दगी के ये बहुमूल्य वसन्त। भैया के ही मित्र मेज़र सुखवन्त की आवाज़ कानों में फिर गूँजने लगी— अज़ीब पागल है यह सन्दीप भी। यह इन्तज़ार नहीं बेवकूफ़ी है। कुछ लोग ऐसे भी होते हैं जो पूरे समाज का बोझ ढोते हैं अपने सिर पर। अब पूछो इनसे कि ज़मील का परिवार बर्बाद हुआ तो इसकी ज़ि मेदारी सन्दीप पर कहाँ आती है? पर जनाब हैं कि बैठे हैं उसी रूबीना के इन्तज़ार में। कहते हैं कि मैं प्यार करता हूँ उससे। रूबीना से।

रूबीना? रूबीना कौन? चौंक गये थे सिद्धार्थ। क्या आपको कुछ नहीं मालूम?

अब चौंकने की बारी थी मेज़र सुखवन्त सिंह की।

—यार, इतने भी क्या डूबे रहते हो अपनी ही दुनिया में, कि सगे भाई की

ज़िन्दगी में इतने तूफ़ान उठ रहे हैं, उसकी भी कोई जानकारी नहीं। अरे, जबसे उस ज़मील को मार गिराया है सन्दीप ने, तभी से वह जैसे चिपक कर बैठ गया है सन्दीप की रूह से। मैंने बहुतेरा समझाया पर वह यही कहता रहा कि देखो उसे मारकर मैंने एक फ़ौजी का धर्म बखूबी निभाया, अब उस परिवार को सहारा देकर एक अच्छे नागरिक का धर्म भी निभाना चाहता हूँ। मैंने पूछा भी कि सहारे का मतलब यह तो नहीं कि तू ज़मील की बहन को ही अपनी बीवी बना ले। अरे ये मुल्ले ऐसे ही होते हैं, कर दिया होगा उन्होंने अपनी लड़की को ही इसके आगे, डोरे डालने को, अरे जो परिवार अपने सुख के ख़ातिर मरवा डाले अपने ही बेटे को, वह कुछ भी कर सकता है। जानते हो क्या कहा उसने? सन्दीप ने कहा, कई बार किसी और को तो क्या ख़ुद अपने को भी हम कहाँ पहचान पाते हैं। मैंने भी यही सोचा था कि जैसे ही मैं ज़माने से लुटी-फुटी दुख और भुखमरी से टूट चुकी उस रूबीना के स मुख विवाह का प्रस्ताव रखूँगा, वह झूम उठेगी, पर जानते हो मेज़र, स्त्री की अन्तर्निहित गरिमा से भरपूर उस गर्वीली लड़की ने क्या जवाब दिया? उसने कहा, कि मुझे बहुत पहले से ही पता था कि तुम मुसलमान नहीं हिन्दू हो, मैं यह भी जानती हूँ कि तुमने सिर्फ़ एक 'आर्डर' का पालन किया जिसके लिए तुम वचनबद्ध थे। एक इंसान के तौर पर मैं तु हारा स मान भी करती हूँ क्योंकि जिस प्रकार ज़मील भाई की शहादत के बाद भी तुम हमेशा हमारे यहाँ आते रहे हमें सँभालने की, वापस खड़ा करने की चेष्टा भी करते रहे, पर मैं यह कैसे भूल सकती हूँ यह हिन्दुस्तानी फ़ौज ही थी जिसने हमारे भाईजान को मार डाला, इसलिए जबतक तुम इस वर्दी से ख़ुद को अलग नहीं कर लेते, मैं तु हें नहीं अपना सकती। यदि तु हें अपना लिया तो क़यामत के दिन भाईजान को क्या मुँह दिखाऊँगी?

रह-रहकर सारी बातें याद आ रही हैं सिद्धार्थ को। भाई के क्षत-विक्षत और घाव खाये खंडित व्यक्तित्व को आवश्यकता है एक स्त्री मित्र की, प्रेयसी की, पत्नी की, जिसके प्रेम की धीमी-धीमी आँच में पुनर्निर्मित हो उठे वह, पुनर्जीवित हो उठे, पर कहाँ से जुगाड़ करे वह भाई के लिए ऐसी स्त्री? भाई तो जाने किस रूबीना की रूह से चिपक कर बैठ गये हैं।

"कहाँ खो गये जीजू?" शोख सालियों ने फिर खींचा सिद्धार्थ का ध्यान?

सामने दिलचस्प मंजर था। दुल्हन सन्दीप का पाँव छोड़ ही नहीं रही थी। उसने अजीब-सी माँग कर परेशानी में डाल दिया था जेठजी को। बाक़ी दुल्हनों की तरह उसने अपने जेठ से न सोना-चाँदी माँगा, न हीरे जवाहरात माँगे और न ही विदेश यात्रा के लिए टिकट। माँगा तो यह कि जबतक जेठजी जल्दी से ही उसे एक प्यारी-सी जेठानी देने का वादा नहीं करते, वह नहीं छोड़ेगी जेठजी का पाँव।

झेंप और हास्य का मिलाजुला कत्थई रंग पुत गया सन्दीप के चेहरे पर।

कहना चाहा, कुछ कहानियाँ ज़िन्दगी में शुरू ही इसलिए होती हैं कि कभी पूरी नहीं हो सके, पर कहा यही पाँव नहीं छोड़ोगी तो कहाँ से लाऊँगा तु हारी जेठानी को?

सिद्धार्थ ने सोच लिया था, आज खोलना ही होगा उसे भाई के जीवन का वह दरवाज़ा जिसके तहख़ाने तक आज तक कोई भी नहीं पहुँच पाया था। बहुत हुआ, अब और टालमटोल नहीं। आज बनकर रहेगा वह भाई के अँधेरे जीवन का हिस्सा। हाँ, आज की ही रात, क्योंकि यही रात सबसे अचूक अस्त्र की तरह है उसके पास!

शाम ढलते-ढलते फिर पहुँचा वह सन्दीप के पास, ''भाई जब तक तुम मुझे सारी बातें नहीं बताओगे कि क्यों नहीं कर रहे तुम शादी, मैं भी अपनी सुहागरात नहीं मनाऊँगा, शादी तो मैंने घरवालों और तु हारे दबाव में आकर कर ली पर...'' बोलते-बोलते आवाज़ अचानक भर गयी थी सिद्धार्थ की।

यह क्या? सिरपिटा गये सन्दीप। अच्छा पकड़ा। क्या कुछ सुगबुगाहट मिल गयी है उसे? कहाँ से मिली होगी। फिर ग़ौर से गहरे देखा चेहरा सिद्धार्थ का। नयी शादी की उमंग, उत्तेजना, थिरकन सब पर छायी हुई थी उदासी की झीनी-सी चादर।

क्या तुम मेरा ब्लैकमेल कर रहे हो? कड़क आवाज़ में पूछा सन्दीप ने। आर्मी में रहते-रहते भावनाओं को नियन्त्रण में रखना ख़ूब साध लिया था उन्होंने।

''मैं ब्लैकमेल नहीं कर रहा, पर जीवन के संवालों से इस प्रकार भागा नहीं जाता है भैया, मैं आपको यह बताना चाहता हूँ, क्योंकि आपका जीवन आपके अकेले का नहीं है, वरन् हम सबसे जुड़ा हुआ है। मुझे पता है कि आप किसी का इन्तज़ार कर रहे हैं। मेज़र सुखवन्त सिंह से मैं बहुत कुछ सुन चुका हूँ, पर जनश्रुतियों की लहरों पर उछलती आयी सचाइयाँ काफ़ी कुछ विकृत और फैल चुकी होती हैं। मैं ठोस सचाई जानना चाहता हूँ।''

सन्दीप का चेहरा बुझा और राख बन गया। रूमाल से ललाट का पसीना पोंछते हुए कहा उसने— देखो, मैं तुमसे वादा करता हूँ कि यहाँ से जाने के पहले मैं तु हारे सामने अपने सारे सत्य, सारे रहस्य खोलकर रख दूँगा, पर आज की रात को तुम बर्बाद मत करो, जतन से पाली तमन्नाओं की रात है यह, जाओ सीमा तु हारी प्रतीक्षा कर रही होगी, इस रात की नोक पर उसके भी सपने टँगे होंगे जिनको सँभालना तु हारी नैतिक ज़ि मेदारी है। बोलते-बोलते गला भर आया सन्दीप का। शब्द बिखरने लगे। अपने आवेग पर क़ाबू पाने के लिए सिद्धार्थ के माथे पर हाथ फेरा उन्होंने। एक गहरी साँस ली और किसी प्रकार अपनी बात पूरी की— देखो, मेरा विश्वास करो, एक रात में कुछ नहीं उखड़ने वाला, कल दोपहर तक मेहमान

विदा हो जाएँगे, शाम तक मैं तुमको सबकुछ बता दूँगा यह वादा रहा मेरा। एक फ़ौजी का। एक भाई का।

ढीली रात के बाद तनी-तनी सुबह।

सिद्धार्थ को घर के सेवक रामलखन ने एक मोटा-सा लिफ़ाफ़ा पकड़ाया। सिद्धार्थ ने उसे खोला तो हैरान रह गया, उसमें सन्दीप का एक ल बा-सा पत्र था, जो इस प्रकार था—

भाई मेरे,

इस पत्र में मैं स्वयं को पूरी ईमानदारी के साथ पेश कर रहा हूँ जब-जब मैं अपने अभी तक के पूरे जीवन पर एक नज़र फेंकता हूँ तो यह बात साफ़ समझ में आती है कि कुछ जीवन ऐसे होते हैं जो कभी जिये नहीं जाते हैं, जो जीवन को समझने और उसकी तैयारी करने में ही बीत जाते हैं। मेरे जीवन की कहानी भी कुछ ऐसी ही है। जितना अधिक मैं ज़िन्दगी को समझने की चेष्टा करता रहा, उलझता रहा। जितना अधिक मैं इसके क़रीब आना चाहा, यह मुझे दूर धकेलती रही।

मेरी कहानी के बीज़ शायद तभी पड़ गये थे जब अपने अल्हड़ और तितलियों को पकड़ने की उम्र में मैंने अपने लिए एक सपना पाल लिया, बिना सोचे विचारे। पर वह स्वप्न ही क्या जिसे सोच-समझकर पाला जाए। बहरहाल, मैंने स्वप्न पाला एक कड़क फ़ौजी बन जीवन के उन अनजाने रास्तों पर चलने का जो ख़तरों से भरा था, अनजाना था।

यह तो मैं आज समझ पाया हूँ कि पिता का जीवन बच्चों को किस प्रकार प्रभावित करता है। घनघोर सांसारिकता वाले मेरे पिता का जीवन मुझे शून्य लगता और उनके सारे तर्क इस शून्यता को सजावट से ढकने की कोशिश। मैं किसी 'महान' के लिए किसी 'शिव' के लिए, किसी सत्य के लिए जीना चाहता था, और वह था, 'फ़ौजी'। यदि मेरे पूज्य पिता का जीवन वैसा नहीं होता तो स भवतः मेरा जीवन भी ऐसा नहीं होता। जानते हो, इसीलिए हमारे फ़ौज में जितने भी आर्मी ऑफ़िसर्स हैं, उनमें से अधिकांश के बच्चे अब फ़ौज में नहीं जा रहे हैं। वे जा रहे हैं, बहुराष्ट्रीय क पनियों में, केन्द्रीय सेवाओं में, राजकीय सेवाओं में, या फिर प्राइवेट प्रतिष्ठानों में। क्योंकि उन्हें वितृष्णा हो चुकी है उस जीवन से जो उनके पिता जी रहे हैं। शायद हर पीढ़ी के स्वप्न अपनी पूर्व पीढ़ी से अलग होते हैं क्योंकि उनका मोहभंग हो चुका रहता है। इसीलिए फ़ौज प्रेमी कर्नल वाजपेयी फ़ौज में उच्च स्थानों पर रिक्ति का रोना हमेशा रोते रहते हैं। जानते हो जिस समय मैंने कर्नल वाजपेयी से फ़ौज से त्यागपत्र देने की इच्छा ज़ाहिर की तो उन्होंने यह सोचने तक कि जहमत

नहीं उठायी कि मैं किन ग भीर व्यक्तिगत कारणों से फ़ौज को अलविदा कहना चाहता हूँ कि आज मैं ऐसे मुकाम पर खड़ा हूँ कि या तो ज़िन्दगी का चुनाव कर सकता हूँ या फ़ौज का। उनकी सोच वहाँ तक जा ही नहीं सकती थी कि मैं ज़िन्दगी से मुलाक़ात करने के लिए फ़ौजी ज़िन्दगी को छोड़ना चाहता हूँ। हाँ, ठीक समझा तुमने, मैं रूबीना की बात कर रहा हूँ, जो अब मेरी ज़िन्दगी का सबसे हसीन स्वप्न बन चुकी है, पर वह तब तक मेरा वरण नहीं करेगी जब तक मेरे ज़िस्म पर यह फ़ौजी वर्दी और तमगे चिपके हुए हैं। नहीं उसे ग़लत समझने की भूल मत करना। बड़ी ठोस नैतिकतावाली लड़की है वह जिसने भूख झेली, टूटन झेली, यातनाओं का ज़हर पिया पर अपने विश्वास के साथ विश्वासघात नहीं किया।

कर्नल वाजपेयी मेरी मजबूरी नहीं समझ पाये, उन्हें लगा कि मैं हाई ग्रोथ के लिए, उच्च वेतन के लिए, फ़ौजी नौकरी छोड़ना चाहता हूँ। मुझे ज्ञान पिलाते हुए कहा उन्होंने, गहरे दुख और अफ़सोस के साथ— मैं जानता हूँ कि तुम क्यों निकलना चाहते हो, पर इसमें तु हारा कोई दोष नहीं है। आज आर्मी कुछ भी ऐसा नहीं देती कि युवक उसकी ओर आकर्षित हो। आज भारत की न बर वन प्रतिभा की फ़ौज में कोई दिलचस्पी नहीं है। इसलिए आज चालीस हज़ार अफ़सरों में ग्यारह हज़ार अफ़सरों के पद ख़ाली पड़े हैं। कई बार मैं ख़ुद यह सोचकर परेशान हो जाता हूँ कि जिस रेंक में आर्मी में मैं बाईस साल बाद पहुँचा हूँ, मेरे आई.ए.एस. दोस्त छह साल में पहुँच जाते हैं। और मुझसे 20 प्रतिशत अधिक वेतन पाते हैं। मैं आज भी उन ल हों को याद कर सकता हूँ जब चाय का घूँट भरते हुए बड़ी पीड़ा के साथ उन्होंने मुझे कहा था, भई ईफ यू गिव पी नट ओनली मंकी विल कम (यदि आप चना बादाम देंगे तो सिर्फ़ बन्दर ही आएँगे)। बड़े दर्द के साथ कहा था उन्होंने कि देखना आज से बीस वर्षों बाद इन्हीं बन्दरों के हाथों में देश की प्लानिंग, डिफेंस और स्ट्रेटजी रहेगी। देखना यदि सिलसिला इसी प्रकार चलता रहा तो एक समय बाद हमारे जाने कितने टुकड़े हो जाएँगे क्योंकि धीरे-धीरे हमारा निकृष्ट आर्मी में आता जाएगा और हमारे दुश्मन का उत्कृष्ट आर्मी में जाएगा। पाकिस्तान अपनी जीडीपी का साढ़े तीन प्रतिशत आर्मी पर खर्च करता है जबकि हम महज1.99 प्रतिशत खर्च करते हैं। तो आप ही कहिए, हमारा निकृष्ट उनके सर्वोत्कृष्ट का मुक़ाबला कैसे कर सकेगा?

तो मेरे भाई, विड बना यह है इस समय की कि कोई भी सत्य सुनने को तैयार नहीं। और यह अभी ही नहीं शुरू से ही मेरे साथ हो रहा है। मैं चाहकर भी जो है और जो सत्य है, के बीच की दीवार को नहीं गिरा पाया। हालत यह है कि पहले मैं अकेलेपन से डरता था, अब दुनिया से डरता हूँ। मैं आँखें बन्द करता हूँ तो मेरी बन्द पलकों के बीच युवा सुलभ स्वप्न नहीं वरन् सत्य तैरने लगता है, वह

सत्य जिसे चीख़-चीख़ कर मैंने अपने वरिष्ठ अफ़सरों को सुनाना चाहा, पर उन्होंने अपने कानों में उँगली डाल ली।

जिस समय हम 'ऑपरेशन फ्राइडे' पर थे। हम पर ज़बर्दस्त राजनैतिक दबाव था आतंकियों को पकड़ने का। हमने गाँव के एक नौजवान को पकड़ा, उसका अपराध सिर्फ़ इतना भर था कि उसके दोस्त का भाई आतंकी था और वह अपने दोस्त के घर आया-जाया करता था। बहरहाल हमारी नज़रें उस घर पर टिकीं थी, जैसे ही वह निकला हमारे कमांडर ने उसे ढेर कर दिया और उसके शव के पास हमने वह एके सैंतालिस रख दी जिसे हमने कभी ढेर हुए आतंकवादियों के पास से पायी थी। हम कभी भी उतने हथियारों की रजिस्टर में एंट्री नहीं करते जितने हमें किसी वारदात या मुठभेड़ के दौरान मिलते हैं। वक़्त-बेवक़्त इन्हीं हथियारों को हम किसी निर्दोष को आतंकवादी सिद्ध करने में काम लेते हैं। हमारे कमांडर ने उस नौजवान की लाश के पास ए.के.47 रख फोटो खिंचवाई और मीडिया को बताया कि हमने एक खूँखार आतंकवादी को ढेर किया।

ताज्जुब! इसी धरती पर कभी हमारे पुरखों ने सत्य, शिव और सौन्दर्य की माँग की थी।

तो मेरे भाई यह दुनिया झूठ से भरी पड़ी है। अमानवीयता से अटी पड़ी है। यहाँ अँधेरे सिर उठाकर चलते हैं और उजाले आत्महत्या करने को विवश हैं। यहाँ हर वह आदमी घुटन महसूस करता है जो सत्य जानता है पर उसे बोल नहीं सकता है। मैंने अपने सभी वरिष्ठ अफ़सरों, रक्षा मन्त्रालय और यहाँ तक कि राष्ट्रपति तक के पास अपील भेजी है कि मुझे फ़ौज से मुक्ति दिला दी जाए जिससे मैं ज़िन्दगी में घुस सकूँ। पिछले पाँच वर्षों से मैं गुहार लगा रहा हूँ पर कोई मुझे सुनने को तैयार नहीं। मुझे तब तक प्रतीक्षा करनी पड़ेगी जब तक अनुबन्ध की शर्त के अनुसार मेरे फ़ौजी जीवन के 20 वर्ष पूरे न हो जाएँ।

आज मुझे लगता है कि मैं बुद्धू बना दिया गया हूँ। मैंने अपना सबकुछ फ़ौज को समर्पित किया, अपना सुविधा स पन्न जीवन, कैरियर, सुख, स्वप्न, रातों की नींद, दिन का चैन यहाँ तक कि अपनी आत्मा की आवाज़ तक का गला घोंट दिया। हर पल मौत की आहट में जीया। तन-मन-आत्मा सबको लहूलुहान किया। भयंकर मानसिक यातना में जीया। अपने मनुष्य बोध तक को कुचल डाला। मैंने वह सबकुछ किया जो व्यवस्था मुझसे चाहती थी और इसी का परिणाम है कि आज मैं न जी पा रहा हूँ, न मर पा रहा हूँ। यही स मान है हमारे देश में एक फ़ौजी का। उस फ़ौजी का जो अपनी जान हथेली पर रख, सरहदों की रक्षा करता है। विकसित देश अपने बहादुर सैनिकों के नाम पर खिलौने निकालते हैं, कॉमिक निकालते हैं, जिससे किशोरों में सेना के प्रति स मान भाव और रुचि पैदा हो जबकि हमारे देश की युवा

पीढ़ी अपने जा बाज फ़ौजियों के नाम तक नहीं जानती।

तो मेरे भाई, हम सभी एक पतनोन्मुख समाज में जी रहे हैं। ऐसा समाज जिसकी संवेदनाएँ मर चुकी हैं। आर्मी भी तो उसी समाज का हिस्सा है। कई बार मैं स्वयं को मानवीय नियति का दार्शनिक जामा पहनाकर सान्त्वना देने की कोशिश करता हूँ। मैं स्वयं को यह समझाने का प्रयास भी करता हूँ कि मानव जीवन स पूर्ण कभी नहीं होता, आन्तरिक अधूरापन बना ही रहता है। महाभारत युद्ध के बाद कुरुक्षेत्र विजेता भी उल्लसित नहीं थे। उन्हें भी लग रहा था कि सब ठीक नहीं हुआ है, कहीं धोखा हुआ है।

पर मैं ख़ुद को समझा नहीं पाता। मुझे मेरा वर्तमान रह-रहकर कचोटता है। मैं क्या करूँ उस जीवन का जो एक उचटी हुई नींद बनकर रह गया है। मैं भूल नहीं पाता कि एक परिवार को उजाड़ डाला है मैंने। एक माँ से उसी के पुत्र को मरवा डाला। दो किशोरों के जीवन को झुलसा दिया।

इन कीलों और कसकों के साथ मैं आनेवाली ज़िन्दगी कैसे जी पाऊँगा? यह तो तभी स भव है कि मैं मानसिक रूप से इतना ठंडा ठस्स हो जाऊँ कि कुछ भी अमानवीय मुझे बेचैन न करे पर यह तो अपने मनुष्य होने को ही नकारना होगा। उफ़! मैंने आर्मी ज्वाइन की थी, अमन, मुहब्बत, करुणा, सहअस्तित्व और इंसानियत के अर्थ को समझने के लिए।

अपने मनुष्य होने को नकारने के लिए नहीं।

मैं क्या करूँ?

विड बना यह है कि मैं कुछ कर भी नहीं पा रहा हूँ सिवाय सवालों से घिरे रहने के।

असीम स ावनाओं से भरी यह ज़िन्दगी क्यों सत्ता में बैठे चन्द लोगों के स्वार्थ और बनते-बिगड़ते मिजाज़ के चलते रेत के क़िले-सी ढह जाती है क्यों? क्यों?

क्या कसूर मेरा?

क्या चाहा था मैंने? सिवाय यही कि वृहत्तर लक्ष्यों के प्रति जीवन को समर्पित कर सकूँ। आज भी चाह रहा हूँ सिर्फ़ यही कि मैं मनुष्य बना रहूँ... कि सौन्दर्य और इंसानियत की डोर मेरे हाथों से कभी न छूटे कि जो संवेदनाएँ मेरे भीतर सुप्त पड़ी थी और रूबीना के प्रति प्रेम या कर्तव्य भावना ने जिन्हें पूरी ताक़त से जगा दिया है, उनके प्रति मैं ईमानदार बना रहा हूँ कि हिंसा की बारिश में भींग-भींग कर मैं इतना भारी हो गया हूँ कि मेरे पैर एक क़दम भी आगे बढ़ने को तैयार नहीं, इसलिए भारतीय फ़ौज मुझे मुक्त करे।

और अन्त में मेरे भाई, मेरी ज़िन्दगी के सबसे बड़े राजदाँ! तुम समझ ही गये

होगे कि रूबीना किस प्रकार मेरे जीवन का सत्य बन चुकी है। यद्यपि मैं उससे अभी तक सिर्फ़ छह बार ही मिला हूँ। पाँच बार श्रीनगर के गुंड गाँव में पोस्टिंग के दौरान और छठी बार चंडीगढ़ पोस्टिंग में रहते हुए। पर हमारे रिश्ते की ख़ूबसूरती यह है कि यह रिश्ता ख़ामोश भूमि पर पनपा है।

उसने मुझे बहुतेरा समझाया है कि उसकी तबाही के लिए मैं किसी भी सूरत में ज़ि मेदार नहीं हूँ, इसलिए मैं यह बोझ अपनी आत्मा से उतार फेंकूँ। पर मेरी विड बना यह है मैं ऐसा नहीं मानता। मैं यह मानता हूँ कि ज़मील को ढेरकर मैंने चाहे एक फ़ौजी के सीमित उद्देश्य और कर्त्तव्य को पूरा किया हो, पर ऐसा कर मैंने स पर्णू मानवता का अपमान किया है। कि मैंने ख़ुद अपने ही हाथों अपने भीतर के ईश्वर को मार डाला है।

जब-जब प्रकृति के निःशब्द मौन के बीच मैं ख़ुद को पाता हूँ, मेरे भीतर हाहाकार मचा रहता है। जब जब सिन्धु और झेलम की कलकल सुनता हूँ मेरे भीतर से एक आवाज़ उठती है— कि मैंने एक अधूरा जीवन जीया है, कि मैंने पवित्र जीवन नहीं जीया... कि मैंने झेलम सिन्धु और हिमालय के सौन्दर्य के साथ विश्वासघात किया है। जाने कैसी पीड़ा और अपराधबोध गहन एकान्तिक क्षणों में मेरे भीतर उफ़ान मारते हैं कि मेरा मन अवसादग्रस्त रोगी की तरह फूट-फूट कर रो पड़ने को होता है।

शायद तुम समझ पाओ मेरे वर्तमान जीवन को। कुछ अनुमान लगा पाओ उस पीड़ा का जो इंसान को बन्द दरवाज़े के बाहर खड़े रहने को विवश कर रही है।

जाने किस कवि ने कहा था, "मैं एक फूल को बचाने के लिए युद्ध कर रहा हूँ। क्या मैं भी यही नहीं कर रहा?"

एक फूल को बचाने की चेष्टा!

सोचो, जिस तिरंगे की हिफ़ाज़त और गरिमा के लिए मैं फ़ौज में आया, आज अरुणाचल से नागालैंड और असम से कश्मीर तक— उस तिरंगे की रक्षा करना कठिन होता जा रहा है। नागालैंड में खुलेआम भारत से अलग होनेवाले आतंकवादी और अलगाववादी गुट अपनी सेनाएँ रखते हैं और चीन से हथियार मँगवाते हैं। आतंकवाद ने एक लाख से अधिक भारतीयों की जान ली... पर क्या हुआ?

कितना दुखद और दुर्भाग्यपूर्ण है कि अब हम सैनिक युद्ध के लिए नहीं, शत्रु के लिए नहीं वरन् देश की आन्तरिक सुरक्षा के लिए शहीद हो रहे हैं।

और अन्त में, कभी नचिकेता ने पूछा था, मृत्यु क्या है?

सुकरात ने पूछा था— सत्य क्या है?

बुद्ध ने पूछा था— ज़रा, रोग और मरण क्या है?

मार्क्स ने पूछा था— भूख क्या है?

मेरा प्रश्न है— आज़ाद भारत में एक फ़ौजी के लिए आज़ादी का मतलब क्या है ?

तो भाई, सुनली तुमने मेरी कहानी, स्वप्न, स्मृति और यथार्थ की भूलभुलैया में भटकती मेरी कहानी। क्या तुम अब भी माँ-पापा की तरह यही कहोगे कि मेरी बर्बादी के पीछे औरत है। मेरी बर्बादी के पीछे औरत नहीं, मनुष्य बने रहने की मेरी ज़िद्द है। और सच कहूँ तो मैं इसे अपनी बर्बादी भी नहीं मानता, मेरी नियति की रचना स भवत: इसी प्रकार होनी थी। क्योंकि रूबीना पूरी तरह खँडहर बन चुकी थी और मैं भी, शायद दो खंडहर मिलकर ही एक नयी दुनिया का निर्माण कर पाएँ!

नहीं जानता मैं कि अपने इस जीवन की व्या या मैं किस प्रकार करूँ। नहीं जानता मैं कि कितना कह पाया मैं अपने जीवन को। पूरी ईमानदारी के साथ मैं सिर्फ़ यही कह सकता हूँ कि रूबीना ने मेरी ज़िन्दगी से न कुछ लिया, न कुछ दिया, बस एक बार फिर मुझे ख़ुद से मिला दिया। कितना चाहा मैंने उसे ख़ुद से दूर धकेलना। पर वह तो दूने वेग से मुझमें उदित होती गयी। शायद इसीलिए कि ज़मील के ओझल होने के बाद मैं अपनी मूल सत्ता में वापस लौट सकूँ।

मेरे पास अब दो ही विकल्प हैं। या तो अगले आठ वर्षों तक और इन्तज़ार करूँ तब तक मेरे फ़ौजी जीवन को 20 वर्ष पूरे हो चुके होंगे और अनुबन्ध के अनुसार मैं स्वाभाविक रूप से फ़ौज से सस मान निकल जाऊँगा, या फ़ौज पर मुक़दमा चलाऊँ। सोच कर मन उदास होता है कि जो फ़ौज कभी मेरा सबसे बड़ा हसीन स्वप्न थी, आज उसी पर मैं मुक़दमा चलाने की सोच रहा हूँ? हर सत्य क्या इसी प्रकार अपने विरोधी सत्य में दम तोड़ते हैं? पर मैं क्या करूँ आज मेरे समक्ष सबसे बड़ी चुनौती यही है कि मनुष्य एक स पूर्ण मनुष्य की तरह मैं जी सकूँ। बहुत ज़रूरी है कि आदमी अपने परिवेश के साथ जुड़ सके, तभी वह इंसान बनकर जीवित रह सकता है। पर यही चीज़ है जो आज सबसे अधिक ख़तरे में है। कहाँ जाऊँ मैं? किसके पास आश्रय लूँ? कोई ईश्वरीय सत्ता? कोई गुरु? कोई अध्यात्म? पुस्तक? कहाँ मिलेगा मुझे जीवित रहने का आधार? ख़त्म होगी यह भटकन? यह उचाटपन?

नहीं जानता कि मैं अपने को कितना कह पाया हूँ, पर मैंने अपने सारे भेदों को तु हारे सामने खोल दिया है। माँ, पापा को तुम समझाने की चेष्टा करना। परिवार को कुछ दे नहीं पाया, इसका दुख सर्वदा रहेगा।

तु हारा भाई
सन्दीप

बह गये और पाँच वर्ष!

चिनार के सूखे पत्तों की तरह गुज़र रहे हैं साल-दर-साल। मेजर सन्दीप हुए अब

कर्नल लेकिन खड़े हैं अभी भी बन्द दरवाज़ों के बाहर। बहुत कुछ हुआ इन पाँच वर्षों में, पर वह मन लौटकर नहीं आया जो फ़ौज ज्वाइन करने से पहले था। गुंड गाँव से चंडीगढ़ पोस्टिंग हुई, लेकिन कुछ तार अभी भी जुड़े हैं रूबीना से। अभी भी चेष्टारत हैं सन्दीप कि रूबीना को चंडीगढ़ ले आएँ, पर कैसे? वह अपनी ज़िद से इंच भर हिलने को तैयार नहीं और पिछले आठ-नौ महीनों से तो उसने सन्दीप के पत्रों और फोन तक का जवाब नहीं दिया है। परेशान हैं सन्दीप।

रात फिर खुली डायरी— कुछ अतीत ऐसे होते हैं जो बीतकर भी व्यतीत नहीं होते।

कुछ उद्देश्य ऐसे होते हैं जो सिर्फ़ स्वप्न बनकर ज़िन्दगी भर कसक देते हैं। कुछ प्रतीक्षाएँ ऐसी होती हैं जो कभी स बन्धों में नहीं ढल पातीं।

कौन जाने क्या होगा इस कहानी का पटाक्षेप?

क्यों नहीं किया उसने पिछले आठ महीनों से मुझसे स पर्क? क्या कभी कामनाओं के बादल बरसेंगे मेरे मन की मुँडेर पर भी? अनमने से फिर बैठ जाते हैं सन्दीप लैपटॉप पर। मेल चेक करने के लिए वेबसाइट खोलते हैं कि आँखें चमक जाती हैं— सामने सिद्धार्थ का ई-मेल। दम साधे पढ़ते हैं इसे—

भाई,

डेढ़ महीने चीन रहकर पिछले सप्ताह सीमा वापस भारत लौटी। ऑफ़िस के किसी प्रोजेक्ट के सिलसिले में गयी थी वह वहाँ। आते ही मैंने देखा, उसके चेहरे की रंगत उड़ी हुई थी। एकदम बुझी-बुझी-सी रहने लगी थी वह। दिन भर अपने पलंग पर लेटी सीलिंग पंखे को ताक़ती रहती। यह क्या हुआ? मैं घबरा-सा गया। जिसकी ज़िन्दगी इतनी तेज़ घूमती थी कि कई बार एक दिन में वह चार-चार महानगर की हवा खा लेती थी वह पूरे चौबीस घंटे पलंग से नीचे नहीं उतरी। क्या कुछ अनहोनी घट गयी उसके साथ? मैंने उससे बार-बार पूछना चाहा पर वह गुमसुम थी। एकदम सुन्न। एकदम हताश। पराजित एवं ध्वस्त।

दूसरे दिन मैं उसे उसी भयंकर अवसाद की हालत में डॉक्टर के पास ले गया। फेमिली डॉक्टर ने कहा आप तुरन्त न्यूरोलॉजिस्ट के पास ले जाइए। न्यूरॉलाजिस्ट ने बताया कि वह सैरिब्रलएट्रोजी की शिकार हैं, यानी उसके दिमाग़ की कोशिकाओं का क्षरण तेज़ी से हो रहा है। पर ऐसा कैसे हुआ? मैं जानने को छटपटा रहा था।

डॉक्टर ने बताया कि बढ़ते तनाव, अन्धाभोग एवं आधुनिक जीवन शैली के चलते युवक-युवतियाँ इसके शिकार हो रहे हैं।

पर हमें कोई ऐसा तनाव नहीं है हम दोनों अच्छी नौकरी में हैं।

डॉक्टर ने फिर सहानुभूति से मुझे देखते हुए कहा, अत्यधिक कृत्रिम और तेज़ जीवन शैली के चलते तीस वर्ष की उम्र में ही इन्हें 'मीनोपॉज' हो गया है, इस

सदमे को ये सह नहीं पायीं, इसीलिए...।

क्या बताऊँ भाई, याद है, जिस समय मैंने सीमा का प्रोफाइल आपको बताया था, आपने झिझकते हुए मुझसे कहा था कि मैं इतनी हाई प्रोफाइल वाली लड़की से शादी न करूँ, क्योंकि यदि पति-पत्नी दोनों ही भयंकर रूप से व्यस्त रहेंगे तो बच्चे अपराधी हो जाएँगे। आपकी चिन्ता व्यर्थ हो गयी भैया...। अपनी ज़िन्दगी में हम सन्तान का मुँह नहीं देख पाएँगे, अब तो उ मीद सिर्फ़ आपलोगों से है कि माँ को दादी बनने का सुख नसीब हो।

ई-मेल पढ़ अन्तर्मन आर्त्तनाद कर उठा सन्दीप का— सब कुछ क्या इसी घर में होना था? दूसरी बहू का ठिकाना नहीं और पहली बहू के साथ यह हादसा! फलने-फूलने के पहले ही बाँझ हुई कोख। दोष किसका? जाने कितनी बार प्रत्यक्ष-अप्रत्यक्ष ढंग से कहना चाहा था उन्होंने सीमा को, सिद्धार्थ को कि जीवन स्टाइल पर नहीं जीवन पर ध्यान दो। पिछले दिनों ही पढ़ा था एक आर्टिकल कि अति आधुनिक जीवन शैली युवकों को समय पूर्व ही नपुंसक बना रही है। क्या यही है कलियुग? समय पूर्व ही सूख रही है नदियाँ, घट रहे हैं सरोवर!

रात खाना नहीं खाया गया उनसे। बॉस से दस दिनों की छुट्टी के लिए बात की और दूसरे दिन ही पहुँच गये सिद्धार्थ के पास मु बई में।

वही घर। वही मु बई। वही सिद्धार्थ और सीमा, पर जैसे सब कुछ बदला हुआ था।

सब कुछ वही था।

पर स्वप्नविहीन था।

न हवा थी, न धूप थी।

न चाँद था, न आसमान था।

न चिड़ियाँ थीं, न दीवारों पर छिपकलियाँ।

थी केवल बुझी-बुझी-सी सीमा और उदासी जो ख़ास सहेली की तरह उससे लिपटी थी और जिसकी मुहब्बत पल प्रतिपल फैलती जा रही थी और फैलते-फैलते इतनी फैल गयी थी कि चन्दोबे की तरह तन गयी थी पूरे घर पर।

कितना चाहा था सन्दीप ने कि वह बात करे उ मीदों की, हौसलों की, भरोसों की पर जैसे उ मीद और हौसले घर के कोने में मुँह छिपाए सिसक रहे थे।

कितना चाहते थे सन्दीप कि सान्त्वना दे सीमा को, पर जाने कैसा तो संकोच था कि आड़े आ जाता। छोटी बहन-सी सीमा और हादसा असमय आ धमके मीनोपॉज का!

दिनभर मन की मुँडेर पर जब तब आ धमके स्मृतियों के कबूतरों को उड़ाते

रहते। घर की छोटी मोटी व्यवस्था में हाथ बँटाते रहते। किसी प्रकार बीते आठ दिन और एक फीकी सुबह 'सब ठीक होगा' का सूखा औपचारिक आशीर्वाद और अपनी बची खुची नींद और चैन देकर लौट गये वे।

फिर चंडीगढ़!

पर वापस आकर भी क्या पूरी तरह वापस लौट पाए वे। जाने क्यों लगता है कि आत्मा का एक अंश वहीं छूट गया, भाई के पास। काम करते-करते मन के स्क्रीन पर रह-रहकर कौंध जाती है उदासी से री सीमा की आँखें और रौंदी हुई फसल की तरह जगह-जगह से धचके खायी हुई उसकी देह। लैपटॉप को परे खिसका देते हैं सन्दीप। आँखें पीछे घूम जाती हैं और देखने लगती हैं पीछे फैले समय को।

उफ़! क्या यह वही सीमा है जिसकी रग-रग में ज़िन्दगी चिड़िया की तरह चहकती थी। चंचल पहाड़ी नदी की तरह जो पल-पल उद्दाम वेग से बहती थी। वही सीमा आज किस प्रकार पंख टूटी चिड़िया की तरह औंधी पड़ी है। क्यों हुआ ऐसा? क्या उबर पाएगी वह इस सदमे से। जितने दिन रहे सन्दीप मु बई, एक दिन भी बैठा नहीं देखा उन्होंने सीमा को।

क्यों हुआ ऐसा? क्या इसीलिए कि दोनों जी नहीं रहे थे वरन् ज़िन्दगी को तेज़ी से निगल रहे थे। जितने वेग से बही उतने ही झटके से लगी ब्रेक।

कहाँ हुई चूक। हर कोई यही पूछ रहा है सन्दीप से।

सिद्धार्थ। सीमा। शेखरबाबू

क्या जवाब दे सन्दीप! कहीं-न-कहीं ख़ुद उसकी ज़िन्दगी पूछ रही है उससे यही सवाल 'कहाँ हुई चूक?'

उसने देखा था सिद्धार्थ को— रात-रात पढ़ाई करते। परीक्षा की तैयारी में घानी के बैल की तरह जुटते। फिर सफल होते। आगे बढ़ते। देश की क्रीमीलेयर बनते। और फिर दुनिया की सबसे प्रतिष्ठित बहुराष्ट्रीय क पनी के सेल्स टार्गेट को पूरा करने के लिए दिन-रात मरते खपते। और लगभग यही हाल था सीमा का भी। सप्ताह के पाँचों दिन क पनी के खाते में। इसी चिन्तन में कि क पनी का मुनाफ़ा कैसे बढ़ाएँ? रेड़ मार आगे बढ़ने का दबाव। कुछ न कर पाने पर प्रोमोशन न होने का ख़ौफ़। देश की क्रीमीलेयर की कमाई राजा की तरह पर जीवन गधे की तरह। न खाने की सुध। न सोने की। दिनभर कान में मोबाइल। आँखों के आगे लैपटॉप और दिमाग़ में क पनी।

याद आ रहा है पिछली बार जब मिलने गये थे भाई से तो आधे घंटे के लिए भी पास नहीं बैठ पाया था भाई। उन दिनों पीठ और कमर में ज़बर्दस्त दर्द था

सिद्धार्थ के, शायद दिन ार झुककर लैपटॉप पर काम करने के चलते। पर इतना ी समय नहीं था भाई के पास कि डॉक्टर के दिये सारे परीक्षण करवा पाए। बस पेन किलर और इंजेक्शन खाता और निकल जाता काम पर।

किस महान काम के लिए गला रहा है तू अपने को... पूछना चाहा था सन्दीप ने भाई से। पर पूछता किससे? भाई तो हर वक़्त यह जा वह जा।

अब कैसे समझाया जाए सीमा को? माना, जो गया वापस नहीं लौटाया जा सकता, पर जो बचा है उसे तो सुन्दर बनाया ही जा सकता है। ठीक है नहीं जन पाएगी बच्चा पर माँ तो वह अब भी बन ही सकती है। क्या कभी भूल पाएँगे वे डॉ. महेश वाडवानी को जिनका सपना है सौ बच्चों का पिता बनना।

पत्नी के देहान्त के बाद 48 वर्षीय निस्सन्तान महेशजी संसार से विरक्त होकर उद्भ्रान्त से इधर-उधर भटकने लगे थे। कुछ दिन शराब, टीवी और सट्टेबाजी का दौर भी चला। एक दिन मन की इसी उखड़ी-उखड़ी स्थिति में कानपुर स्टेशन पर खड़े-खड़े आलू पूरी खा रहे थे। खाने के बाद ज्यों ही पत्ते के दोनों को फेंका एक बच्चा उसपर झपट पड़ा और पत्ते पर लगे अवशिष्ट को कुत्ते की तरह चाटने लगा। बस वही क्षण बन गया उनके जीवन का शाश्वत क्षण। उस एक क्षण ने समझा दिया उन्हें जीवन का मर्म। अपने अवशिष्ट दम खम के साथ अपने अवशिष्ट जीवन को उन्होंने भूखे-नंगे बच्चों को समर्पित कर दिया। कड़ी मेहनत और संचित पूँजी से निवेदिता आश्रम की स्थापना की। बाद में कई और हाथ उनसे जुड़ते गये। आज बाईस अनाथ आदिवासी बच्चे इनके आश्रम में हैं और उनका स्वप्न है सौ बच्चों के पिता बनने का।

काश! सीमा के जीवन में भी आ जाए कोई ऐसा क्रान्तिकारी मोड़। कोई टर्निंग प्वाइंट!

ीतर उठ रही है एक प्रार्थना! जुड़ रहे हैं हाथ!

धीरे-धीरे लहरें सम पर आ रही हैं। मनःस्थिति सामान्य हो रही है।

अपने चै बर में बैठे कुछ ज़रूरी दस्तावेज देख रहे थे कर्नल सन्दीप कि पोस्ट मैन ने एक मोटा-सा लिफ़ाफ़ा पकड़ाया। लिफ़ाफ़े पर भेजनवेाले का नाम देख जहाँ आँखें चमकी कि क्षणभर में ही उस चमक पर धुआँ पसर गया। लिफ़ाफ़ा किश्तवाड़ा जेल से भेजा गया था। धड़कते दिल से खोला। ख़त रूबीना का था। उर्दू में लिखे पत्र को अनुवाद करवाने में, अनुवादक को खोजने में कई घंटे लग गये। इस बीच जाने कितनी बार मर-मर कर जिये सन्दीप। अनूदित पत्र इस प्रकार था,

सलाम वालेकुम सन्दीप,

मैंने ज़िन्दगी को समझने में भारी भूल की। मैंने तु हें समझने में भूल की। और तो और कश्मीर की आज़ादी को, इस्लाम को सबकुछ को मैंने समझने में ारी

भूल की। मेरा आजतक का इतिहास सिर्फ़ भूलों, छलावों और यातनाओं का ही इतिहास है। तुम इस लिफ़ाफ़े पर जेल का पता देख घबराना नहीं, मुझे सिर्फ़ उस अपराध के लिए जेल दिया गया है, जो अपराध मैंने किया ही नहीं। तु हें जानकर ताज्जुब होगा कि मुझे घर में आतंकवादियों को पनाह देने के अपराध में जेल में डाल दिया गया है। यह सब कैसे हुआ, कैसे मेरे स. त विरोध के बावज़ूद हुआ। इस सारी कहानी के बीज शायद उसी दिन पड़ गये थे जब ज़मील भाई को हिन्दुस्तानी फ़ौज द्वारा मार डाला गया।

तुम तो जानते हो कि ज़मील भाई की शहादत के बाद घर के चप्पे-चप्पे पर किस प्रकार ख़ौफ़, बर्बादियों, आँसुओं और उदासियों की कहानी लिखी गयी। अ मी का तीन महीने के ीतर ही इन्तकाल हो गया। अ मी के बाद अब्बू भी अधिक दिन जी नहीं सके। घर पर अब मैं और हमीद थे और थी भूख, बेकारी, और हताशा। ऐसे में एक मैली सुबह अब्दुल रशीद हमारे घर आया, उसने हमीद की हथेली पर ढेर सारे नोट रखे, और उसे सुझाव दिया कि यदि हमीद अपने घर के अन्दर जेहादियों के लिए तहख़ाना बनवा ले तो इतने पैसे उसे नियमित रूप से मिल सकेंगे। मैं पूरी ताक़त से अपने अस्तित्व के अंश-अंश से चिल्लाई कि हमें पाप की कमाई नहीं खानी, जिस घर की दीवारें एक नहीं तीन-तीन लाशें देख चुकी हैं, उस घर में ऐसा हर्गिज नहीं होगा। पर भूख के पास न धैर्य होता है न विवेक। मैंने देखा भूख आदमी से बड़ी थी। भूख पाताल से गहरी थी। भूख सूर्य से भी तेज़ थी जिसका सामना यथार्थ की आग में झुलसा हमीद नहीं कर सका। मेरी एक नहीं सुनी। वरन् मुझे ही समझाया कि पुलिस को ज़रा भी शक नहीं होगा और यूँ भी गाहे-बगाहे आतंकी हमारे यहाँ आकर ठहरकर हमें परेशान कर ही रहे थे, क्या हर्ज़ यदि साथ में नियमित रूप से कुछ पैसे भी हाथ में आ जाएँ। भूख का इतना डरावना और दयनीय रूप मैंने पहले कभी नहीं देखा था। कीड़े की तरह बिलबिलाती मेरी पीड़ा को कीड़े की तरह ही मसलकर भाई ने भूखमरी से मोर्चा लेने की ठानी।

कुछ सप्ताह में तहख़ाना बनकर तैयार हो गया। मैं अ मी के इन्तकाल के बाद तु हें दिये वचन के अनुसार नियमित रूप से स्कूल जाने लगी, अपनी पढ़ाई पर ध्यान देने लगी। मुझे उ मीद थी कि अगले वर्ष मुझे कॉलेज में दाख़िला मिल जाएगा। एक दोपहर मैं जैसे ही स्कूल से लौटी कि हमीद ने मुझसे कहा, पाँच आदमियों का खाना बना दे। मैं भौचक्क, पर मुझे समझते देर नहीं लगी कि उसे उसके तहखाने में छिपे चार आतंकवादियों के लिए खाना चाहिए। मुझ पर बिजली गिरी। मैंने स. ती से मना कर दिया कि किसी भी हालत में किसी भी क़ीमत पर यह मुझसे नहीं होगा। आधे घंटे तक शोर-शराबा हुआ पर मैं टस से मस नहीं हुई। आख़िरकार पाँव पटकता हुआ वह बाहर से खाना लाने चला गया। मैं पढ़ने में ध्यान लगाने लगी कि

तभी किसी ने पीछे से मेर मुँह में रूमाल ठूँस दिया। मुझे चार बलिष्ठ हाथों ने पकड़ा और घसीटते हुए मुझे नीचे तहख़ाने ले गये और वहाँ बारी-बारी से...।

हमीद ने दीवारों से सिर पीट-पीट ख़ुद को लहूलुहान कर लिया। उसने पाँव पकड़ मुझसे माफ़ी भी माँगी। जिल्लत और अपमान के घूँट को पीकर भी मैंने पढ़ाई जारी रखनी चाही पर हमीद पर अवसाद का इतना भयंकर दौरा पड़ा कि उसे अस्पताल में र्ती करवाना पड़ा। इस बीच जाने किस ख़बरिया ने मोटी रकम के लालच में पुलिस को ख़बर कर दी और 3 अक्टूबर 2008 की एक शाम हमारे घर पर छापा पड़ा और मुझे और हमीद को गिर. तार कर किश्तवाड़ा की जेल में डाल दिया गया।

सन्दीप, आज जब ज़िन्दगी हाथ से निकल गयी है तो समझ पायी हूँ कि मैंने ज़िन्दगी को समझने में कितनी भूल की। जिस समय ज़िन्दगी तु हारे रूप में बाँह फैलाये मुझे अपने आगोश में बाँधने को तत्पर थी, मैंने तु हें ठुकराया क्योंकि मुझे लगता था कि हमारी तबाही के लिए हिन्दुस्तानी सरकार और फ़ौज ज़ि मेदार है, पर मेरे साथ जो कुछ हुआ वह किसी फ़ौज या हिन्दुस्तानी ने नहीं किया वरन् हमारे अपनों ने किया। ख़ुद जेहादियों ने किया। मुझे अफ़सोस गहरा अफ़सोस है कि मैंने तु हारा यक़ीन नहीं किया। कितना समझाया था तुमने मुझे कि कश्मीर को समझने के लिए मुझे 1947 से आजतक की राजनीति के ल बे, छिपे खेल और षड्यन्त्र को समझना होगा, कि अच्छा होगा कि हम कश्मीर की आज़ादी और जेहादियों के सवालों को अफ़ीम पिलाकर सुला दें और दो अच्छे इंसानों की तरह एक हो जाएँ, ज़िन्दगी का राग दुबारा छेड़ें। पर ज़िद्दी पौधे-सा मेरा मन तु हारे दलीलों की माटी में नहीं जमा सो नहीं ही जमा।

उस समय जाने क्यों मुझे लगा कि तु हारे भीतर से एक प्रेमी नहीं वरन् एक हिन्दुस्तानी बोल रहा है जो अपनी आत्मिक शान्ति के लिए, प्रायश्चित्त स्वरूप मेरा वरण करना चाहता है। क्योंकि तब हिन्दुस्तानी फ़ौज के लिए हमारे दिल में नफ़रत सुलगती थी, पर तब भी पुलिस तो हमारी अपनी थी, उसने क्या कम जुल्म ढहाए हम पर। इतना ख़ौफ़ था उसका कि उसकी दस्तक के अन्दाज़ से हम समझ जाते थे कि यह पुलिस की दस्तक है और हमारी रूह काँप उठती थी। पर तब भी मेरी आँखों से जाला नहीं उतरा, पर आज जब किसी काफ़िर ने नहीं, हिन्दू ने नहीं, हिन्दुस्तानी फ़ौज ने नहीं वरन् अपने ही लोगों ने, कश्मीर की आज़ादी का नारा लगानेवालों ने ही वहशियों की तरह मुझे नोंच डाला तो मैं समझ पायी हूँ तु हारे बातों की सचाई को कि 'कश्मीर की आज़ादी' और 'इस्लाम की हिफ़ाज़त' कितना बड़ा भ्रम है, छलावा है जिसे कुछ विशेष लोगों ने जाल की तरह फैला रखा है। ये शैतान क्या इस्लाम को बचाएँगे जो ख़ुद औरत की इज़्ज़त से खेलते हैं और

नमाजियों और दरगाहों पर ग्रेनेड फेंकते हैं। जो 'आकबत' (मरने के बाद की दुनिया) और इस्लाम की दुहाई दे-देकर ज़मील भाई जैसे मासूमों को बहला-बहलाकर जेहादी बना देते हैं, कश्मीर के सबसे बड़े गुनाहगार वे ही लोग हैं। 'आकबत' को किसने देखा है पर उस अनजाने 'आकबत' के लिए जीती जागती दुनिया को दोज़ख में धकेल देना कहाँ की बुद्धिमानी है?

आज समझ पायी हूँ सन्दीप कि कभी मिलिटेंसी पाक इरादों के साथ शुरू हुई होगी पर आज लोग इससे ऊब गये हैं। आज जेहादियों, पीरों, मौलवियों और मिलिटेंटों के दोहरे चेहरे सामने आ रहे हैं। आज आतंकवाद सिर्फ़ पैसा और रुतबा हासिल करने का ज़रिया बन गया है। ज़मील भाई जान ने भी इसी इरादे से गन उठायी होगी। हमीद के घर में तहख़ाना बनाने के बाद मुझे कई दिनों तक प्राग पहाड़ के जंगलों में छिपना पड़ गया था। मैंने देखा था वहाँ पुलिस और मिलिटेंट की साँठ-गाँठ से जंगलों को काटते हुए देवदार, के पेड़ों को गिरते हुए। जंगलों की सुरक्षा के लिए तैनात पुलिस वहाँ पहुँच ही नहीं रही थी जहाँ कट रहे थे जंगल।

इसीलिए देखते-देखते कश्मीर क्या हो गया? पैसा ज़रूर कश्मीर में आया, पर कैसा पैसा? फ़िजाओं में गीत नहीं, खेतों में मजदूर नहीं, स्कूलों में बच्चे नहीं, घरों में चिराग़ नहीं, चारों ओर नज़र आती है विधवाओं की ताज़ा फसल। हर घर के पीछे नज़र आती है एक ताज़ा क़ब्र। जश्न मनाती, शिकारे पर गाती वह कश्मीरी औरत अब कहीं नहीं दिखती। अब दिखते हैं सिर्फ़ रात के अँधेरे में रेंगते, दरवाज़ा खटखटाते जेहादी, या दिन के उजाले में गश्त लगाते बूट ठकठकाते, ए.के.47 तानते हिन्दुस्तानी फ़ौजी।

सोचो, क़ब्रों से अटे, जवानी से शून्य, ख़ूनी नींव पर खड़ा आज़ाद कश्मीर मिल भी जाए तो क्या? अच्छा हो, इस मामले में हम वर्तमान की सत्यता को स्वीकार कर लें। क्योंकि कश्मीर आज एक खुला चरागाह बन चुका है जहाँ सभी ने, राजनेताओं ने, मुल्लाओं ने, मौलवियों ने, दहशतगर्दों ने, पाकिस्तान ने, और आतंकवादियों ने अपने-अपने स्वार्थों की बकरियों को चरने के लिए छोड़ रखा है। इसलिए आज हर वह चीज़ बिक रही है जिसके केन्द्र में आतंकवाद है। कोई आतंकी को पकड़वाने की फ़ीस वसूल रहा है तो कोई उससे मिलवाने की तो कोई उसे अपने घर ठहराने की। इस नापाक पैसे ने यदि हमीद की बुद्धि भ्रष्ट न की होती तो मैं आज जेल की सलाखों के पीछे न होती।

अब धुन्ध छँट गयी है। तु हारी आभारी हूँ सन्दीप कि तुमने मुझे जीना ही नहीं सोचना भी सिखाया है। इसीलिए समझ पा रही हूँ कि यदि आज़ाद कश्मीर एक सचाई है तो उससे कहीं ज़्यादा सुलगती सचाइयाँ और भी हैं। यह भी समझ रही हूँ सन्दीप कि मजहब के सारे ताजिए हम ग़रीबों की देह के ऊपर ही टिके हुए

हैं। मुझे मेरी अ मी ने कभी तस्वीर तक नहीं खिंचवाने दी कि यह इस्लाम के ख़िलाफ़ है। तुमने मुझे एक बार कहा था कि मैं पीरों, मौलवियों और नेताओं के सुनने के साथ ज़रा देखना भी शुरू करूँ और यदि स भव हो तो थोड़ी शक की निगाह से भी देखूँ उस दिन मुझे यही लगा था कि तुम सिर्फ़ मुझे अपने मजहब के ख़िलाफ़ भड़का रहे हो लेकिन अनजाने ही मैं सुनते-सुनते देखने भी लगी। मैंने देखा कि तस्वीर खिंचवाने के ख़िलाफ़ फतवे जारी करनेवाले मुल्ले, मौलवी बड़े चाव से राजनेताओं के साथ न केवल तस्वीर खिंचवा रहे हैं वरन् उन्हें अख़बारों में छपवा भी रहे हैं। जब मैं मदरसे में थी तो हमारे मुल्लाओं ने लाऊड स्पीकर को 'आला एक शैतानी' यानी शैतानी यन्त्र कहकर उसका पुरजोर विरोध किया था लेकिन आज मुल्ले, मौलवियों की आवाज़ सरेआम लाऊड स्पीकरों पर गूँजती रहती है। इन मुल्लाओं और मौलवियों से बढ़कर पाखंडी कोई नहीं है। ये तो रक्तदान और सर्जरी को भी इस्लाम के ख़िलाफ़ ठहरा चुके हैं। बैंक के सूद और जीवन बीमा के ख़िलाफ़ भी फ़तवा पहले ही निकल चुका है। लेकिन सारे जेहादियों और नेताओं के बैंक में खाता है। मेरी आँखें अब खुल गयी हैं। मुझे अब इस्लाम से नहीं वरन् इंसान से प्यार है।

सन्दीप, भाईजान की शहादत के बाद जब तुम दूसरी बार हमारे घर आये थे, सूरज की किरणें हल्के-हल्के ढुलक रही थीं तु हारे चेहरे पर, तभी-तभी दिल से हल्की-सी आवाज़ निकली थी कि ऐसी रूह, दूसरों के दुख से इस क़दर ढह जानेवाली रूह हत्यारिन नहीं हो सकती।

काश! उसी समय सुन ली होती मैंने अपने भीतर की आवाज़!

तुमसे गुजारिश है सन्दीप कि तुम फ़ौज से मुक़दमा वापस ले लो। क्योंकि अब यह शादी मुमकिन नहीं।

क़ाश! समय रहते मैं तु हें समझ पाती। तु हारी लय ताल और सुर के साथ जुड़कर ज़िन्दगी के अर्थ को समझ पाती। मैंने तु हें समझने में भूल की ऐसी भूल जो कालिख की तरह मेरी ज़िन्दगी पर पुत गयी। आज अपने सारे सपनों और चाँदी को लुटा चुकी हूँ मैं। परिवार को तो पहले ही गवाँ चुकी थी। तीन-तीन लाशों का बोझ ढो चुकी यह ठंडी ठस्स और नापाक हुई काया आपके लायक बची भी कहाँ है? मेरे भीतर यदि अब कुछ है तो बस एक भयावह ख़ालीपन। न दुख, न सुख। न . वाब, न . याल न गति, न आवेग। सारे अहसास मर चुके हैं।

अब कोई तसव्वुर (सपना) नहीं बचा भीतर।

बस फना होने को, माटी में मिल जाने को जी चाहता है।

नहीं जानती कि तुम कौन हो? ख़ुदा के रूप में बन्दे हो या बन्दे के रूप में ख़ुदा। ख़ैर... जो भी हो इसे मेरा आख़िरी पत्र समझना और मुझसे मिलने की चेष्टा

अब कभी मत करना। जो कुछ आधे-अधूरे पल साथ-साथ गुज़ारे हमने, वही हमारी कहानी है, अमानत है।

अलविदा,
तु हारी रूबीना

ओह ज़िन्दगी! ज़िन्दगी के उदास पन्ने फड़फड़ा रहे हैं। क्या है ज़िन्दगी? सिर्फ़ कुछ स्मृतियों का सफ़र? कुछ आवेग? और कुछ काँपते थरथराते पल। हैरत भरी कहानी? उदास ल हें! नहीं ज़िन्दगी इससे बहुत ऊपर है। आँख मूँदे टेबिल से सिर टिकाए सोच रहे हैं सन्दीप। क्या चाहा था उन्होंने ज़िन्दगी से, सिर्फ़ यही कि तिरंगे और ज़िन्दगी को सजा सके। पर न तिरंगे को सजा सके न ज़िन्दगी को। दोष किसका? कहाँ हुई भूल उनसे? क्या ज़िन्दगी को समझने में भूल की उन्होंने? या रूबिना को अपने . यालों में, अपने सपनों में शामिल कर ूल की उन्होंने? नहीं वे ऐसा नहीं मानते। रूबीना ख़ुद-व-ख़ुद शामिल हो गयी उनकी ज़िन्दगी में, . यालों में। पर क्या वे दावा कर सकते हैं कि रूबीना को पूरी तरह समझ लिया है उन्होंने, पढ़ लिया है ग़ज़ल की उस किताब का पृष्ठ-दर-पृष्ठ। नहीं, वे सिर्फ़ इतना भर जान पाए हैं कि रूबीना उससे कहीं आगे है, कुछ और भी है पर वहाँ तक पहुँच नहीं है उनकी। तभी तो रूबीना ने उन्हें अपनी दुर्गति की सिर्फ़ आधी कहानी ही लिखी, आधी छिपा गयी। सच्चाई किसी बिजली की तरह ही गिरी थी सन्दीप पर जब अपने फ़ौजी दोस्त मेजर अमर प्रताप सिंह के मार्फ़त पता चला था कि रूबीना ने सप्ताह भर पूर्व ही जेल में एक नाजायज बच्चे को जन्म दिया है।

सिर झुकाये आँखें मूँद बैठे हैं सन्दीप। बन्द आँखों के भीतरी पर्दे पर काँपने लगती है रूबीना की आँखें, जब पहली बार ग़ौर से देखा था उन्होंने रूबीना को, जब बताया था उसे कि उसके भाईजान मिलिटेंट बन चुके हैं कितनी भयभीत हो गयी थी वे आँखें, जैसे सारी सृष्टि की वेदना समा गयी हो उन आँखों में। नहीं भूल पाते हैं वे उन आँखों को जो सृष्टि की सबसे उदास आँखें थीं।

ओह ईश्वर!

इतना ही कुछ काफ़ी नहीं था कि इस सिसकती ज़िन्दगी पर एक और गाज गिरा दी। पर नहीं, वे हि मत नहीं हारेंगे। लाख रूबीना लिखे कि ज़िन्दगी से उसे कोई उ मीद नहीं पर वे ख़ुद को और रूबीना को उ मीद से, और ज़िन्दगी से जोड़ कर रखेंगे। रूबीना के बच्चे को बाप का नाम प्यार और संरक्षण देंगे। अपनी माँ को दादी बनने का सुख! पर सबसे पहले वे रूबीना के लिए क़ानूनी लड़ाई लड़ेंगे।

❑ ❑